晚清财政困局下的货币思想研究

王海龙 ▼ 著

A Study of Monetary Thought in Late Qing

Dynasty under the Fiscal Difficulties

经济管理出版社

ECONOMY & MANAGEMENT PUBLISHING HOUSE

图书在版编目（CIP）数据

晚清财政困局下的货币思想研究／王海龙著. —北京：经济管理出版社，2021.11
ISBN 978-7-5096-8258-6

Ⅰ.①晚…　Ⅱ.①王…　Ⅲ.①货币理论—经济思想史—研究—中国—清后期
Ⅳ.①F822.9

中国版本图书馆 CIP 数据核字（2021）第 232758 号

组稿编辑：吴　倩
责任编辑：吴　倩
责任印制：黄章平
责任校对：王淑卿

出版发行：经济管理出版社
　　　　　（北京市海淀区北蜂窝 8 号中雅大厦 A 座 11 层　100038）
网　　　址：www. E-mp. com. cn
电　　　话：(010) 51915602
印　　　刷：北京晨旭印刷厂
经　　　销：新华书店
开　　　本：710mm×1000mm /16
印　　　张：14. 25
字　　　数：249 千字
版　　　次：2022 年 6 月第 1 版　　2022 年 6 月第 1 次印刷
书　　　号：ISBN 978-7-5096-8258-6
定　　　价：78. 00 元

前 言

在中国近代化进程中，晚清社会时期是近代社会转型的开端。自鸦片战争之后，中国由封建社会过渡到了半殖民地半封建社会，主权逐步沦丧，社会经济的发展受到严重影响。处在内忧外患的困境下，中国僵化的制度必须实现自身的创新，才能在世界贸易一体化的进程中占据主导地位。晚清政府的货币制度缺乏创新，财政体制在遭到严重破坏之后，依然未能找到行之有效的体制来解决其财政窘境。中国近代的衰落，既有来自外部列强的侵略，又有来自内部生产关系亟须调整的变革要求，促使这一特殊时期所承载的历史尤为厚重。

本书对晚清财政困局形成过程中货币思想的社会基础进行分析，在历史的动态发展中进行研究，以期能更好地把握中国近代货币思想发展的脉络。全书围绕"晚清财政困局下的货币思想"发展演变中的问题进行深入分析，整体框架分为四个方面：一是从文章选题、文献评述、研究方法等多个角度，阐述本书研究的可行性；二是对本书研究的基本理论进行梳理，如书中相关概念的界定、晚清时期的货币基础、财政与货币的相关关系等，总结晚清社会时期财政与货币发展中的问题，并分析其背后的经济规律，为文章的深入分析奠定理论基础；三是从晚清社会时期财政困局与货币思想发展的现实背景、社会动因及货币思想的承继与发展等不同层面，逐步、渐进地论述货币思想的近代化发展；四是从晚清政府的两次币制改革实践出发，对晚清币制思想进行比较，进而从主观因素和客观因素的角度，对晚清财政困局下货币思想的近代化发展总结历史经验，深刻认识近代货币思想的发展规律。

传统的财政货币思想对当时社会思想的影响是极其深刻的，是制度变革和思想发展突破的必经阶段。本书结合财政困局与货币思想的理论基础，对晚清政府财政困局的形成及币制混乱的状况进行分析，从实践中分析财政与货币思想的动态化发展轨迹及演变趋势，从实践和理论两个层面阐述货币思想的近代化转变。伴随西学东渐形成的中西文化的碰撞对晚清社会产生的影响，以及近代金融业发展中遇到的金融风潮，无一不说明彼时的货币制度需要创新，进行改革是晚清政府的必然选择。以此为基础，对晚清财政体制变革视角下的币制改革进行分析，不仅可以从史实中了解财政与货币思想的发展脉络，也可以对货币思想的近代化转变有一个更为全面的理解。

虽然晚清财政体制下的币制改革以失败告终，但其为之后北洋政府、国民政府的币制改革奠定了实践和思想基础，揭开了中国近代币制改革的开端，开启了中国货币思想的近代化转变。

王海龙

2021 年 9 月 28 日

目　录

第一章
绪　论

第一节　选题说明

一、选题背景

改革开放至今，中国共产党以巨大的政治勇气，锐意推进经济体制改革，不断扩大开放，开创和发展了中国特色社会主义，为社会主义现代化建设提供了强大动力和有力保障。事实证明，改革开放的决策是正确的，是决定当代中国命运的关键抉择，是党和人民事业大踏步追赶时代的重要法宝。党的十八届三中全会指出，实践发展永无止境，解放思想永无止境，改革开放永无止境。面对新形势新任务，全面建成小康社会，进而建成富强民主文明和谐的社会主义现代化国家、实现中华民族伟大复兴的中国梦，必须在新的历史起点上全面深化改革，不断增强中国特色社会主义道路自信、理论自信、制度自信。站在历史的高度看待经济体制改革和人民币国际化发展的时代要求，对人民币在跨境贸易、"一带一路"建设中的积极作用予以高度重视，稳步推进人民币国际化，努力实现中国梦，是本书研究的社会背景与政策意义所在。

"以古为镜，可以知兴替。"中国历史经千年而从未中断，创造了丰富的思想文化，对当代中国实现中国梦具有借鉴意义。本书重点研究晚清财政困局与货币思想的发展，是对晚清财政体制与币制改革的研究与总结，在探讨其失败原因的过程中总结历史教训，在对其做出客观评价的同时引出对当代经济体制改革的一些思考。本书结合史实资料与思想发展，对处于"未有之大变局"的晚清政府，从其应对策略中寻找有益的历史借鉴，来提升当代经济体制改革成果的科学性和实用性。虽然当时的晚清与当代的中国有着本质上的区别，但借古鉴今，仍不失其现实意义，对中国在探索经济体制改革和人民币国际化发展的道路上具有借鉴意义。

"我国发展进入新阶段，改革进入攻坚期和深水区"，日益开放的中国，以足够的自信面对世界，智慧地解决所面临的问题。中国的发展离不开世界，自鸦片战争后，中国被迫加入世界市场，国际环境成为一个国家发展的外部环境，国际格局对一个国家发展的影响变得极其重要，如何应对国际环境的变化，考验政府对全局的把握能力。本书研究晚清财政与币制改革，也是以当时的国际环境为背景，研究晚清政府"应时之变"的政策与体制变革。第一次和第二次工业革命，使世界格局发生了剧烈变化。晚清政府未能抓住机会，实现"救亡图存"，导致近代中国失去了一次追赶世界发展的机会。当代的第三次科技革命，同样对世界格局的变化产生了极其深远的影响，自第二次世界大战以来，科技革命以前所未有的速度推动着经济发展，全球经济一体化、世界格局多极化的趋势成为这个时代的特征，使新中国依然面对着一个"变"的世界。本书研究的晚清财政困局与货币思想，虽然是在当时的国际环境下进行探讨，但对今日之中国，仍具有重要的现实意义，只有借鉴历史经验，准确地把握时代脉搏，才能掌好经济体制改革之舵，稳步推进人民币国际化，实现中国梦。

在当时复杂的国内与国际环境下，晚清政府最终彻底覆灭，虽然有其自身体制因素，但不可否认的是，晚清政府依然存有"发展契机"。如一系列的"救亡图存"运动，从洋务运动到清末新政，说明了晚清有"求富""求强"的目标。但是，晚清政府在面临国际化局势时，却没能正确处理好自身因素与外来因素之间的关系。当代中国自改革开放后，逐步实现了计划经济体制向社会主义市场经济体制的转型，面对经济全球化浪潮，中国迎来又一个发展契机。中国共产党站在历史的高度，高瞻远瞩，自信地实行改革开放政策，全面深化改革，完善和发展中国特色社会主义制度，推进国家治理体系和治理能力现代化，应对国际环境的变化，抓住发展契机，稳步推进人民币国际化，推动中华民族的伟大复兴。研究晚清财政与币制改革，整理和总结其历史经验与教训，对深化我国的经济体制改革与人民币国际化，具有重大的现实意义。

尽管当代中国的国情与晚清时期已经有了很大的不同，但国际开放的环境却在进一步深化，全球一体化经济对以人民币为中心的中国货币金融而言也是极大的挑战。人民币作为中国的法定货币，服务于中国的国际化贸易和投融资在全球的开展和进行，其参与到全球国际化贸易中已成为必然趋势。本书在总结历史经验的基础上，书写新时代的货币思想故事，对推动货币金融的新发展具有借鉴意义。

二、选题意义

本书对晚清财政与币制改革的研究，虽然是在史料与前人的基础上进行专题性研究，但试图在总结与发展的基础上尝试新的突破，仍具有一定的理论意义，主要体现在以下两个方面：

（1）发掘、整理晚清财政与币制改革的关系，厘清财政与货币思想的发展脉络。虽然历史已成为往事，但其改革经验仍不失其意义，对其遗留下来的历史史料进行深入发掘和整理，加以扬弃，仍然对当代中国的发展具有借鉴意义。到目前为止，对晚清财政与币制改革的研究大多数集中在通史类著作中，通常以历史事件、时间序列展开研究。专题性研究的文献要么是对财政的专题性研究，要么是对币制的专题性研究，结合两者的专题性研究很少，大都局限在"一静一动"的研究模式，即以财政或者币制为背景，分开来研究，并不是将两者动态地结合，对两种体制的演变进行专题性的研究。本书通过思想与实践相结合，对晚清财政困局与货币思想进行动态关联性分析，认为财政困局的形成是一个渐变过程，是诸多因素共同作用的结果，是晚清政府财政体制所面临的巨大考验。由于其集权制的封建特性以及货币体系的依附，研究财政困局与货币思想的动态关联性具有一定的理论意义。因此，本书希望通过研究晚清财政与币制改革，更好地发掘和整理晚清财政与币制改革的关系，使之系统化，从而对中国财政与货币思想发展的近代化转变有一个更为深刻的认识。

（2）探求晚清财政与货币思想发展的道路与规律，充分认识财政与货币思想在近代发展中的重要作用。近代中国的半殖民地半封建性质决定了这一时期晚清财政与币制的复杂性与特殊性，同时又面对世界格局的大动荡，使其在"救亡图存"的道路上走得异常艰辛。因为思想指导对财政与币制改革具有重要作用，所以这一时期财政与货币思想的演变对其变革有着重要意义。一方面，传统的中国财政与货币思想在这一特定的历史阶段，失去了其指导意义。中国近代化的开端，是"迫于无奈的选择"，决定了在晚清财政与币制改革中，这一思想难以彻底放弃。另一方面，面对西方近代的财政货币理论，中国传统的财政货币理论受到冲击，清政府面对选择，犹豫不决，使其改革不彻底性的副作用被放大。因此，中、西方财政思想的结合，是中国近代财政货币理论发展的一个特点。本书在对晚清财政与币制改革研究的过程中也十分注意中、西方思想结合的研究，希望通过更全面、更系统的研究，对这一时期的货币思想发展做出客观合理的总结与评述。

第二节　文献综述

一、国内文献综述

作为一篇经济思想史范畴内的专题性研究，对典籍史及档案资料的整理与运用是必不可少的。书中为了能将晚清财政困局的形成与货币思想的关系及相互影响的方方面面详细呈现出来，需要运用一些基本典籍，包括《清朝文献通考》《清朝续文献通考》《皇朝经世文编》《京华录》《清宣宗实录》《清代外交史料》和相关的档案史料，以及《中国近代币制问题汇编》《近代币制汇编》和各类奏章、报纸、杂志等档案资料。受研究条件所限，有些相关文献难以收集或者研读，对此课题的研究深度造成一定的影响。但是，笔者力求在现有文献资料基础上翔实、全面地对此课题进行深入的分析研究。主要体现在以下七个方面。

第一，对财政货币思想均有涉及的通史性研究。如赵丰田（1939）的《晚清五十年经济思想史》对晚清经济思想研究具有开创性意义。夏炎德（1948）的《中国近百年经济思想》以晚清代表性人物的思想为主，对这一时期的经济思想进行相关的论述。胡寄窗（1998）的《中国经济思想史》以编年体的形式，按历史时间发展先后对这一时期的经济思想进行论述。赵靖、罗梦虹（1980）主编的《中国近代经济思想史》对以包世臣等为代表人物的财政货币思想均有论述。赵靖（1983）的《中国近代经济思想史讲话》也是对代表性人物的思想进行评述。周伯棣（1984）的《中国财政思想史稿》、马伯煌（1992）主编的《中国近代经济思想史》则是以时间段为主体，对近代的经济思想进行研究。进入21世纪以来，经济思想史的研究有了进一步的发展，蒋自强、张旭昆、袁亚春（2003）的《经济思想通史》，赵靖（2004）主编的《中国经济思想史续集（中国近代经济思想史）》，赵晓蕾（2005）主编的《中国经济思想史》，陈勇勤（2008）的《中国经济思想史》，都是中国经济思想史学术研究的重要成果。黄天华（2017）的《中国财政制度史》以财政史发展为线索，配以财政制度演变，结合土地制度、人口等，对中国财政制度史给予了概括与精练的归纳。何平（2019）的《传统中国的货币与财政》通过解读货币流通的结构特点与东西方货币结构体系差异的分析，来阐释古代中国的货币与财政之间的关系。贾康等（2019）的《中国财政制度史》则着重研究财政行政机构、财政体制演变及规律、财政监督及立法、货币制度及变迁等重点领域，着力探索中国财政制度史的演变与发展规律。这些学术成果有利于本书准确、客观地把握史实，为全面把握晚清财政困局的形成与币制改革研究奠定了坚实的基础。

第二，对晚清财政的通史性研究。如吴廷燮（1914）的《清代财政考略》（铅印本），是第一部从整体上研究清代财政的著作。贾士毅（1917）的《民国财政史》中专列一章对光绪朝的财政进行详细叙述。胡钧（1920）的《中国财政制度史讲义》，徐式庄（1926）的《中国财政史略》，常乃德（1930）的《中国财政制度史》，刘秉麟（1931）的《中国财政小史》，杨志濂（1936）的《中国财政史辑要》，叶元龙（1937）的《中国财政问题》，刘不同（1948）的《中国财政史》，左治生（1987）的《中国近代史丛稿》，孙文学（1990）主编的《中国近代财政史》，基本都是基于财政视角研究财政，到了当代，对于晚清财政的研究出现了新形式，即从不同视角来研究这一时期的财政，如邓绍辉（1998）的《晚清财政与中国近代化》从制度变迁的角度探讨晚清财政变革与近代化问题。周育民（2000）的《晚清财政与社会变迁》则是以近代事件的发展为线索来研究晚清财政，从太平天国、洋务运动等社会事件的角度考量晚清财政。周志初（2002）的《晚清财政经济研究》从财政管理体制和财政支出结构的现代财政视角来研究当时的晚清财政。岩井茂树（2011）的《中国近代财政史》概括性地说明了中国近代财政发展的基本情况。刘增和（2014）的《"财"与"政"：清季财政改制研究》从晚清政府革新内政、变革制度的视角对晚清财政体制改制进行了深入分析与研究。

第三，对晚清财政的专题性研究。因为财政是构成国家收支的体制基础，又因其所处的特殊历史时期，故对财政的专题性研究所涉及的面比较广泛，即构成财政收入、支出的各方面，从税收到外债，从体制到改革，均有相关专题的研究。谈到财政，厘金是一个十分重要的研究对象，因为它影响了晚清财政体制的发展，对中央与地方的财权划分具有十分突出的作用，如王振先

（1917）的《中国厘金问题》是研究厘金问题的第一部著作。罗玉东（1936）的《中国厘金史》在晚清财政关于厘金的专题性研究中具有举足轻重的地位，比较全面地研究了厘金制度的始末及其产生的作用和影响。何烈（1972）的《厘金制度新探》是一部比较靠近当代的关于厘金制度的专题性研究，做出了较为全面翔实的记录与评论。在论文方面，周育民（1986）的《晚清的厘金、子口税与加税负厘》，王朔（1988）的《从"裁厘认捐"到"裁厘加税"》，马敏（1999）的《清末江苏资产阶级裁厘认捐活动述略》，廖声丰、胡晓红（2009）的《近年来厘金制度研究综述》以及廖声丰、顾良辉（2012）的《百年来厘金研究述评》等均对晚清的厘金制度做了专题性研究，并做出了很大贡献。彭立峰（2010）的《晚清财政思想史》从晚清财政原则、收入思想、海关关税思想、外债思想、财政支出思想及财政管理体制思想等方面对晚清财政思想进行了系统性分析。郑备军（2003）的《中国近代厘金制度研究》从另一方面对晚清的财政进行研究，得到了很高的关注度。

关税方面的专题性研究。在晚清财政的研究中，正是关税主权的逐渐沦丧，才导致晚清财政体制的变革，这对当时的社会经济影响巨大，也与当时的社会意识形态有着密切的关系，因此，对这一方面的研究文献不在少数，笔者认为具有代表性的研究成果较多，但不限于此：陈向元（1926）的《中国关税史》、马寅初（1930）的《中国关税问题》、吴堉干（1930）的《中国关税问题》、李权时（1936）的《中国关税问题》等都是中华人民共和国成立以前的代表性专著，都对晚清的关税问题进行了详细的研究与评述。中华人民共和国成立后对关税的研究，要么趋于细化，要么作为影响财政的因素做研究，如许路（2013）的《从李凤苞的〈使德日记〉谈晚清关税与厘金制度》、仁智勇（2010）的《海关二元体制沿革考》、陈勇（2012）的《晚清海关洋税的分成制度探析》等。

外债方面的专题性研究。外债是晚清财政困局形成的一大原因，如果说关税是主权丧失的开始，那么外债才是列强控制晚清政府的一大工具，对当时造成的社会影响极其恶劣，遭到社会的强烈抵制。相关的著作也是较为丰富的，如许毅等（1996）的《清代外债史论》是对外债研究较为全面、深入的一本专题性研究，涉及面广，非常值得关注。进入 21 世纪后，马陵合（2004）的《清末民初铁路外债观研究》具有较高的研究水平，从铁路发展的角度对晚清的外债进行了较为全面的分析。刘秉麟（2007）的《近代中国外债史稿：中国财政小史》对近代时期包括晚清政府、北洋政府、国民政府的外债举借原因、数目、用途、偿还等情况进行了细致分析。另外，还有马金华（2010）的《外债与晚清政局》等相关著作，都从不同角度对晚清的外债进行了深入的探讨，对于揭示晚清财政困局的形成具有重要意义。

晚清财政体制的专题性研究。自20世纪30年代以来，以中央与地方的关系为研究重点出现了诸多论文与专著，如罗玉东的《光绪朝补救财政之方案》、吴廷燮的《论光绪朝之财政》等都对晚清财权问题进行了深入分析。自改革开放以来，受社会环境的影响，研究晚清中央与地方财政关系的论文逐渐增多，具有代表性的如陈锋（1997）的《清代中央财政与地方财政的调整》、戴一峰（2000）的《晚清中央与地方的财政关系：以近代海关为中心》等。

作为末代封建王朝的晚清政府，其田赋方面的著作也是较为丰富的，但由于这一特殊的历史转折阶段，田赋思想在这一时期的影响具有局限性，对这一方面的专题性研究大都集中在通史类著作中，如万国鼎（1933）的《中国田赋史》是研究这方面的专著。

第四，对晚清货币金融史的通史性研究。如金国宝（1928）的《中国币制问题》，杨荫溥（1930）的《中国金融论》，张辑颜（1936）的《中国金融论》，王业键（1981）的《中国近代货币与金融银行制度的演进（1664—1937）》，郑家度（1981）的《广西近百年货币史》，李宇平（1987）的《近代中国的货币改革思潮（1902—1914）》，王宏斌（1990）的《晚清货币比价研究》，戴建兵（1993）的《中国近代纸币》，洪葭管（1993）主编的《中国金融史》，叶世昌、潘连贵（2000）的《中国古近代金融史》，叶世昌、李宝金、钟祥财（2007）的《中国货币理论史》，姚遂（2007）的《中国金融史》等，这些著作对晚清的货币以及币制进行了相关的研究。

第五，对币制改革的专题性研究。关于这一方面的研究，在当时主要集中在本位币的选择、铸造权、各种纸币发行以及银两、制钱、铜元的争论上，在《东方时报》等刊物上出现了相当数量的文章。自中华人民共和国成立以来，对晚清的币制改革研究多集中在它对民国币制改革的影响，以及现代萌芽状态的货币金融理论对当代金融思想的影响上，就晚清币制改革的专题性研究而言，刘金章、唐建宇于20世纪80年代发表的《试论晚清币制改革研究》一文做了较为深入的讨论与研究，以至于后来，很多学者也从这次改革的不同角度进行了研究。

张华宁、燕红忠（2009）认为晚清货币及其货币制度的变革是币制体系近代化转变的重要一步，也是晚清经济近代化发展的货币反映。梁辰（2010）认为铜元可以很好地反映近代中国货币体系的发展脉络与整体状况，还可以对近代中国经济、政治、社会的变动与发展有一个深刻的认识。陈一容、杨猛

（2014）从清末新政的主要支持者、推动者载泽入手，对载泽与清末币制改革的关系进行深入分析，认为载泽虽然未能挽清之覆灭，但其在国家货币统一及近代化发展中的贡献是值得认可的。张亚光、钱尧（2015）从经济思想史的角度，分析了大众舆论与清末币制改革间的关系，认为近代新闻、报刊的兴起，使大众舆论能够对晚清政府的经济活动、经济政策产生影响，其研究表明这些大众舆论在一定程度上能够影响清末币制改革。孙毅（2017）对张之洞在湖北新政中铸币的相关举措进行分析与研究，认为张之洞认识到铸币权垄断的问题，实行中央财政"收发一致"能为晚清政府提供持久的铸币权保障。丘凡真（2005）就精琪币制改革方案与晚清政府存在的币制问题进行了切实分析。崔志海（2017）以精琪访华为研究切入点，从中美关系史、币制史的角度，深入探讨了精琪币制改革方案对清末币制改革的影响。关于清末货币本位制度的争论，段艳、陆吉康（2019），邹进文、陈亚奇（2018），王五一（2017）等从不同角度就此问题进行了深入的分析与研究。段艳（2019）以鸦片战争后的币制改革为视角，认为这些币制改革思想推动了晚清货币思想的近代化发展，是近代中国币制改革思想的重要组成部分，在一定程度上加剧了晚清货币体系的紊乱。韩祥（2020）以币制体系在庚子赔款之后的变革为背景，认为自秦之后两千余年的传统铸钱铸造体系在清末经历了规复与最终解体。韩祥（2020）从清末币制改革中铜元地位的改变，即"银两—制钱"向"银元—铜元"的新货币体系转变的角度，反映其对华北地区城乡贸易、农民经济、农村金融的影响，认为币制改革的相关制度安排与社会实践之间存在巨大的张力。

第六，关于近代银行、金融业的研究。银行业是近代金融的新式体现，也是货币思想在近代金融业的新体现。金融是经济发展的核心动力之一，银行又是金融业的主体，而货币体系则是银行业赖以生存与发展的根本。

程霖（1999）基于思想发展轨迹的视角对中国近代银行制度建设进行了较为深入的分析，系统介绍了银行的监管思想。虞瑾（2009）认为清末银行业的出现，是我国近代早期银行法体系建立的开始。王乔（2011）对近代中国货币法的研究认为货币法制不仅是金融体系的核心，而且也是国家主权的一个重要体现。谢丹（2013）认为近代货币法制研究是近代中国金融与社会法制变迁研究的重要环节，对货币的法制思想研究具有重要意义。杜军强（2013）认为外商银行在近代中国的金融活动中扮演了重要角色，构成了与钱庄、华资银行三足鼎立的金融发展格局。兰日旭（2013）从动态角度以银行制度演变为研究对象，对其融资结构、激励与约束机制，以及银行制度的整体变迁进行深入、系统的分析，认为中国的银行制度是传统金融业与西方现代银行业相结合的产物，虽然其效果不尽如人意，但也适应了社会经济发展的需要，在一定程度上增强了人们认识新制度的思想意识。燕红忠（2014）通过对山西票号等传统金融业的近代化转型与英格兰银行的发展轨迹进行比较分析，认为公共信用、政府职能的转变，以及政府参与金融市场的方式，既能决定金融体制的变革与转型，也是现代金融市场良好运行的重要基础与保障。

刘杰（2015）通过对近代新的财政收入形式——公债的分析，认为中国近代金融业市场发展不完善，尤以金融债券市场为甚，因此政府的公债都是由华资银行负责，他还认为银行业与公债的共同演进构成了复杂多样的政府—银行关系。郭明（2016）通过系统梳理与归纳，对近代银行监管的相关思想进行分析，同时也揭示了中国近代银行监管思想的演变规律。陈碧舟、张忠民（2017）认为中国近代的会计制度始于银行业的发展，引进和应用西方复式借贷记账法，其变迁受到市场力量和政府力量的双重影响。颜冬梅（2019）认为山西票号的衰亡是由于其在转型过程中未能与经济发展保持动态协调性，是内在脆弱性的体现。受到政府实业政策的冲击，产业规模不断扩大，经济对资金的内生需求增多，而以山西票号为代表的传统金融业未能提供足够的支撑，是其衰亡的重要原因，在近代中国二元经济结构发展的环境下，未能适应金融发展趋势，从而错过了合组近代银行的历史机遇期。

王路曼（2020）从认识—方法论的层面，以山西票号的历史发展为线索，重构以中西金融、货币与经济交流为背景的近代中国传统金融业的发展轨迹，并提出"中国内陆资本主义"这一金融概念范式，是近年来第一部关于山西票号的英文学术专著。池桢（2020）认为该专著在研究近代中国经济与商业史方面的贡献有三点：一是从全球史变迁的角度分析山西票号及其在中国内陆经济、社会发展中的作用；二是在国家视角下对新自由主义话语权主导下的"政府"与"自由市场"二元对立思维进行了批判与修正；三是区别于"资本逻辑"压抑的历史叙事，还原了票号及其家庭的本原，不同于韦伯[①]式"理性经济人"的西方资本主义企业家。

宋佩玉、公磊（2020）认为外商银行为维护其整体利益及银行体系的稳健运行而共同制定的业务经营与管理规则，在金融危机中发挥了重要作用。兰日旭、李昆（2021）从政府与银行公会的视角对近代中国银行的监管体系进行了

---

① 马克斯·韦伯，组织理论之父，德国社会学家、历史学家、政治学家、经济学家。

深入分析，认为中国近代银行业监管是一个由点到面、由浅入深的曲折发展历程，银行公会发挥了重要作用，而政府监管的整体效果有限，却仍为金融稳定及后续发展奠定了基础。魏鹏飞（2021）认为外资银行在近代中国经济金融发展演变中起到了关键作用，从经济、贸易、金融等方面对外资银行进入中国市场进行了分析，将其在华历程分为探索与立足、发展与壮大、垄断与控制、停滞与衰退、独占与接管、清理与复业等发展阶段。

第七，其他相关性研究。叶世昌（1962）对王鎏名目主义货币思想的深入分析，对之后研究近代货币思想有着重要的参考价值及研究意义。姚家华（1983）对魏源经济思想进行了概述性的研究分析，将货币思想作为魏源经济思想的重要组成部分。姚家华（1985）对王鎏与许楣对立的货币观点及其专著进行了阐述，认为两者的货币思想具有代表性，其相互对立是清末货币问题争论的根本分歧与对立。陈玉光、王煜（1991）通过对王鎏、王茂荫的货币思想的评述，认为货币政策应是为克服通货膨胀、稳定币值，树立"健全财政"原则的财政预算，是关于财政货币政策搭配应用的历史借鉴研究。

曹天生（1998）对 20 世纪国内关于王茂荫的研究进行了评述。史全生（2007）从林则徐对外国银元、自铸银元及禁烟防止白银外流的角度对其货币思想展开论述。楼一飞（2008）认为王茂荫是持"货币信用理论"的实用金属论者，其核心理念是"以实运虚"，其货币理论如果被采纳与认真执行，将在很大程度上改写历史进程，获得币制改革的成功，缓解当时的财政困局。王涛（2008）对王茂荫的《再议钞法折》进行考订，依托相关资料，从王茂荫的财政货币史观对其进行政治史的分析。戴建兵（2008）从币制改革的历史困境着手，认为国内经济状况及资金问题无法实现金本位制，银本位制落后且白银在近代成为世界性的投机商品，使其受制于人，由于国内政治动乱与战争频发，导致币制改革缺乏良性发展的环境基础。

段西宁（2012）认为王茂荫的货币思想受到马克思的重视，从其币制改革的货币方案对西方经济进行审视，是值得探讨的。薄婧方、薄善祥（2012）从现代经济学研究视角对王鎏的货币思想进行分析，认为其货币理论受困于时代局限，未能发挥其货币的理论价值。熊昌锟（2016）通过对以张之洞为代表的主张自铸银元以取代外国银元的阐释，以及外国银元对当时社会带来的影响，认为收归货币铸造权是维护国家利益的重要手段，并且可以有效抵制洋银。熊昌锟（2020）进一步从政府和市场的角度，对近代中国经济市场流通外国银元以及各国银元在华的竞争进行分析，认为政府在干预外国银元在华流通的过程中，既有市场偏好，又掺杂了政治和外交的博弈，但是市场作用对银元在华竞争的过程中起到了主要的作用，成为主要因素之一。

邹进文（2017）认为货币思想在中国近代经济思想领域有着重要的地位，影响并制约经济现代化，其通过文献资料，着重考察了中国近代留学生关于货币的英文博士论文，并将这些论文体现的货币思想的发展划分为三个时期：清末民初、南京国民政府时期（1927～1937年）、南京国民政府中后期（1938～1949年），进行论述阐释。

徐到稳（2019）对王鎏的交游对象进行了着重考察，认为其交游甚广，对其思想学术及其弘扬有着重要作用，对其《钞币刍言》的货币思想理论的形成及传播有着较大意义。邢志宇（2019）通过对道光、咸丰年间"银荒"及其带来的财政危机进行分析，对当时的币制改革及其带来的争论进行阐释，对王茂荫的货币观进行分析，认为王茂荫的货币主张——行钞法虽未在当时受到重视，但对后期的币制整改起到了重要的作用。

二、国外文献综述

对于近代中国社会经济思想史的研究，国外的研究学者也都在对中国社会为何会在近代落后，寻找经济学的解释，以期更好地了解中国及中国历史。如1897年英国驻上海领事哲美森的《中国度之考》就对晚清财政金融方面进行了详细、专门的叙述。在这一时期，日本对晚清财政与币制的研究不在少数，尽管其带有很大的政治目的，但对于我们理解那一时期的历史也具有一定的参考价值，其中较具代表性的有木村增太郎先后出版的《中国的经济与财政》《中国的财政真相及其革新措施》《中国的厘金制度》《中国财政论》《现代中国的财政经济》等多部著作。关于银价变动具有代表性的著作有耿爱德的《中国货币论》、谷春帆的《银价变迁与中国》以及实业部银价物价讨论委员会编写的《中国银价物价问题》等。景复朗（1965）的《1845—1895年中国的货币和货币政策》也是在对相关文献研究的基础上进行的叙述与研究。随着西方学者对中国近代经济史的研究以及西方经济学理论的引用和深化，像彭慕兰（2004）的《大分流：欧洲、中国及现代世界经济》、王国斌（1998）的《转变的中国：历史变迁与欧洲经验的局限》、黄宗智（2000）的《长江三角洲小农家庭与乡村发展》等，开始从侧重于生产关系转向探讨经济史上的生产率、生产能力和技术发展水平等相关问题，从中也体现了货币思想在近代化中的发展。

三、文献述评

关于中国货币思想史，前辈们已做出开创性的研究，如叶世昌（1986）的《中国货币理论史》（上册）和萧清（1987）的《中国古代货币思想史》，对中国货币思想史的研究具有重要意义，提供了极具学术价值的研究。20 世纪 90 年代，叶世昌（1993）的《中国货币理论史》（下册）和姚遂（1994）的《中国金融理论史》是对近代中国货币思想发展的研究。至此，关于中国货币思想史的研究开始形成一个较为完整的体系。由张家骧主编，万安培、邹进文担任副主编的《中国货币思想史》，是在全面总结 20 世纪中国货币思想史研究基础上进行的更深入研究，对各种观点进行比较，进而提出其观点与看法。其不仅在纵向上，同时也在横向上拓宽了中国货币思想史的研究领域，学术价值与研究意义可见一斑。

学术界关于近代中国货币思想的发展，以及相关财政思想发展的研究取得了极为丰富的成果，前辈们的研究从多元化的视角、多样化的主题等方面审视与研究了晚清财政与货币思想的近代化发展，从中揭示了不同的研究主题与方向，为后来者的深入研究提供了更为广阔的视角。这些研究成果都或多或少地涉及财政困局下的货币思想，但并未对两者进行更多、更深入的分析研究，大多数囿于对当时具有一定影响的人物的货币思想研究，这就使其研究是在"一静一动"的模式下进行的，就事实而研究货币思想，并未能在体制变革的动态变革中研究财政困局下货币思想的发展，而这恰是本书研究的切入点和研究重点。学术界所取得的学术成果，从某种程度上说明对晚清货币思想的研究具有重大的学术价值，这也说明本书的选题是具有一定研究意义的，是值得进行深入发掘与研究的。

本书的选题研究离不开对前辈研究成果的学习和借鉴，关于晚清财政困局下的货币思想研究，首先要考虑财政体制与货币体制的发展及其体系原理与运行机制。与此同时，本书对中国近代币制改革的分析与研究也是对货币思想在当时社会背景下的实践，以期将思想理论与实践相结合，深入了解晚清货币思想的发展。笔者从相关文献的整理中发现，对晚清财政货币的相关研究从整体上来看趋向于专题性，越来越细化，从多方面剖析本质，系统性更加趋于完善。本书从研究的角度对这一时期进行整理、分析与观察，在前文文献综述的基础上做出以下评述：

（一）重在对财政与货币制度梳理的历史学相关研究

财政与货币作为国家经济运行的基本制度保障，尤其在晚清社会时期的特殊国情下，国内历史学界就这一时期财政与货币发展问题进行了必要的梳理与研究。从国际研究的角度来看，当时晚清政府正处于被迫开放、逐渐参与到全球化贸易中，西方近代货币思想开始传入中国，西学东渐的影响体现在货币领域就是东西方货币制度的碰撞，如张家骧等主编的《中国货币思想史》就是站在国内货币金融发展的角度，对西方货币金融入侵做出了评述。本书也是在学习、借鉴这一观点的基础上来展开研究的。但是在一个逐渐开放的世界环境下，其货币思想的研究角度也应是多元化的，如宋鸿宾的《货币战争》、永谊的《白银秘史：东西方货币战争史》等，对国际货币以及中外货币体系的碰撞与交融，以半学术半事实的叙述方式做出了一定的评价。这些研究从总体上来说，为晚清货币思想发展提供了一个清晰的历史环境与研究基础。

这些从历史研究的视角对货币及货币思想、财政及财政思想的研究，决定了关于这些历史发展变化背后的动机与影响的研究缺乏足够的深入分析。要研究其背后的发展动因与规律，应从政治、经济、社会等多个角度进行深入思考。

（二）重在研究财政与货币变迁的经济学解释

财政政策与货币政策以及相关制度是经济学研究的重点对象，经济学研究是从财政与货币的本质出发进行分析与研究的。从经济学的角度解释财政与货币的体制变迁和思想发展，也是近年来经济学发展中研究经济史、经济思想史的一个重要方向。用实证分析与规范分析对货币制度及货币思想的经济效应解释历史发展背后的经济规律，就是从经济学的角度对历史进行分析。如米尔顿·弗里德里曼等的《美国货币史（1867—1960）》，其中关于1900年前后的美国白银危机，我们可以从侧面看到，其对国际白银及黄金比价的影响，在冲击国际货币市场的同时对晚清政府的货币体系产生的影响；理查德·M.列维奇的《国际金融市场：价格与政策》、威廉·配第的《赋税论》都是从经济学的角度解释货币的经济动因，这也为研究中国近代货币思想及货币体制提供了新的视角。

这些研究从经济学的角度，运用数量经济等现代经济学的一些分析工具，认识晚清财政与货币体制及思想背后的经济学动因与原理，是现在研究经济史、经济思想史的一个重要方法与研究方向。但是，现代经济学的研究具有一定的历史局限性，在对历史问题的研究中，受限于数据合理性、历史环境等诸多因素。

当然，对晚清社会时期的财政与货币体制及其思想的研究，是从多方面、多角度进行的，从法律、社会学等角度进行的研究也不在少数。但对财政与货币的动态相关性研究较少，本书力求从经济思想史的角度解释两者的发展脉络，做出深入分析。由于数据及史料的不充分，难免在数量统计分析方面尚有不足，这也是笔者以后继续努力的方向与动力。

第三节　研究说明

一、研究思路及方法

本书是关于晚清财政与币制改革的研究，属于经济思想史的研究范畴，简而言之，财政与币制改革的研究需要用到两个分析工具，即历史学的方法和经济学的方法。在学术研究及方法研究日益发达的当代，单纯依靠一种方法来研究晚清的财政与币制改革已经不能适应学术发展的需要，只有将两种分析工具有机地结合起来对晚清财政体制演变及币制改革进行研究，从经济学的角度对两者的关系进行分析，才能得出较为合理的结论，并总结出两者在近代中国经济发展中的一些规律与作用。

第一，史论相结合的方法。理论与实践相结合，从历史事件发展中厘清财政与货币思想的发展脉络。从历史唯物主义的角度出发，以历史事件为中心，研究其政策体制演变的规律。以史为主，以论为辅。如汤普逊在《中世纪经济社会史》中指出，经济史方法论"是一种历史的论述方法，往往叙述即是论点的表达"，即"论从史出"，本质上就是史论相结合，对于本书的研究具有重要意义。

第二，跨学科的方法。由于经济思想史学科的研究特征，本书在研究过程中涉及的学科领域较多，既有经济学的一般研究方法，又有历史学研究方法的相关运用，还有社会学、管理学、数学、文献学、逻辑学等学科的基本理论运用，这就决定了本书是多角度、多学科的综合性分析。

第三，规范分析与实证分析。规范分析与实证分析是学术界对经济研究的一般方法，本书也是以此为基调，将这一方法贯穿全书，对晚清财政与币制改革进行研究。

第四，整体史的研究方法。法国年鉴学派认为研究经济现象应该运用多学科的知识，即经济、政治、社会、文化等现象是相互联通的，应综合、多视角审视经济问题，从大视野而非局限于某一方面或某一领域，用编年叙述以及历史比较的方法，从整体视角审视、思考问题。本书借鉴法国年鉴学派的整体史研究方法思想，从事晚清财政困局下货币思想的研究与分析，以期将此问题置于历史发展进程中，全方位、多角度、多层次地理解社会近代化转型中，传统货币思想发展在受限于财政困局的状况下，其发展轨迹与历史经验借鉴。

二、研究内容

清朝自入关定鼎中原以后，承继明制，建立了高度集权的封建政权，在财政体制方面，比较彻底地完成了明代的"一条鞭法"的改革，如摊丁入地，以"耗羡归公"、捐输、捐纳等各项财政措施，增加财政收入，稳定其统治，创造了辉煌的"康乾盛世"。但自嘉庆、道光以后，国势逐渐衰微，终致鸦片战争战败，开启了充满血与泪的中国近代史。清代财政的一个重要特征就是实物财政向货币财政急剧转化，为货币政策成为一个独立的体系创造了条件，货币思想逐渐凸显，而不再从属于财政思想，使币制提升到一个新的高度，为研究晚清财政与币制改革提供了契机，对重新审视近代财政与币制具有重要意义。

在中国近代化进程中，晚清社会时期是近代社会转型的开端，自鸦片战争以后，中国的社会性质由封建体制过渡到了半殖民地半封建社会，主权的逐步沦丧使社会经济的发展受到严重影响。处在内忧外患的困境下，僵化的制度必须实现自身的创新，才能在世界贸易一体化的进程中占有主导地位。晚清政府的货币制度缺乏创新，财政体制在遭到严重破坏之后依然未能找到行之有效的方法来解决其财政窘境。中国近代的衰落，既有来自外部列强的侵略，又有来自内部生产关系亟须调整的变革要求，促使这一特殊时期所承载的历史尤为厚重。本书主要内容分为七章：

第一章为绪论。通过对国内外相关研究的文献综述，运用相关的经济学研究方法以及历史学等其他学科的相关研究工具，阐述本书的学术价值、创新与特色。

第二章为晚清财政困局与货币思想的一般基础理论研究。就书中所涉及的基本概念做出界定，以期在研究过程中保持前后思想一致，尽量做到简洁、清晰。对财政困局的成因及其影响的分析是本书研究货币思想的切入点，作为基础依据在此做出分析。作为晚清时期货币基础的白银，对当时政治、经济、社会的影响具有重要意义，就货币与白银、白银使用与供应状况做出分析，以期更好地理解财政困局与货币思想发展之间的关系。货币思想的发展具有承继性，晚清货币思想的发展也是在传统货币思想理论的基础上，在特殊的社会背景下开始向近代化转变的。本书中关于财政与货币思想的相关性分析，就是对财政与货币关系的内在联系性与相互关系做出深入分析，对货币思想发展与财政困局相结合的合理性做出阐释。

第三章为晚清财政困局下货币思想发展的现实背景。货币思想的发展离不开社会现实的基础，而货币思想又根植于货币金融体系之中。晚清时期货币金融市场的发展、财政困局对货币金融市场的影响、币制的混乱状况以及晚清政府对西方金融货币入侵的货币思想，是本书对财政困局下货币思想发展进行研究的社会现实基础。晚清时期，财政困局成为影响社会经济发展的制约性因素，银钱比价波动频繁，难以稳定，白银外流，货币金融发展的基础薄弱，而外国资本主义通过金融货币入侵的手段和操控国内货币金融市场的野心对传统货币思想的冲击使国人开始反思，对国内货币思想的近代化转变起到了一定的推动作用。

第四章为晚清财政困局下货币思想发展的社会动因研究。当生产关系与生产力发展不相适应时，社会变革的动因就开始酝酿。促进货币思想发展的社会动因是多方面的，本章就文化因素与环境因素两方面进行阐述。一方面，外国资本主义国家对中国的侵略使此时的"西学东渐"进入一个新的阶段，对当时的社会发展及经世思潮产生了较为深刻的影响，应该予以客观看待；另一方面，社会环境因素变得复杂，既有传统朝贡体制被条约体制替代的外部因素，也有国内财政困局及银贵钱贱带来的社会危机，其最直接的体现就是农民起义的爆发推动了社会变革的步伐。社会秩序紊乱是各种矛盾激化的直接后果，是生产关系变革的现实体现。货币思想理论与社会实践的辩证关系，就是在相互指导与发展中不断完善的。因此，从社会动因的深层次视角来分析晚清财政困局下的货币思想发展，能够多方位、系统性地审视货币思想发展的近代化历程。

第五章为晚清财政困局下货币思想的发展。晚清时期传统货币思想在面对彼时货币危机时，经世学者的思想倾向有"干预主义"与"放任主义"，这也是中国古代货币思想在当时的承继与发展，将其与西方近代货币思想进行比较，可以从更宏观的角度进行剖析，以奠定本书中国古代货币思想的理论基础，可以更好地理解晚清政府时期货币思想的发展。到了19世纪后期，晚清社会的货币金融市场被外国资本主义控制，金银比价的变动，使"镑亏"损失成为财政困局的又一推手，加之此时国内币制状况混乱，出现"金荒""金贵银贱"等现象。改良派与维新派的货币思想的出现成为这个时期货币思想发展的一个主要特征。随后，以解决财政困境为目的的革命党人的货币思想开始出现，为推翻晚清统治在货币思想理论上奠定了基础。财政思想的近代化，如外债、近代关税思想等，表明传统货币思想已经很难适应其发展的需要，货币思想的近代化发展已成为必然趋势。

第六章为晚清财政困局下货币思想及其改革的实践。19世纪60年代的第一次币制改革是尝试性的，是在财政困局与政权危局的双重压力下，为了缓解危机而进行的一次币制改革，其采用的货币措施带有人为通货膨胀的性质，是政府进行敛财的一种战时搜刮手段，其体现的货币思想也仅表现在对传统货币问题的一些争论上，是传统货币思想在半殖民地半封建社会性质下遇到的一次挑战，是货币思想近代化转变的开端。光绪、宣统时期的币制改革，则有别于第一次的币制改革，其涉及的货币思想较为广泛，从本位制思想到货币单位的选择等，是政府主导的具有变革性质的货币思想革新。将两次币制改革及其思想进行比较，有利于更好地把握晚清货币思想发展的轨迹与规律。

第七章为晚清财政困局下货币思想近代化发展的制约与启示。关于晚清财政困局与货币思想发展，本章从主观因素与客观因素两方面进行分析。中国近代化转变过程是在这一特殊历史时期进行的，造成的原因不仅有制度层面、人文理念架构等主观原因，也有外部环境，如西方列强的侵略、国际经济全球化的冲击，内部环境，如制度变革等客观因素的影响，共同促进了晚清财政困局下货币思想的发展，对中国财政与货币思想的近代化转变产生了重大影响。中国财政货币思想与近代世界经济理论的碰撞，使中国的经济理论开始吸取西方的经验，走上了自强之路，开始了中国货币改革的开端。同时，近代中国的血与泪，使中国开始重新认识世界，审视自己，加快了中国近代化的进程。

本书通过对晚清财政困局的形成过程中货币思想的社会基础进行分析，将两者相结合，在历史的动态发展中进行研究，以期能更好地把握中国近代货币思想发展的脉络。传统的财政货币思想对当时社会思想的影响是极其深刻的，是制度变革和思想发展突破的必经阶段。本书在对财政困局与货币思想理论研究的基础之上，对晚清政府财政困局的形成以及币制混乱的状况进行分析，从实践中分析财政与货币思想发展的趋势和发展状况，从实践和理论两方面对货币思想的近代化转变进行研究。伴随西学东渐形成的中西方文化的碰撞对晚清社会产生的影响，以及近代金融业发展中遇到的金融风潮，本书对货币制度需要创新和改革的必然性进行分析。以此为基础，对晚清财政体制变革视角下进行的币制改革的研究，不仅可以从史实中了解财政与货币思想的发展路径，而且也可以对货币思想的近代化转变有一个更为全面的理解。虽然晚清财政体制下的币制改革以失败告终，但为之后北洋政府、国民政府的币制改革奠定了实践和思想基础，揭开了中国近代币制改革的开端，开启了中国货币思想的近代化转变。

本书的研究框架如图 1-1 所示。

三、特色和创新点

以往对晚清货币思想的研究或局限于资料的整理，或以战争为主线、以事件为中心论述货币政策及货币思想变迁的具体情况，或局限于揭露帝国主义列强对当时中国的经济掠夺，而未深入到清政府内部的财政体制变革及由此引起的一系列财政措施难以执行或执行大打折扣所致的财政困局，以及财政主权逐渐沦丧致使其半殖民地半封建化的财政体制特征的形成过程等，对探讨晚清财政困局的形成与货币思想关系中的规律性的东西即交叉部分较少涉及。即使是一些币制改革的专题性研究也大都以财政困局为背景，或者对这一时期的财政一笔带过，或者因袭传统研究模式"就事论事"，并未对此进行深入探讨，没能从晚清政府财政体制变革的层面来论述货币思想及币制改革产生的必然性以及其最终未能达成目标的原因。还有一些著作则是从币制改革对近代金融史影响的角度出发，充分肯定其积极的一面，对其失败简单地归结为政府腐败、体制落后等原因。晚清财政相关著作较多，研究角度也较广，尽管从财政的方方面面对这一时期的财政及困局的形成进行了大量研究，但对于财政与货币思想之间关系的研究较少，或者说并未太深入，大多数都是以事件的发生为中心，对两者之间关系的研究涉及较少。

本书收集相关史料并吸收借鉴前辈的研究成果与经验，以财政体制变革所形成的困局为切入点，对晚清货币思想的社会现实基础及其发展进行深入研究，

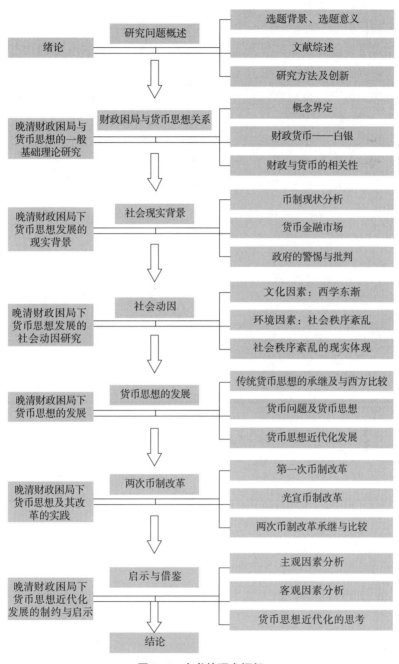

图 1-1 本书的研究框架

尝试突破传统的财政史、金融史研究模式的局限，认为财政与货币思想不仅是相辅相成的，更是一种相辅相行的体制模式，虽然"一静一动"的模式有助于从专业的角度来理解，但本书尝试从整体史的角度，在两种制度的动态发展中寻求晚清财政困局与货币思想的关系，力图更好地发掘和整理，以便能够更好地解读历史，从中发掘财政货币思想的发展脉络及近代化转变，以拾遗补阙、借古鉴今。

第二章

晚清财政困局与货币思想的一般基础理论研究

经济基础决定上层建筑，纵观古代中国，农业生产成为社会财富的主要来源，社会生产力的发展也主要体现在农业生产上，中国的传统经济学或者经济思想，大都是以"经邦济世"为目标，财政与货币思想也就自然从属于这一经济思想。作为中国近代史开端的晚清社会时期，是在中国封建社会政权走向巅峰后开始衰落的阶段，是我国半殖民地半封建社会过渡的时期，是传统财政和货币思想与世界近代经济思想碰撞的时期，是中国参与贸易全球化进程的一个重要时期。晚清财政与货币思想是中国古代传统财政思想发展的传承与延续，其理论基础深根于历史发展的进程之中，但是这一时期的特殊国情决定其发展不再局限于国内，也深受世界经济发展的影响。

第一节　相关概念的界定

一、基本术语及其界定

对于经济思想史上的一些基本概念及相关术语，一般都有较为明确的内涵与外延，且被大家广泛接受，本书中直接使用，不再做出过多解释，对于书中出现的一些需要进行界定的概念术语，尽管不多，但在本节作出说明，力求避免引起歧义，方便行文。

（1）晚清时期的时间界定。在史学界一般认为第一次鸦片战争是近代的开端，晚清时期一般也将此作为与前清的时间分界点。如张家骧等的《中国货币思想史》、叶世昌的《中国经济思想史》、赵靖的《中国经济思想史》等都是以此作为晚清时期的开始，至清朝灭亡为整个晚清社会时期。本书也采取相同的时间界定，与其保持一致，避免引起歧义。书中对货币思想的研究，如两次币制改革，虽有时间上的差距，但本书认为，思想的发展是连续的、不间断的，故本书货币思想研究的是财政困局下具有代表性的相关货币思想，如代表人物的货币思想，但并不否认其他时期和时人的货币思想的历史价值。

（2）财政困局。财政收支失衡，或赤字，或盈余，现代财政赤字认为只要保持在一定范围之内就是健康的财政状况，是可控的。书中的财政困局是指在封建社会时期的财政状况，在"出入有经，用度有制"的财政下，收支一旦失衡，由于其具有刚性，出现财政支出大于收入，尤其是晚清时期的财政，其财政体制遭到破坏，收支失衡，陷入困境，很难从体制上保证财政的健康状况。书中财政困局就是在这样的背景下提出的，具体成因及其影响在后文进行详细分析。

（3）近代化。近代化是学术界使用频率较高的术语，却无经典定义，本书认为近代化是由传统经济社会向近现代经济社会的转变过程。书中货币思想的近代化发展，就是以此为依据进行研究分析的。

二、财政困局的成因及其影响

自1840年鸦片战争以后，晚清政府的财政体制逐渐趋于崩溃，财政支出中，战争军费、对外赔款、外债支出逐渐成为主要的支出项目，加之国内的银贵钱贱危机，财政困局难以缓解。在外国资本主义军事侵略、经济压榨、政治胁迫的外因下，逐渐沦为半殖民地半封建社会。国内经济危机与农民起义运动更是从根本上对晚清政府的统治予以动摇。虽然经历币制改革、洋务运动、戊戌变法、财政体制变革等，但仍未能"扶大厦之将倾"。

财政困局是晚清财政体制破坏的直接反映，财政收入增长缓慢，财政支出缺口逐年递增，晚清政府采取竭泽而渔的财政手段，搜刮、敛财，增加税收，致使民众负担日益加重，导致财政危机与社会危机并存，财政困局的局面难以从根本上扭转。

就晚清政府财政体制而言，决策者的财政治理思维，已经难以与时代发展相适应，生产关系与生产力不相适应，经济基础遭受严重损害，上层建筑必然难以稳定，进行体制近代化转型已是大势所趋。但晚清政府决策者观念落后，在财政体制近代化转型道路上，不仅没能起到引领的作用，反而在保守思想的作用下，使得财政体制近代化转型备受阻挠，其直接后果就是财政政策的积极效应难以发挥，导致其在面对财政困境时，政策转型滞后、政策效应不佳，从思想观念上制约了财政体制的近代化发展。

就晚清政府体制而言，中央政府的财政决策很难由地方官吏贯彻执行，效果必然大打折扣。在传统财政货币思想占据主导地位的政府体制内，各级官吏的财政思想基本出自"四书五经"式的科举考试，对近代财政专业的认知有限，仍沿用"量入为出"的财政原则就是很好的例证。虽然迫于时代发展趋势的压力，引进了一些西方近代财政制度，但并未能付诸实践，如此来看，各级官吏执行财政政策的能力是偏低的，进而会导致财政政策的低效与效应缩水。

晚清政府在财政上出现收支失衡，面临财政困难之窘境，这并不是一种孤立的现象，而是社会、经济、政治等方面发展的一个结果，财政困局的形成并不是一蹴而就的，是有其原因的。

（一）战争赔款对财政资金的掠夺

中国近代化是伴随着苦难与屈辱走来的，晚清政府在面对世界格局变化之时，仍以"天朝心态"以应对之，闭关锁国的政策被侵略者的坚船利炮所打破。晚清政府腐朽的统治终究没能实现中华民族的复兴，反而走向了半殖民地半封建社会的深渊，开始了近百年的近代屈辱史。西方资本主义列强的掠夺与侵略给本就处于没落的晚清政府予以沉重的打击，几千年的封建体制社会开始了向现代国家体制的转变，财政体制是整个晚清政府体制的核心，是国家机器运转的保障，是国家得以存在下去的支柱，因此，对晚清政府财政体制改革发展进行研究，不仅可以对晚清政府政策的制定与实施以及政局形势的预判有一个很好的了解，也能更好地理解晚清政府政策制定的必然性与其结局必然失败的根本性。晚清财政成为研究中国近代史一个绕不开的主题，不管是社会问题，还是本书所研究的币制改革及财政货币思想，都是一个重要的视角，对厘清史实及思想的发展都具有十分重要的研究意义。

1842~1845 年第一次鸦片战争的失败，开始了晚清政府战争赔款的先例，为以后的几次外国侵略者向晚清政府强行索取巨额赔款创造了"仿效的蓝本"。这种战争赔款的危害性是极大的，对中国社会产生的影响极深，是晚清社会财政窘境形成的一大重要原因。在近代史上，战争赔款实际上只是晚清政府作为战败国赔款的一个重要勒索项，还包括教案赔款、商务赔款等其他形式的财政勒索。巨额的战争赔款严重破坏了晚清政府本就不算充裕的财政收支，如《马关条约》签订时，晚清政府的财政收支"合洋税、厘金、正供、捐输，每岁不过七八千万"①，与规定中中国赔偿库平银二亿两形成鲜明对比。晚清政府的财政就是在这样的压力下，一步一步地背离其原则，加税、重征等形式的财政收入手段，如同"竭泽而渔"，后果的严重性已然可以预见。

第一，战争赔款是晚清政府的税负转嫁，在减缓自身压力的同时，激化了社会矛盾。为了偿还巨额的战争赔款，单纯依靠晚清政府的财政收入是不可能的，这就加剧了封建统治者利用一切手段对百姓进行搜刮，将财政问题进行转嫁，以解决财政困境之局势。这种饮鸩止渴式的财政收入，非但不能从根本上解决问题，反而加剧了社会矛盾。关税、盐税、地丁、兵饷、劝捐等各种形式的征税方式以及敛财形式，就是对百姓进行的直接转嫁，如马克思所言"旧税捐更重更难负担，此外又加上了新税捐"②，就是对当时战争赔款前后的一个客观评价。为了镇压太平天国运动而创办的厘金制度，使"抽厘为公"成为军饷的一个重要来源，也成了一个危害甚深的财政制度，以致后来的财政体制变革想要裁撤厘金制度而备受地方政府阻挠，难以成行，对财政制度及社会经济的发展产生了极大的影响。战争赔款对晚清政府财政的勒索实则是对老百姓的掠夺，这无疑将成为激化社会矛盾的重要原因，是晚清财政困局难以解决的根本问题所在。因为晚清政府并未从财政体制上解决问题，而是采取了简单粗暴的手段来增加财政收入，这也就注定了其必然灭亡的命运。

第二，战争赔款间接地削弱了晚清政府的税源。中国自给自足的封建小农经济在这一时期趋于瓦解，新的商品经济尚未形成，萌芽期的资本主义也不能挽救当时社会经济的衰败。沉重的战争赔款对百姓的转嫁，使本已沉重的生活负担雪上加霜，"力不能胜，弃用潜逃者比比也"，土地荒芜，生产力破坏严重，经济更是萧条，如此的恶性循环，使依靠田赋等为主要来源的晚清政府的财政收入不断减少。晚清政府对老百姓财富的搜刮，使社会矛盾变得空前严重和复杂，阶级的经济利益变得尖锐而对立，社会分化与土地集中问题更显突出，出现"田价日贱，鲜有人买"③，"弃田不顾者"④ 的现象。城乡之间，农民和城市失业人

---

① 《清光绪朝中日交涉史料》（卷38），故宫博物院1932年版，第25页。
② 马克思、恩格斯：《马克思恩格斯全集》（卷9），人民出版社1961年版，第111页。
③ 清代钞档，咸丰三年十一月初十日许乃晋、何彤云奏。
④ 《史料月刊》，道光二十三年正月二十八日耆英密奏，第35期，第291页。

口增加，使其生活困苦不堪，作为封建政府税源的主要贡献者，这一现象也从某种程度上说明晚清政府财政困局的形成与其自身制定的财政政策有着莫大的关联。西方资本主义凭借战争手段获得的各项优惠政策，对中国的固有经济发展模式造成了很大的破坏，加速瓦解了封建式的小农经济，使农业和手工业者破产甚多，进一步破坏了晚清社会的生产力，制约了其经济的发展，使晚清政府的财政收入来源进一步缩小，加剧了其财政困境的局势。

第三，战争赔款是对晚清政府财政的直接勒索。对于近代中国的对外战争赔款，总值究竟几何，说法不一，其中，数值最高者为银 19.53 亿两，最低者也有 10 余亿两之巨[1]。首先，国库空虚造成财政危机。战争赔款对晚清财政造成的影响，不仅体现在财政支出上，在财政收入上也使其捉襟见肘，使财政收支严重失衡，出现"外省之款既拨之无可拨，部库之项筹之无可筹"[2] 的现象，财源日竭引起的财政危机，对封建统治者来说是难以承受的，如何缓解财政危机，摆脱财政经济的窘境，维持其统治，这是战争赔款对其财政影响的最直接体现。其次，财政搜刮造成体制危机。为了缓解财政困局之势，在战时推广捐输捐纳，举借内债和外债，增加赋税、滥发钱币、创办厘金等一系列搜刮方式，无不体现了对人民无以复加的剥削，使原本已遭破坏的财政体制更加支离破碎。无法制定新的行之有效的财政体制，间接地导致了财政体制的危机，积弊难返，这不仅是财政体制演变在晚清时期的外在表现，也是币制改革和货币思想在这一时期的体现。清代中国对外战争赔款情况如表 2-1 所示。

表 2-1　清代中国对外战争赔款情况

赔款名称	确立年代	赔偿对象	赔款额	赔款内容
鸦片战争赔款	道光二十二年（1842 年）	英国	2100 万银元，合库平银 1470 万两	军费、鸦片费、商欠
第二次鸦片战争赔款	咸丰十年（1860 年）	英国、法国	1670 万两	军费、抚恤费
琉球事件赔款	同治十三年（1874 年）	日本	50 万两	修道筑房、抚恤费

---

[1] 林恂：《青少年要学一点近代史》，《光明日报》1991 年 4 月 21 日。

[2] 清代钞档，咸丰三年六月十六日管理户部事务祁寯藻等奏，咸丰三年七月二十一日祁寯藻等奏。

续表

赔款名称	确立年代	赔偿对象	赔款额	赔款内容
马嘉理事件赔款	光绪二年 （1876 年）	英国	关平银 20 万两	军费、抚恤费、商欠
伊犁事件赔款	光绪七年 （1881 年）	俄国	900 万卢布，合库平银 600 万两	"兵费"
甲午战争赔款	光绪二十一年 （1895 年）	日本	23150 万两	军费、威海卫驻军费、赎辽费
庚子赔款	光绪二十七年 （1901 年）	俄国、英国、法国、美国等十一国	4.66 亿余两	各国军费、抚恤费、地方赔款
拉萨事件赔款	光绪三十二年 （1906 年）	英国	250 万银卢比	军费

资料来源：申学锋：《转型中的清代财政》，经济科学出版社 2012 年版，第 179–180 页。

从表 2-1 中可以看出，晚清政府在近代对外战争赔款中，财政支出压力是极大的，且并没用于改良军事装备与军事训练等。不仅耗费繁巨，更是对民族自信心产生了不良影响。战争赔款①数额的不断扩张以及应对外国资本主义的军事侵略而不断增加的军费支出，不仅耗费了巨额财政支出用于赔款，附加于战争之后的不平等条约更是将晚清政府置于崩溃边缘。

战争赔款对晚清财政困局的形成，无论是其间接性还是直接性的作用，都对当时的社会经济产生了巨大的影响，作为贯穿晚清时期的战争赔款，始终都对其财政产生着重要的制约作用。西方列强既要维持晚清社会半殖民地半封建的社会性质，又不得不加以防止晚清财政体制改革取得成功，损害其在华利益，晚清政府的财政体制及币制改革的压力不仅来自内部，而且也受到外部影响，其变革的难度是可以想见的。财政与货币思想的发展就是在这样一个背景下呈现出其特殊时期的特殊性，既无法摆脱传统思想的束缚，又不能完全接受伴随西学东渐而来的西方近代经济思想，此种社会转型的历史经验，对当下的社会主义市场经济体制改革仍有十分重要的借鉴意义。

---

① 本书采用申学锋关于战争赔款的定义，即战争之后因战败而被迫赔付的侵略款项，赔款内容包括战胜国军费损失及其商民在战争期间遭受的损失，非战争因素引起的赔款、条约规定之外外国对中国的劫掠、因筹还赔款而借用的外债均不计入战争赔款。

（二）农民运动对财政体制的冲击

随着财政状况的恶化，晚清政府开始实行战时财政措施，不断搜刮老百姓的"生存之财"，以维持其反动统治，其结果就是不断激化社会矛盾，使这一时期的矛盾复杂化、严重化，民族矛盾、阶级矛盾交织形成。此种情景，爆发大规模的农民战争已不可避免，在封建王朝统治下，此种生产关系已严重阻碍了生产力的发展，只有发生变革才能推动社会发展。晚清财政困局的形成并非一朝一夕，是在不断积累和激化矛盾之后，在政体上的直接表现，而社会状况的恶化是其外在的表现。农民运动不仅是财政困局下晚清政府激化社会矛盾的后果，而且也在很大程度上造成了对晚清政府统治的极大冲击，更进一步地加剧了其财政窘境，不断将其推向崩溃的边缘。主要体现在以下两个方面：

第一，农民运动直接加剧了晚清政府的财政困境，将其推向崩溃的深渊。自清王朝定鼎中原开始，全国各地的反清斗争就未有间断，只是限于规模，其对清政府及清财政未能形成实质性的影响。但自晚清以来爆发的农民战争，其规模、影响已然超出了晚清政府的承受能力，使本已左支右绌的财政困境进一步恶化。任何事物的发展，并不是无缘由的。晚清政府为了解决财政困局，对百姓采用多种形式的搜刮，使人民深受其苦，不断激化矛盾，最终引起了大规模的农民运动。但反过来，晚清政府为了镇压农民运动，其庞大的军费支出又进一步恶化了其财政处境，这是一个不断加剧的恶性循环，不断将其推向崩溃的边缘。清政府实行严格的奏销制度，每次对内对外的军需开支均有一个大概总数可查，但咸丰、同治年间的农民起义运动所耗军费开支，已无确切数据可供查证。在这期间，爆发了太平天国运动、捻军起义、西北回民起义、西南及两粤闽台各族人民起义等，范围之广，遍及全国各地，对晚清政府的冲击是巨大的，其统治根基已然被动摇。晚清时期政府镇压农民运动军费奏销情况如表2-2所示。严酷的苛捐杂税，一方面敛财，另一方面却在不断地削弱自己的统治基石。为了镇压农民起义运动，其财政支出是巨大的，可以想见，本已处于困境之中的财政，如果不实行战时措施，如创厘金、劝捐例、加赋税等方式，是很难筹集军费之需的。此等恶性循环直接导致了晚清政府统治的动摇。

表 2-2　晚清时期政府镇压农民运动军费奏销情况

农民起义	银两	所占比例（%）
太平天国运动所耗资费	170604104	40.4
捻军起义所耗资费	31730767	7.5
西北回民起义所耗资费	118887653	28.2
西南各族起义所耗资费	78736500	18.6
两粤闽台各族起义所耗资费	22336935	5.3
合计	422295959	100

资料来源：彭泽益：《十九世纪后半期的中国财政与经济》，中国人民大学出版社 2010 年版，第 91-103 页。

第二，农民运动对晚清财政体制的冲击。为了镇压农民运动，晚清政府为筹集巨额军费所采用的搜刮措施对其体制也产生了重大影响，财政体制也在悄然中演变。如厘金制度的创办，其毒害之深，对晚清政府统治的影响已然超出了厘金制度本身，朝廷的几次裁撤厘金制度都无疾而终，也加速了中央政府与地方政府的财政分权。清王朝是中央集权的封建王朝，其财权也高度集中在中央政府手中，但自鸦片战争之后，由于无法解决庞大的军费开支，晚清政府允许各地督抚自行"就地筹饷"，造成财权下移，破坏了财政集权制的局面。中央政府一方面想要集权以维护其统治，就得剥夺地方政府的财权，以免尾大不掉；另一方面迫于局势，又不得不允许地方政府"自行筹措费用"，造成财权下移的同时也埋下了中央政府与地方政府的矛盾隐患，使财政体制在被动中改变，也就决定了财政体制难以彻底进行，以及与之相应的币制改革都无法实行自上而下的变革，农民运动对晚清财政体制的冲击，加速了其灭亡的步伐。

解协饷制度是清王朝财政体制运行的中心环节，是晚清政府对全国财政资源实行控制和再分配的制度保障，与奏销制度一起构成了财政体系的高度契合，是中央政府对地方政府财权控制力的保障。经过农民运动的冲击，财权下移，解协饷制度也受到了严重影响，奏销制度更是废弛，财政体制的核心环节，不仅未能起到其应有的作用，面临财政困境的局面，更是有崩溃的危险。所以农民起义运动，不仅是晚清政府实行财政搜刮后对社会矛盾的激化，而且在加速其灭亡的同时，促进了中国近代化的进程。

（三）外债与晚清财政困局

外债作为由政府担保通过借款、发行债券等形式的筹措财政资金手段，其发售对象为外国政府、银行、企业等，在我国封建王朝历史上，借债早已有之，但大都借而不还，所以只是形式上的借债，实则是对老百姓的剥削。但是到了晚清社会，其外债性质就开始发生了重大转变，因为它已完全区别于古代中国的借债，属于现代外债的范畴，是中国参与到全球贸易过程中而产生的。

晚清政府的外债与其面临的财政困局是分不开的，其半殖民地半封建的社会性质决定了这样的外债形式的特殊性，是帝国主义对中国变相掠夺的手段。政府主权的缺失使外债的利息过高，折扣过大，同时帝国主义利用汇价来操控中国的金融市场，以海关、盐课等作为抵押，通过种种不平等方式，将中国经济推向瓦解的边缘。晚清政府想借外债以缓解其财政压力，但是在主权丧失的情况下，只能是越借债越会加重其财政负担，纵观晚清政府直至其灭亡的这段历史，外债就一直与财政困局相绑定，其在晚清财政体制下的作用也是不可忽视的，理解外债的特殊性，能更好地掌握晚清财政困局形成的原因。

从表 2-3 中可以看出晚清政府举借外债数量之巨，且主要用于非生产性用途，不仅没有像欧洲国家通过外债实现工业强国，反而因外债偿还，使得晚清政府背上了沉重的财政负担，形成借债—还债的恶性循环、财政困局难以挣脱的怪圈。另外，由于中国与国际社会上货币本位制的差别，出现镑亏，外债支出远超收入，更加剧了晚清政府的财政压力。

表 2-3　清代外债用途分类

外债用途	举借次数	举债数额（库平两）	所占比重
赔款借款或赔款转化为外债	6	793883340	61
各种实业借款	85	374560965.7	29
海防、塞防与抵御外辱借款	23	79501078.99	6
行政经费借款	59	40993647.2	3
镇压国内起义与革命借款	35	16949265.62	1
合计	208	1305888297	100

资料来源：申学锋：《转型中的清代财政》，经济科学出版社 2012 年版，第 185 页。

随着第二次工业革命的深入发展，帝国主义也不断将新的工业成果作为侵略和压迫近代中国的重要工具，如铁路，帝国主义国家通过政治、经济、军事等强加于晚清政府，通过签订借款合同，或直接经营，或参与管理，或占据主要技术职位等手段，对中国铁路加以控制，实现利益剥削。表 2-4 中可以直观地反映各帝国主义国家在华铁路债务及其所占比重，以债务形式加重对晚清政府的财富掠夺，更是加重了财政负担，财政困局要想得以缓解，进行变革已成为一种必然选择。

表 2-4　各帝国主义国家在华铁路债务及其所占比重　　单位：万元

国别	总计	1898～1904 年	1905～1914 年	所占比重
	负债额	负债额	负债额	（％）
英国	21557	5908	15649	43.2
德国	8526		8526	17.1
美国	1739		1739	3.5
日本	2697		2697	5.4
法国	6626		6626	13.3
比利时	8790	3066	5724	17.5
合计	49935	8974	40961	100

资料来源：严中平：《中国近代经济史统计资料选辑》，中国社会科学出版社 2012 年版，第 128 页。

　　半殖民地半封建的社会性质是晚清政府面临的社会现实，其主权也在历次战争失败后逐渐丧失，所以，晚清政府的外债是建立在不平等基础之上的借债，从而决定了其政治性大于其带来的经济效益。如规定借款不得提前还款以及列强附属的优先贷款权，都是强行附加给清政府的，如 1895 年中俄的《四厘借款合同》中规定了晚清政府在 1910 年前不得还清借款[①]。由于晚清政府的外债多以关税、盐课、厘金等作为抵押，这些都是晚清政府财政收入的主要来源，但作为抵押，就给了列强干预行政主权的机会，此种局面下，列强是不会给晚清政府缓解财政困境的余地的。晚清外债的不规范性致使本已不平等的借款合同更是雪上加霜，使应有权利受损。

　　关于外债与晚清财政困局的关系，其实是晚清政府的无奈之举，在封建王朝集权体制下，其一直信奉"量入以为出"的财政原则，主要有两点：一是体现其体恤爱民之意，二是可以防止因财政规模扩张危害其统治根基。但是到了晚清社会时期，时局已变，财政收入根本无法满足其财政支出的需求，固守

---

① 王铁崖：《中外旧约章汇编》（第 1 册），生活·读书·新知三联书店 1957 年版，第 627 页。

"祖宗之法不可变"的传统思想已然不可行，各种形式的财政搜刮激起的社会矛盾，只能是加重财政负担。上文提到的战争赔款、农民运动，都是财政困局下的外在表现。晚清政府只能行"量出以制入"的财政思想原则，这在当时是一种饮鸩止渴式的财政措施，而外债也只能是这种恶性循环上的一环，与其他形式的财政搜刮一道加剧了财政困局的恶化。史实证明，当生产关系严重阻碍生产力发展时，一场变革是难以避免的，中国的近代史开端就是在这种体制演变过程中开始的，是体制内与体制外的双重压力推动着中国近代社会发展的。

三、货币思想的承继与发展

中国古代的货币思想，在中国传统财政思想史研究中是一个很重要的组成部分，货币政策作为国家宏观调控经济发展的政策工具，是从近代经济学发展而来的，作为财政手段在古代中国经济发展中发挥作用并无不妥。现在研究的货币思想是在现代货币发展理念的基础之上，将其分为财政与货币的经济思想，其实，纵观历史的发展，可以证明这两个都是作为一个政策的组成部分来调节经济的。在封建制的社会经济下，我国古代自给自足的农耕经济的出现，使得财政制度基本可以涵盖经济生活的各个方面。因此，本书认为货币思想在古代中国经济思想史研究上有着重要地位，是财政思想发展的一个重要方面，直到近代两者的发展才趋于分开，此种说法并非否认货币思想的研究价值，而是把这种思想还原到历史中，从中认识其特定背景下的意义，结合当时的经济发展，理性认识，深刻剖析其作用。货币思想在古代中国尚未形成一套比较完整的理论体系，但是历代的思想家不断继承前人的研究成果，努力拓展并创新货币思想，使货币思想不断发展，形成具有传统特色的货币理论体系。作为近代开端的晚清社会时期，既有来自西方近代经济思想的冲击，又有传统经济思想的影响，面对各种社会矛盾，如何有效解决财政危机，进行合理的币制改革是其中一项重要举措。这既有其历史意义，又有深刻的现实意义。对古代中国货币思想的研究能够为本书研究晚清财政困局下的货币思想提供一定程度的理论依据，做到"有理"可依，是货币思想近代化转变的理论基础，而非全然盲目地接受西学，这是本书货币思想研究的一个基本观点。

（1）"子母相权"思想。单旗的"子母相权论"是最早的有关货币理论的记载①。货币出现较早，我国是世界上最早使用货币的国家之一。周景王提出准备铸大钱而发行，以废止现行流通的小钱，以此为背景，单旗提出的"民患轻，则为作重币以行之，于是乎有母权子而行，民皆得焉；若不堪重，则为多作轻而行之，亦不废重，于是乎有子权母而行，小大利之"②是对古代货币流通思想的初步认识，但是其货币思想还体现了货币投放市场应及时且应该根据需要而发行，作为治理经济的方法，而非为了增加财政而铸币。认识到货币相对于商品而言，可"轻"可"重"，通过交换商品，即货币是相对价值形式的表现，意味着其关于"价值问题"的认识有了初步的探究。尽管这一货币思想理论并未成熟与完善，但却是一个具有开创性、引领性作用的思想理论，支配了秦汉以后的整个封建社会，是中国传统货币思想理论的代表之一。

（2）《管子》的"轻重论"。"轻重"作为一个范畴，认为金属货币的轻重是可以直接反映商品价值大小的，是流通领域中关于货币与商品比价的研究，对货币、价格和市场有了一个新的认识。认识到商品轻重变化的规律，并依此制定"轻重之策"来调节社会经济关系，作为财政制度的手段之一，既是国家对商品货币关系进行干预的一种方式，同时又能使市场运行顺利。《管子》作为一部治国理财之书，对"轻重论"的认识，不仅局限于思想理论上，其对国家的治理也是行之有效的。如运用此理论调节市场上的供求与物价，使商品价格趋于合理和稳定，同时还能增加国家的财政收入，调节诸侯国之间的商品流通，实现"以轻重御天下之道也"③的政治目的。

（3）司马迁的货币思想。司马迁的"善因论"作为中国封建社会经济时期一种主要的经济思想，以发展经济、富国富民作为治国安邦的前提，积极赞扬分工与交换，重视商业的作用，如《货殖列传》中对范蠡、白圭做传，把私人追求财富、满足欲望看成是自然的，而不应该遏制，摒弃了以礼或法来约束利欲的观点。由于"善因论"不能像"轻重论"一样，在特定的历史环境下，在封建式的生产关系下推动与巩固中央集权，因此未能受到足够的重视。其中，司马迁的货币思想也得到了体现，《史记·平准书》中对货币数量与物价关系作了解释。到了近代，经济发展与上层建筑之间的矛盾日益尖锐，司马迁的货币思想开始得到进步思想家的重视，如龚自珍对《货殖列传》的盛誉，梁启超

---

① 胡寄窗：《中国经济思想史》（上册），上海人民出版社 1962 年版，第 168 页。

② 《国语·周语下》。

③ 《管子·山至数》。

作《史记·货殖列传今义》等。司马迁关于汉代铸币发展过程的叙述涉及货币的数量、轻重与物价的关系，如《史记·平准书第八》中"钱益多而轻，物益少而贵"的观点。胡寄窗（1962）[1] 认为这是货币数量说；叶世昌（1986）[2] 则认为这是一种符合客观事实的直观叙述；萧清（1987）[3] 提出"在货币价值论上，他也带有货币数量论的倾向"；张家骧等（2001）[4] 的《中国货币思想史》中认为司马迁关于铸币、轻重与物价的关系，不存在货币数量论观点。司马迁的货币思想研究成果也不断取得突破，具体可参见韦苇的《司马迁经济思想研究》。

（4）货币流通思想。随着生产力的发展，商品经济也日渐繁荣，货币的作用也就逐渐凸显出来，为了满足商品的频繁交易以及流通范围的扩大，货币的流通职能就显得尤为重要。唐宋时期，商品经济较前代有了重大发展，同时，原来的货币思想理论已经很难再顺利地解释现实中的问题，如"钱重物轻"的"钱荒"问题。因此，在这一时期，货币思想有了新的时代特色。

第一，关于货币的起源之论。《管子》中将货币起源归因于帝王意志之说是后代思想家的主流观点，影响甚深。例如，陆贽的"先王制说"；李觏把货币视为圣人所作，以解决物品交换之需；叶适则是把货币起源同市场发展相联系，即与商品交换、商业发展等相联系。这些关于货币起源之说，其实都是思想家对货币的认识上升到新阶段的标志。

第二，货币职能论。货币具有价值尺度、流通手段、支付手段、价值贮藏和世界货币五种职能，但是，货币职能的发展是随着商品经济发展而逐步完善的。在唐宋元时期，对货币的价值尺度和流通职能的认识有了一个新的理解，例如，张九龄反对实物货币，提出自由铸币的观点，也是基于其对货币职能的认识而提出的；杜佑将货币作为衡量其他商品的基本价值工具；吕祖谦从重农的角度，对货币的作用给予解释，认为"大抵天下之事，所谓经权之本末，常相为用，权不可胜经，末不可胜本"。[5]

第三，货币发行论。国家垄断发行权与允许民间自由铸币，在历史上都曾出现过，既有秦代的统一铸币，又有汉代的诸侯铸币的现象。进入唐代以后，

---

[1]　胡寄窗：《中国经济思想史》（上册），上海人民出版社1962年版，第66页。

[2]　叶世昌：《中国货币理论史》（中册），中国金融出版社1986年版，第25页。

[3]　萧清：《中国古代货币思想史》，人民出版社1987年版，第76页。

[4]　张家骧等：《中国货币思想史》（上册），湖北人民出版社2001年版，第120页。

[5]　《文献通考·钱币二》。

商品经济迅速发展，关于这一争论又因货币数量不足，以致"恶钱"现象频发，因此关于货币发行权的争论又成为唐宋元时期货币思想发展的一大特征。刘秩坚决反对自由铸币，认为货币发行是国家对经济干预和管理的重要手段，可以调节物价，如果允许私铸，不仅会使货币混乱，而且也不利于经济发展，国家应垄断货币发行权；马端临认为应坚持货币发行权统一于中央，可以更为有效地管理货币和发展商品经济。

第四，纸币的发展及思想。纸币的出现，对货币的发展提出了新的要求，使货币思想理论的发展又进一步。首先，反对纸币发行流通的思想。苏轼认为应该使钱与金等值，才能消除私铸，故反对纸币发行；许衡则从把纸币当成弥补财政赤字工具的角度来反对纸币发行。其次，关于纸币发行的其他思想。周行已的纸币兑现思想，辛弃疾的币值稳定思想，叶适的纸币驱逐铸币的思想，还有"称提"思想，在南宋时是纸币兑换的主要理论依据。从货币思想的发展程度来看，生产力水平的提高，商品经济发展到一定程度，与之相适应的货币思想，即传统货币思想就会随之发展到一定的程度。

（5）明至清时期的货币思想理论。

第一，"以银为上币"论。丘浚的货币金属论思想，认为"以银为上币，钞为中币，钱为下币"，具有现代银行学中的本位币与辅币关系的货币思想，坚决反对货币不足值而流通，提出了"皆必资以人力"的物物交换应遵循等价原则。

第二，用银致贫论。"一条鞭法"赋役制度的实行，使白银的交易量逐渐增加，但白银产量却未能同步增加，以致国家财政困难，故货币名目论思想产生。该理论认为货币只是一种交换工具，是一种价值符号而已，并不是财富，由此产生了"用银致贫论"说。例如，勒学颜明确把钱和银归为同一种价值符号，认为其并无使用价值，只能用作流通；徐光启在名目论对货币价值符号的认识上，提出货币可以作为衡量财富的价值尺度之说。

第三，"废金银论"。这是晚明货币思想发展的一个特征，主要是由于银产量跟不上银的需求量，即供不应求，如果继续用银，不仅对经济的发展有阻碍，而且会加剧贫富差距，危及社稷，故提出"废金银论"。黄宗羲提出"后之圣王而欲天下安富，其必废金银乎"，认为只有金银退出市场，废止不用，才能调动人民的积极性，活跃经济，减少并控制贫富分化，使官吏清廉，完善货币制度，解决"银荒"问题，主张将钱用作发钞之本，把纸币作为钱币的价值符号；顾炎武认为用银不仅会激化社会矛盾，而且还会助长盗窃和贪污，同样坚决主张废金银；王夫之和唐甄也都主张废金银，认为银是致贫的本源；顾炎武和王夫之将铜币视作理想的货币，并强调货币在经济运行中的作用是无可取代的。

第四，货币拜物教思想。马克思认为生产资料私有制发展到一定程度后，社会分工、商品交换以及商品生产的发展是货币拜物教思想产生的原因。明中期以来，货币拜物教思想在社会形成逐利拜金之风，对传统社会生产产生的冲击使社会经济发展出现了不稳定的因素，成为潜在影响社会经济发展的障碍。如朱载堉的《醒世词》、薛论道的《林石逸兴》、徐石麟的《坦庵续著》等都对货币拜物教思想提出了批判和反讽。这种货币拜物教思想的出现，也从侧面反映了一个事实，那就是这一时期的商品经济发展已经有了较大的进步，资本主义萌芽性质的商品经济也已开始形成，这是生产力水平发展到一定程度时生产关系变革的迫切要求，故我们应该辩证地看待拜物教思想。

第二节　晚清财政货币基础——白银

本书在研究晚清政府时期的财政状况及其货币思想的发展，并分析诸多导致晚清政府灭亡因素的过程中发现，作为经济活动的核心要素之一的白银，对货币体系的重要性是不言而喻的。从国际环境来看，鸦片战争之后，晚清政府的闭关锁国政策被迫放弃，此时国际上西方列强开始逐渐向金本位制的货币体系转变，并开始逐渐盛行。由此带来一个可预见的结果就是世界银价持续不断下跌，给银本位制的晚清政府带来的影响是致命的，在国际金银比价、国内银钱比价的双重作用下，对晚清社会的经济、政治、文化等带来的影响不断加深、扩大，如战争赔款、外债等，使晚清政府的财政负担不断加大，财政困局日益严重。在晚清的对外贸易活动中，黄金逐渐成为世界货币交易的主体，价格不断上涨的黄金成为主要的支付手段，使得在晚清政府的对外贸易中，由于金银比价变化造成的损失极其严重，币制体系趋于崩溃，如此看来，晚清政府的两次币制改革就显示出其必要性了。从国内经济来看，银钱比价波动加剧，不仅对晚清政府的经济市场带来极为不利的影响，而且加重了百姓的货币危机感与信任感，威胁到政府的统治基础，如不断爆发的农民起义运动，以及由此带来的货币流通壁垒等，都对晚清政府的统治百害而无一利。货币思想的近代化发展就是在此背景下艰难曲折前行的，研究晚清财政困局下的货币思想，其货币基础——白银就是绕不开的主体之一。

一、白银与货币

晚清社会时期，白银作为主要货币在国内各省之间的大规模贸易中使用广泛，是这一时期晚清政府货币体系的基本构成因素，在经济社会发展中起到了至关重要的作用，尤其对于财政体制。"国家地丁课程俸饷捐赎，民间买卖书券，十八九亦以银起数，钱则视银为高下。"① 从中可以发现银钱并用的货币体系中，白银的货币地位开始发生很大的转变。在 19 世纪前期，中国社会多以制钱进行较小规模的交易，这是由当时以农业、手工业等作为主体的经济发展模式所制约的。政府拥有货币铸造权，政府铸造制钱，通过一般的财政支出，如政府在市场上的采购、军饷支出等，将制钱流入市场。这就涉及银钱比价的问题，而这个问题也是导致 19 世纪清政府银贵钱贱危机的主要原因之一。同重量下的白银与制钱相比，白银的价值高于制钱。1830 年，1 文制钱的重量为 0.12 两白银②，但两者比价在市场上是浮动的，而非固定的，于是"银之铢两轻于钱百数十倍，便于取携耳"③ 为银钱比价的波动引发银贵钱贱危机埋下了祸根。

白银在亚洲被贵族用于窖藏，也作为一般的通用货币④。清政府的税收是以白银的形式进行征收，80% ~ 90% 的税收用于官俸、军费等主要财政支出，制钱由清政府管辖的铸造局负责铸造并用于市场流通。这些铸造局有户部的宝泉局、工部的宝源局以及各省布政使管理的铸造局，由于这些铸造局分布广泛，加上晚清时期太平天国运动造成的南北货币流通阻塞、晚清政权下移等导致的各铸造局铸造的制钱差异较大，其结果就是给省与省之间的流通造成诸多不便，形成贸易壁垒，也是晚清币制改革想要解决的主要问题之一。

包世臣关于当时白银用途的描述，即官方所有的田赋、杂税、官俸、捐输等都用白银进行支付，而民间 80% ~ 90% 的契约也用白银进行计价交易，即使使用制钱交易，也会进行白银折算而计价⑤，与之前制钱可以在大规模的市场交易中不仅使用形成鲜明对比。商人在市场交易中不仅扮演着重要角色，也是早期中国金融体制的主要运作者，如商人开设的钱庄，商人在贸易往来时付以

---

① ⑤　包世臣：《安吴四种》（卷 26），第 11a 页。
②　《中国近代货币史资料》，第 89 页。
③　《中国近代货币史资料》，第 189 页。
④　林满红：《银线：19 世纪的世界与中国》，江苏人民出版社 2016 年版，第 5 页。

白银或以白银赋税，也可在钱庄兑换制钱，供货币流通①，从中可以看出钱庄之于白银的作用。不妨从钱庄在当时官府中的定位来进行思考，私人钱庄一般发行可兑现的银票与钱票，可在异地与开票钱庄有往来的钱庄进行兑换②。银票与钱票也可以在一定程度上弥补白银或铜钱发行不足的问题，但银票与钱票在流通中一般情况下不会同时兑换，出现"挤兑"现象。如在1838年，湖北、湖南、山东总督反对四川总督禁止钱票流通的主张，因为他们认为银票与钱票可以弥补货币供应不足的问题③。这从侧面也反映了当时社会的银钱供应不足问题已经开始变得较为严峻，是银贵钱贱危机形成的一个重要因素。

白银与制钱的货币体系是晚清社会货币制度的重要基础，两者之间的关系对市场上货币流通的影响也是极为重要的，贯穿19世纪的银钱比价问题也由此而来。我们不妨简单看一下两者之间的关系，制钱用于零售，白银用于大规模交易，两者没用固定的换算比率进行约束，而是采用浮动的比率，随市场供应需求的变化而变化，不断浮动。"且银价之于钱价，其时上时下，亦自主肆者定之。"④ 反映出银钱比价变动受到商人的影响。此种变化类似于当时世界各国间货币的兑换汇率，由供应与需求决定汇率的变化。

一家美国企业准备在中国进行投资建厂，那么这家美国企业自然就需要用人民币在中国当地进行购买性支出，如购地建厂、支付工人工资等，进而就会使人民币对美元升值，影响汇率变化。如果美国政府不愿意看到美元贬值的情况发生，美国政府就会从自己的外汇储备中抛售人民币，达到美元币值稳定的预期目标。

我们再看当时清政府的货币政策，银钱比价问题出现之后，本应加大对市场白银的供应，以稳定银钱比价。在上面的分析中，我们知道各省总督期望用钱庄的银票与钱票来弥补市场上的白银不足状况，这就说明当时清政府的白银储备量已不能满足市场对白银的需求，且有白银供应不断减少的趋势。自乾隆以后，国库银两日渐减少，亏空日盛，尽管道光皇帝节俭生活，用度支出减少，也难掩国库亏空的财政困境。从乾隆末期国库存银有七千八百万两，减少到道光末期的八百万两⑤。

---

① 谭彼岸：《中国近代货币的变动》，第204页。

② 宫中档，咸丰元年十一月十三日；《中国近代货币史资料》，第138-139页。

③ 《中国近代货币史资料》，第128-129、135-136页。

④ 丁履恒：《皇朝经世文续编》，第17a页。

⑤ 林满红：《银线：19世纪的世界与中国》，江苏人民出版社2016年版，第8页。

面对银钱比价的货币问题，清政府又是如何应对的呢？清承明制，一条鞭法在清朝得以继续实施且不断改进，适应社会经济的发展，其财政货币政策也大多承袭于明朝体系。由于白银与制钱的浮动制度，在清初时期，政府通过减少制钱的供应数量来平衡市场上关于银钱的供需关系及两者间的相对价格变化，这有个前提就是白银供应量的问题。但是到了 19 世纪以后，白银外流严重，难以满足国内市场对白银的需求。因此，当清政府再用相同的办法来解决银贵钱贱问题时，就难以奏效了。因为清政府在铸造制钱时，一般用白银作为支付手段，由于白银价格在不断上涨，造成的后果就是铸造制钱的成本也跟着不断上涨。当铸造制钱所用成本——白银价值大于铸造的制钱价格时，就得不偿失了。由"铸造制钱的成本是收益的三到四倍"[1] 可以看出，用相同的处理方式，不仅没能遏制白银与制钱价格相对变化的趋势，反而加剧了银钱比价问题，使银贵钱贱问题不断恶化，在当时社会出现制钱的市场供应量不断减少，白银相对制钱价格却在不断上涨的经济现象。

当时民众对官府的不满程度已深，开始出现流血骚乱等现象，社会的不安定因素也就此埋下。税负加重，致使民众苦不堪言。究其原因，是市场银贵钱贱使然。"若再三数年间，银价愈贵，奏销如何能办？税课如何能清？没有不测之用，又如何能支？臣每念及此，辗转不寐。"[2] 充分说明银贵钱贱问题已经危及国家财政与社会稳定，不仅使政府财政收入减少，而且政府支出白银不减，导致银贵趋势得不到遏制。银贵钱贱反映了市场与官府之间的关系，因政府难以弥补市场白银所需，又没有有效的办法解决此问题，直接导致官府在百姓心中的地位随着银贵钱贱的恶化变得越来越低，甚至出现了政府财政收支受到钱庄银钱比价浮动的影响。与民众苦不堪言形成鲜明对比的是统治阶级的漠视，出现的拜金主义观念使整个社会道德风气发生了极大的改变，由此，银贵钱贱危机成了太平天国运动爆发的经济原因。

因此，白银不仅仅是作为货币媒介，附加于其上的其他职能，关系到社会经济的方方面面，其作为银贵钱贱问题的核心因素，是贯穿于 19 世纪清政府社会发展的重要纽带，是研究晚清政府财政困局及其币制体系的基础。围绕白银问题展开的一系列经世思潮的大争论，既是晚清货币思想发展轨迹的体现，也是经世学者推动社会发展的着力点，更是近代货币思想研究的一条主线。

---

① 议覆档，道光二十六年十月十四日。
② 贾桢：《筹办夷务始末（咸丰朝）》（卷2），中华书局 1979 年版，第 4-5 页。

二、货币——白银使用状况的分析

在上节的分析中，我们知道白银是产生银贵钱贱危机的主要原因，以及白银是导致一系列社会经济问题的连接点，是社会矛盾激发的临界物，这在某种程度上说明白银之于货币体系，货币体系之于财政体制，更甚者之于国家政权都是上层建筑与经济基础之间的联系与支柱。银钱比价带来的经济社会问题的严重性是毋庸置疑的，对白银使用状况的分析，为研究晚清政府财政困局下的货币思想发展提供了一个基本的理论铺垫。

清政府定鼎中原后，承袭明制，沿用白银与制钱的货币体系。虽然在宋代开始出现纸钞，在元明时期纸钞与制钱并用，在市场流通。但是到了清朝，钞"虚"银"实"，白银的货币地位更加稳固了。"大抵自宋迄明，于铜钱之外皆兼以钞为币。本朝始专以银为币，无因谷帛而权之以钱，复因钱之难于赍运而权之以币钞与银，皆为权钱而起，然钞虚银实，钞易昏烂而银可久矣，钞难零析而银可分用，其得失固自判然。"① 以朝廷谕令的形式规定了白银在清政府货币体系中的主体地位，这也是之后出现银贵钱贱危机和经世学者的发钞思想的源头。因此，白银成为整个大清帝国的通用货币就有了法理依据。

国外的银元通过贸易往来开始在大清帝国市场上流通。由于银锭需要称重与验估白银纯度，较之于机器铸造的外国银元在使用便捷度上没有优势，外国银元方便流通且可以直接使用，因此，逐渐得到了清政府的默许。"自闽广、江西、浙江、江苏渐至黄河以南各省洋钱盛行，凡完纳钱粮及商贾交易，无一不用洋钱。"② 这是道光皇帝在给军机大臣的上谕中所讲到的，说明外来银元开始充斥国内的白银市场，"市民喜其计枚核值便于运用"③ 表明百姓认为外来银元便于计数与应用，成为其流通甚广的主要原因。因此，由"（乾隆）四十年后，洋钱用至苏杭"④ 到"盖民间各种贸易往往顿置论银，而零卖论钱"⑤，说明外来银元、白银的用途范围显著增加。

---

① 《清朝文献通考》（卷 13），考 4967。
② 《十朝东华录》，第 33b—34a 页。
③ 魏建猷：《中国近代货币史》，黄山出版社 1986 年版，第 105 页。
④ 郑光祖：《一斑录》，杂述 6。
⑤ 冯桂芬：《显志堂稿》（卷 11），第 31b—32a 页。

"西北用银较广，东南诸省非通都巨郡，市肆未尝有银"①，这与当时晚清政府开放口岸有着莫大的关联，因对外贸易多集中于南方地区，因此银锭在北方的使用较为广泛，而南方地区则多用银元。林则徐的记录也从侧面对此给予了佐证，"且奉天山东二省，向不行用洋钱，故上海出口沙船，只有带货北行，并无带洋银前往者。盖南货贩北以取赢，若带洋银，全不适用。是以不待禁止，而人皆不肯为"②。在北方山区，"即山僻小县，亦有驮载银两前往易钱及谷，以牟利者"③。这些是1846年山西的银锭使用情况。至此，银元与银锭在全国范围的广泛使用已经基本奠定了白银作为主要货币的地位，这也就成为银贵钱贱危机影响广泛且深远的原因所在。

既然银元、银锭的使用范围如此之广、影响如此之深，晚清政府为何对银钱比价的自由浮动不加干预呢？从其财政体制来看，解协饷制度的运行，在1840年以后趋于崩溃，但并不妨碍其财政职能作用。

"十四年定直省钱粮兼收银钱之例，户部议言直省征纳钱粮多系收银。现今钱多壅滞，应上下流通，请令银钱兼收，以银七钱三为准，银则尽数起解，其钱充存留之用，永为定例，从之。国初于是年定银七钱三之例，嗣后银钱交纳仍各随民便。雍正十一年复以民间正赋概行交银，经安徽巡抚徐本奏准，凡小户零星及大户尾欠钱粮，纳银时恐致称收折耗，请令完纳制钱，每银一分收钱十文，连耗羡在内。至乾隆元年，又以直隶所属州县，征收钱粮多有以钱作银，民间交钱比纳银为数较重。特谕凡钱粮在一钱以上者不必勒令交钱，在一钱以下者仍照旧例银钱听其自便之。"④ 可以看出，白银与制钱用来缴纳税收，配合其解协饷制度，构成其财政运转体系。在这个过程中，银元或银锭纳税，不由来自田赋，同样对商业征税也是用白银来支付，如广州行商用外国银元重铸成银锭进行税收缴纳⑤。

晚清政府通过税收获得白银充盈国库，但在省域之间存在贸易阻塞，不同地区的银锭有着不同名称、成色等差异，如广西的"白流银"，浙江的"元丝银"等。由于在缴税的银锭中，其纯度也各有差异，掺杂有铅、铜等较为普遍，导致纯度差异明显。如缴税的银锭，纯度在92%～100%，日常交易的白银其纯

---

① 丁履恒：《皇朝经世文续编》（卷58），第60页；缪梓：《缪武烈公遗集》（卷1），第106页。
② 林则徐：《林文忠公政书》甲集，《江苏奏稿》（卷5），第2a页。
③ 宫中档，道光二十六年九月九日。
④ 《清朝文献通考》（卷13），考4968。
⑤ 谭彼岸：《中国近代货币的变动》，第204页。

度在70%~95%，各地区白银称重器具也不尽相同，存在6~7分或1两之差①。不难看出晚清政府在白银问题上的控制力是较弱的，或许与当时财政权力下移、中央集权减弱有着较大关系。因此，在市场上也出现了大量外国银元在中国的仿造品，"其中国仿造者虽无铅亦不行，何则？识其为夷浚制即可信其有实银六钱五分，若彼杂以铜铅，亦非我所能识别，而彼决不为，是以通行"②。说明外国银元的可靠性在中国仿造品之上，而且在市场流通过程中，商人也在交易中禁用中国仿造的外国银元③。因此，林满红认为商人确保了市场流通中白银的质量，而非政府④。可以看出，"民禁胜于官禁"⑤，由此，银锭在成色、重量上的差异，给白银的跨区域流动带来了较大的影响。"银则轻便易赍，所值又多，各处行用，大概相同。"⑥说明白银作为通用货币具有优势，但晚清政府对白银的控制力较弱，使得国内市场上流通的白银难以做到统一。此时，商人在此间的重要桥梁作用就凸显出来了，即在商业往来中制定从事贸易区间的银锭兑换比价⑦，使白银作为交易媒介，在不同区域间贸易往来，让银钱兑换成为可能。此外，白银的流通已不再拘泥于现银，出现了非现银的运输手段。因此，是商人而不是政府控制着白银的跨区域流动及价格兑换⑧。

三、货币——白银供应状况的分析

从中国历史上来看，在清朝之前的中国古代社会，宋元明清甚至更早之前，中国的对外贸易就往来不断，在世界经济体系的形成中起到了重要作用。从清朝开始，虽然有为了解放台湾而颁布的禁海令，即闭关锁国之策，彼时的对外贸易也并未完全断绝，一个很好的证明就是当时社会上流通的大量外来银元。

---

① 魏建猷：《中国近代货币史》，黄山出版社1986年版，第22-30页；林满红：《银线：19世纪的世界与中国》，江苏人民出版社2016年版，第44页。

② 冯桂芬：《校邠庐抗议》，第43a-43b页。

③ 林则徐：《林文忠公政书》甲集，《江苏奏稿》（卷5），第12a-12b页。

④ 林满红：《银线：19世纪的世界与中国》，江苏人民出版社2016年版，第40页。

⑤ 林则徐：《林文忠公政书》甲集，《江苏奏稿》（卷5），第3a页。

⑥ 宫中档，道光十八年七月十六日（贺长龄）。

⑦ 魏建猷：《中国近代货币史》，黄山出版社1986年版，第36页；张惠信：《清末货币变革》，第333页；谭彼岸：《中国近代货币的变动》第191页；林满红：《银线：19世纪的世界与中国》，江苏人民出版社2016年版，第46页。

⑧ 林满红：《银线：19世纪的世界与中国》，江苏人民出版社2016年版，第46页。

白银供需变化也在一定程度上反映了当时的社会经济状况，从白银供需视角分析晚清政府财政困局下的货币思想发展就有其必要性。

（一）白银供需与银贵钱贱危机

白银在清政府整个经济体系中扮演着重要角色，是政府、商人、百姓彼此连接的重要纽带，就好比血液之于人体各个器官，只有互通互联，才能促进整个经济体的有序、稳定、健康发展。白银供需状况出现问题，对于晚清社会最直接的影响就是带来经济危机，在当时社会表现的形式是银钱比价失衡引起的银贵钱贱危机，进而带来社会矛盾的激化。

中国国内最重要的白银产地是云南和广西①，西藏地区也基本能满足自身的白银供应②。1847 年，李星沅指出"查滇省厘步皆出，罕通舟楫，商贾交易，用银不用钱。自乾隆年间酌定钱价，数十年来，每银一两易钱一千六百数十文，大致大有长落"。③ 云南和广西的银钱比价已经高于其他省份，说明其白银需求大于供给，已经难以满足白银市场的需求。此时的其他省份也正在经历银贵钱贱危机所带来的财政窘境。晚清社会所需白银是大于白银供应的，这里的一个基本共识就是鸦片贸易导致了中国的白银大量外流。"1814 至 1856 年间中国白银的外流量达到了中国白银总供给的 18%"，"从 1808 至 1856 年间，大约有 3.68 亿银元的白银流出国外"。④ 白银外流的持续时间之久，对国内白银市场的影响，从银钱比价失衡演变成了银贵钱贱危机。

从表 2-5 和图 2-1 中可以看出，世界金银产量变化经历了由高到低、由低再回涨的趋势变化，虽然整体产量有回落，但之后逐渐增加。19 世纪下半叶以后，世界主要资本主义国家的货币体系开始变为金银复本位制或金本位制，使其对白银的需求量减少甚快，有了更多的白银用于同中国、印度等国家进行贸易。

表 2-5　1801~1910 年世界金银产量　　　　单位：1000 盎司

时间	金	银
1801~1810 年	572	28700
1811~1820 年	368	17400

① 全汉昇：《中国经济史研究》（卷 2），第 149 页。
② 魏源：《圣武记》（卷 14），第 42a 页。
③ 外银档，道光二十七年二月十二日。
④ 林满红：《银线：19 世纪的世界与中国》，江苏人民出版社 2016 年版，第 263 页。

续表

时间	金	银
1821~1830 年	457	14800
1831~1840 年	652	19200
1841~1850 年	1762	25000
1851~1860 年	6313	26500
1861~1870 年	6108	39000
1871~1880 年	5472	66800
1881~1890 年	5200	97200
1891~1900 年	10165	161400
1901~1910 年	18279	182600

资料来源：林满红：《银线：19 世纪的世界与中国》，江苏人民出版社 2016 年版，第 101–102 页。

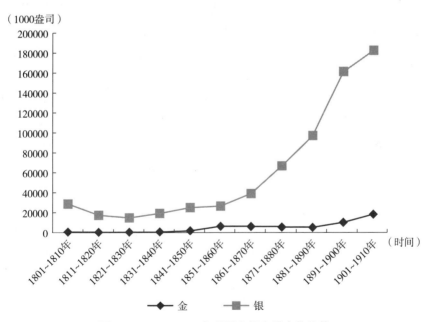

图 2-1　1801~1910 年世界金银产量变化趋势

咸丰中期之后，白银开始回流国内。"由于其他国家对中国茶叶和生丝需求的增加，导致 1838 年使中国政府禁烟的白银外流现象，有了极其有趣的转折。"① 白银外流现象及银贵钱贱现象有所缓解，趋于终止。转而出现银钱比价从 1855 年的 2100 文到 1864 年的 1190 文（见附表 1），表明白银与银贵钱贱危机具有高度的相关性。

"18 世纪末至 19 世纪初，从西向东的白银流动达至顶峰。此流动在 1808 年后逐渐减少，在 1814 年明显下降，并于 1832～1833 年平衡。而 1833～1849 年，除 1843～1844 年外，没有太大变化。从 1857 年起，白银进口又迅速增长并达到相当大的数量。"② 1863 年英国国会关于印度通货的调查也从侧面对当时社会上银价危机的变化予以了证实。而白银流入、流出变化的原因，也与当时世界白银产量有着较大的关系。

世界白银供应量减少，使当时流入中国的白银也就相对较少。拿破仑在欧洲发动的大规模战争使西方国家纷纷卷入其中，列强的海外殖民地经营也受到影响，如西班牙在墨西哥的银矿业就因此而无法维持。同时期的拉丁美洲也爆发了民族独立运动，使得拉丁美洲这一世界产银地的白银供应也减少了近一半。因此，中国出口的丝、茶等在对外贸易中，一般呈现顺差的情况，西方列强无法从中国获得白银，由此，罪恶的"鸦片贸易"开始粉墨登场，用鸦片来吸纳中国的白银。

"1857～1886 年有 6.91 亿银元的白银流入中国"③，彼时，世界政治变化趋于稳定，在工业革命的推动下，经济贸易得以继续扩大，全球化的贸易时代拉开帷幕。世界产银量开始逐渐恢复，同时，黄金作为通用货币逐渐在其他国家实行，金本位制的货币体制逐渐形成，对白银的需求量相应减少，更多的是作为一种贸易物品从落后国家剥削财富。因此，白银在这时开始逐渐流入晚清社会，银钱比价也趋于稳定，直至满清政府灭亡。金银比价也因白银供需变化而变化，当世界其他国家实行金本位制时，以银本位制为货币基础的货币体系对白银的依赖性也就变得更强，对世界白银及经济的依赖性也不得不变得更为紧密。

晚清政府面对白银供应变化的状况，几乎没有什么行之有效的政策性工具来应对。即使增加货币市场上的纸币发行与流通、开铸银元等也未能挽回此种

---

① Banister, "A History of the External Trade of China", P. 22.
② Lees, "The Drain of Silver to the East", P. 29.
③ 林满红：《银线：19 世纪的世界与中国》，江苏人民出版社 2016 年版，第 263 页。

危局。反观彼时的英国政府，在 19 世纪世界性产银量下降的冲击下，英国的货币供给率也在减少，英国政府采用的货币政策就是通过发行具有现代意义的现代银行纸币来加以弥补。两相比较，货币理论即货币思想指导市场发展的差距就凸显出来了，资本主义相较于落后的小农经济、商品经济的优势也体现得很明显。

（二）白银的社会性影响

白银作为货币在晚清社会时期已经成为货币体系的关键环节，其使用地域也是逐渐扩大的，由沿海地区不断向内陆地区、山区扩展、渗透。银元的使用于 18 世纪初从福建、广东两省逐渐扩大到 18 世纪末的长江中下游地区，到了晚清社会时期，黄河以南的广大地区都开始通用银元，这是一个由南向北的发展过程。由东到西的发展过程主要体现在 19 世纪前期，东部沿海贸易往来较多，为贸易的核心区域，也是朝廷的税负核心区域，使用银元较多。相对的就是较为边缘的地区，则用银锭较多。由此，晚清社会时期逐渐形成了遍布全国的白银使用金融网络。在这个地域变化的过程中，商人的作用是不容忽视的，如山西商人的钱庄跨省经营，形成了遍布多省的金融网络，是近代中国早期金融业发展的基础。同时，使白银的使用范围扩展成为可能，并促进了其在全国范围内的使用。

当时白银与制钱在货币流通中，因成色、重量各异，难以做到跨省区域的流通。晚清时期的铸造局，有中央政府开设的，也有各省地方政府开设的，虽然晚清政府也在银两的样式、单位等方面进行了统一规定，也允许银元在市井流通，但是各省之间制钱、银锭、外来银元均有差异，使得跨省流通遭到不小阻力。政府对市场上货币流通的监控力较弱，反倒是货币市场上钱庄对白银、制钱的兑换比价的变化很是敏感，这是因为当市场上的白银供应不足时，价格上涨，相应的制钱价格就下跌，人们的货币收入就会减少。由于当时政府的田赋、关税、盐课、杂役等都是用白银来支付，进行缴纳税收，因此，百姓、商人就只能在钱庄用制钱兑换白银，来满足人们的白银使用需求。政府官员的开支基本也是用白银支付，如官俸等，也需要在钱庄用制钱兑换白银，当市场上白银供应减少时，自然制钱量就会增加，进一步扩大银钱比价。

在这个过程中，钱庄商人对此的敏感度自然就成了市场上白银供需的"晴雨表"。由此可以看出，白银与制钱的比价关系与钱庄供应白银多少之间就有了很大的关联性，进而会影响到晚清政府的财政税收。"80%～90% 的庶民使用制钱支付赋税，但税额却是用白银计算。"① 税额变动也会受到市场上银钱比价变动的影响。因此，当银贵钱贱危机爆发时，农民的负担是在不断加重的，小农经济的破产也就会加快产生，对晚清政府农业经济的破坏是难以想象的。

此外，鸦片贸易也是造成百姓失地、商家破产的一个重要原因，其对社会经济发展带来的危害是极其严重的。失地的农民、失业的商贩逐渐增多，流民数量呈不断增加的趋势。在商业上，商人、地主用制钱来计算收入，但是却用白银来缴纳赋税，两者之间的差额形成亏损，使整个商业市场陷入恶性循环。农业与商业的发展都因银贵钱贱而变得苦不堪言，社会上各阶层的经济矛盾不断加深、激化，加之晚清政府的通货膨胀的货币政策，使得官民、官商、商民的关系不断恶化，成为社会动乱频发的主要诱因之一，如太平天国运动的爆发。

1857~1886 年白银流入 6.91 亿银元②，加之为平定太平天国运动设立的厘金制度，使得此时晚清政府社会上白银的供应量有所增加，稳定了银钱比价。晚清政府也在银贵钱贱危机中逐渐意识到货币制度的重要性，使两次币制改革成为可能。

第三节　财政与货币思想的相关性分析

一、国家体制因素的制约

清政府自定鼎中原以来，就一直坚守高度的中央集权制，这个时期也是中国封建集权制发展的顶峰，以传统农业经济为主导，此种管理体制思想为清政府有效治理国家奠定了重要的财政经济基础③。由于西方的侵略和国内矛盾激发的农民运动，传统的国家财政体制开始受到冲击，无法保障国家机器的正常运转，开始出现了财政危机，货币体系也开始遭到破坏，货币思想的发展也开

---

① 林满红：《银线：19 世纪的世界与中国》，江苏人民出版社 2016 年版，第 267 页。
② 林满红：《银线：19 世纪的世界与中国》，江苏人民出版社 2016 年版，第 269 页。
③ 蒋建平：《简明中国近代经济简史》，北京大学出版社 1985 年版，第 11 页。

始了近代化的转变。

从图 2-2 中可以看出，晚清财政困局的形成对传统财政收支的冲击直接威胁到其财政体制，其核心环节解协饷制度遭到破坏，奏销制度废弛，结果就是中央政府集权制的权威性开始受到地方政府的掣肘，如"就地筹饷"等政策，就是地方政府分权意识的表现之一，财政分权意识开始产生。晚清政府的集权制在半殖民地半封建社会性质下，对其货币体系产生了极大的影响，进行的两次币制改革并未能缓解其财政困局和政权压力。货币体系通过经济金融影响财政收支，币制混乱以及币制改革的失败又反过来加剧了财政困局。晚清政府陷入就财政困难解决财政的恶性循环之中，近代货币思想的发展在此背景之下开始了近代化转变。

图 2-2　财政货币关系

货币思想是国家货币体系的思想表现，是建立在国家货币运转体系的基础之上，与国家体制相适应的。自清代以来，清政府就对币制实行严格管理，建立了与之相应的机构，是国家集权的一个显著特征，由皇帝直接控制货币的生产到流通的全过程。在清代，与铸钱制度相关的政策都以上谕的形式颁布，须得到皇帝的允准，方可实行，各钱局要将上一年度的铸钱数量、成本及盈利等情况汇总上报，皇帝在奏折中朱批"该部察核具奏""依议""该部奏议"等。在中央，户部是管理全国钱币的最高机构，负责宝泉局的钱币铸务；宝源局"亦掌于汉右侍郎""署满汉监督官三人，专司出纳，设局大使一人，余制与户部同"①，地方的各省布政使司职地方的钱币管理。"令各布政使总理钱法，委就近道府及同知通判等官分管局务"②，实行"铸钱本息，按季报部，以凭核查，岁中汇册奏销"③ 的严格奏销制度，其核心是"铸钱本息"，增加财政收入。由此可以看出，货币体系依附于财政体制，是财政管理的一个组成部分，

① 《清朝文献通考》（卷13），《钱币一》，第 4965 页。
② 《清朝文献通考》（卷13），《钱币一》，第 4966 页。
③ 《清朝文献通考》（卷13），《钱币一》，第 4967-4968 页。

两者相辅相成，货币体系也是国家财政收入的一个重要来源，因此，一旦财政体制出现困局，其货币体系也必然受到冲击。

货币体制思想也是货币思想的一个组成部分，是货币思想在实践中运行的规范化框架，而货币体制受到财政体制及国家制度的约束，从某种程度上来说，财政困局与货币思想的发展并不是孤立进行的，两者之间存在紧密关联，具有内在联系性。而清代的货币管理体制与其财政管理体系是分不开的，都是建立在高度集权的封建体制之上，一旦此种集权制受到破坏，不管是财政体制，还是货币管理体系都将受到严重威胁。这种影响是双向的，一旦有一种体制遭到破坏，这种平衡就将被打破，从而威胁到国家体制秩序。

晚清时期，随着两次鸦片战争的失败和农民运动的爆发，高度集权制的封建体制受到冲击，开始向半殖民地半封建体制过渡，财政困局成为晚清政府亟待解决的主要问题之一。其无力支付军饷，下放财权，允许各地方督抚"就地筹饷"，政府职能受到削弱，各项事权也开始下移，财政困局对晚清政府体制的影响，直接使其货币体系也受到破坏。随着筹饷权、军事权、行政权的下放，地方政府的势力开始增强，与中央政府呈分权之势。地方政府开始发行货币，以"便民田"为由，行"图谋余利"之实。据估计，1900~1905 年，全国铸造铜元 125 亿枚[1]。不难看出，财政困局对财政体制的影响已经打破了原有集权制的平衡，财政体制的核心——解协饷制度已经开始瓦解，"推其欠解之由，非尽意存漠视，亦或苦于筹措"[2]，反映了当时各省京饷、协饷的拖欠情况。奏销制度废弛，由前期"军需报销向来必以例为断"到农民运动开始以后，"就地筹饷"政策的实施，使得朝廷已无法掌握各地军费开支，其后果就是地方政府财权的不断扩大，出现中央政府"电檄各省求为协济，其意不过在外销款内匀拨"[3] 的情况。

高度集权制的中央管理体制开始出现分权之势，财政困局对财政体制的影响已经开始显现，形成"多米诺骨牌效应"，货币体系也开始受到严重的冲击，货币思想的发展是伴随经济、政治而产生的，传统的货币思想已难以适应新形势下的货币需求，开始了向近代化的转变。从中不难看出，财政困局不仅是货币思想在这一时期发展的一大诱因，也是制约因素，研究货币思想的发展，财

---

① 陈锋：《清代财政政策与货币政策研究》，武汉大学出版社 2008 年版，第 655 页。
② 中国第一历史档案馆藏：《朱批奏折》，光绪九年钦差大臣督办新疆军务刘锦棠片。
③ 刘锦藻：《清朝续文献通考》，商务印书馆 1955 年版，第 8297 页。

政困局就是其现实基础，也是货币思想指导下币制改革要解决的主要问题之一。财政困局是研究本课题所难以回避的，故本书在财政困局的现实背景下，对晚清货币思想的发展及近代化转变进行研究，将两者相联系，认为两者是相辅相成、不可分割的。

二、财政发展对货币思想的影响

（一）货币财政发展必然性的需求

随着社会生产力的发展，国家财政收支规模也在日趋扩大，以满足国家对财政的需求。作为封建王朝发展巅峰的清王朝政权，传统的实物财政在某种程度上也已经不再能够满足国家的需要，其弊端也在社会发展中逐渐显现。生产力发展水平提高的必然选择就是有与之相匹配的生产关系，方能相互促进、相互发展。货币财政虽早已出现，但是生产力水平的高低决定了其在财政征收与支出中的地位。到了清代，明朝"一条鞭法"的财税体制得到了很好的发展，庞大的财政规模为货币财政的发展提供了有利条件。由此，封建财政开始了由实物财政向货币财政的转变。在古代中国社会发展中，劳役、实物、货币三种不同的赋税形式都曾出现过，都对当时的社会发展起到了重要作用，只是因生产力水平发展的限制而发挥了不同的主体作用。

从表2-6中不难看出，随着经济社会发展水平的提高，货币财政的发展程度也达到了足够的高度，与实物财政、劳役财政相比，其优越性也在社会经济的方方面面得到了体现，是生产力水平提高的必然选择。尤其是到了晚清社会时期，在特殊的社会背景下，货币财政的发展已然超出了其特定的历史地位，大量的战争赔款、洋务运动等对财政资金的需求，使得货币财政的发展在这一时期达到了前所未有的高度，是中国社会向近代化转变的过程中财政货币思想在实践中的一个体现。

表 2-6　清代货币财政的发展

年份	收入银数（万两）	收入粮数（万石）（含米、麦、豆三种）	米价（两/石）	货币所占份额（%）
顺治九年（1652 年）	2438	562	1.15	79.05
康熙二十一年（1682 年）	3110	634	0.59	89.26

续表

年份	收入银数（万两）	收入粮数（万石）（含米、麦、豆三种）	米价（两/石）	货币所占份额（%）
乾隆三十一年（1766 年）	4937	831	1.48	80.06
嘉庆十七年（1812 年）	4013	810	2.10	70.23
鸦片战争前夕	4850（财政收入）	800（财政收入）	2.16	73.73
	3850（财政支出）	346（财政支出）	2.16	83.74

资料来源：燕红忠：《中国的货币金融体系（1600-1949）》，中国人民大学出版社 2012 年版，第 235 页。

在清代，货币财政由于社会经济的发展，其优点也表现得较为突出，成为这一时期的主要赋税形式，也为货币及货币思想的发展提供了空间，为以后币制改革的进行奠定了社会基础。相较于劳役赋税和实物赋税，其优越性表现在：首先，货币赋税能够使国家控制更多的货币财富，为财政资源的分配与再分配提供了便利，而不用受制于劳役情况和实物周转等的限制，大大节省了时间，加快了货币财富在国家分配中的流转。其次，货币便于存储，劳役赋税无法做到这一点，实物赋税虽能储备但受到存储时间、空间等因素的制约。再次，货币赋税可以满足现代财政税收征收和支出成本最小的原则，在当时体现了其最优的经济性。最后，货币赋税相较于劳役赋税、实物赋税，方便管理，便于国家对财政资源的统一调拨，是中央集权制发展到新高度的一个标志。

（二）货币财政与货币思想的制约

财政体制的转变会受到各种制约，是一个不断演变、发展的过程，清代的实物财政向货币财政的演变过程也不例外，是在商品经济发展到一定程度的基础之上，对原有财政体制提出的挑战，使其难以适应社会需要，而迫使生产关系不断做出变革，以适应生产力发展的要求。既然涉及财政体制的变革，其阻力就有来自以往的传统思想的束缚。故货币财政的实行，就不能使原有的实物财政、劳役财政受到损失而减少财政收入、影响社会稳定，否则清政府是不会不遗余力地推广的。货币财政在表现出优越性的同时，仍能实现统治者的利益，只有这样，这一举措才会得到认可。传统的财政习惯和财政思想在人们的意识里是很难动摇的，因此，如何处理货币财政、实物财政、劳役财政之间的关系就是一个很重要的问题，这就决定了实物财政向货币财政的演变过程是一个艰难曲折的过程。清代财政的货币化是商品经济发展的一个必然结果，但有利于现代货币财政，而现代货币财政是建立在现代税制和现代货币理论基础之上的，清代财政囿于自身特点，是货币财政发展的一个阶段。

（1）银两制的货币体制决定了其货币财政的基础，即如果银钱比价发生波动，国家财政就会受到影响。社会零售商品用制钱进行流通，而银两则是衡量批发商品的价格基础，这就为银价波动带来的风险埋下了伏笔。同时，作为国家货币的银两，其在各地流通中成色不一，重量不一，难以形成统一有效的流通。而白银作为货币材料来源，也受到限制，产量不足，对外贸易又受到国际货币市场的影响，这都直接或间接地造成了货币的不稳定，从而对国家财政产生重大影响。

（2）实物财政仍未彻底摒弃。作为一个财政体制过渡阶段的封建制王朝，注定了其多种赋税并存的特点，如清时期的漕运制度就是实物财政的一个很好例证，虽得不偿失，耗资甚巨，但仍无法舍弃。

（3）商品经济发展的制约。清王朝仍是以自给自足的小农经济为主体的农耕经济，其商品经济的发展并未达到足以支持货币财政化的完全实行，不仅是因为建立在银两制基础上的货币体制缺乏相应完善的制度体系，而且也因为清王朝的征税主导仍是以征农为主，而非以征商为主，货币财政的发展并未与商品经济化程度相匹配，造成的社会矛盾也是层出不穷。

虽然货币财政的发展受到经济社会发展的限制，但其表现出的相较于实物财政的优越性是应该得到社会认可的，从政府不断增加的货币财政比重就可窥见一斑。从实物财政向货币财政的演变是一个漫长的过程，清政府的财政体制恰恰是这个过渡期的现实表现，也是晚清社会财政体制变革和币制改革发生的体制基础，是财政与货币思想发展的重要阶段。

三、财政与货币思想关系的厘定

古代中国经历了原始社会、奴隶社会、封建社会，是生产力发展到一定水平，生产关系的变化在社会上的体现，其财政思想从本质上区别于现代财政。在一个自给自足的农耕社会，社会财富的增加既是经济目标，又是国家财政目标，如何建立一整套行之有效的财政体制对当时国家建设来说是很重要的。因此，财政思想往往与富民思想相联系，只有使"民富"，才能"国强"，最终实现国家的长治久安。纵观古代中国王朝更迭，都是伴随着财政制度的建立与破坏，但是，可以肯定的是这一制度在不断发展和完善，思想在不断进步。富民是财政思想在经济上的直接体现，这也是由当时的社会生产力决定的，从最早有记录的典籍开始，夏商和周王朝就已经开始认识到财政思想在国家统治中的重要性，如重农思想、民本思想、富民思想等。西周作为我国古代第一个封建制国家，已初步形成了一套比较明确的财政制度和与之相应的财政思想①，因此，其财政制度对后来的封建王朝的财政体制建设具有重要的意义。西周时期的节支储备的财政思想，成为最早且对后世财政思想发展起到重要作用的思想之一，如"三年耕必有一年之食。九年耕必有三年之食。以三十年之通，虽有凶旱水溢，民无菜色，然后天子食，日举以乐"②，是人们对储备谷物的认识，以防"天有四殃，水旱饥荒，其至无时，非务积聚，何以备之"③。朴素节用经济观念的发展与继承，对财政制度的建立具有重要意义。其节用原则、专税专用的财政支出制度，不仅保证了收支平衡，略有结余，而且也为限制财政浪费、避免王室过度浪费提供了"法律意义上的保障"。"均齐天下之政"④ 的贡赋均平思想，"财殖足食，克赋为征，数口以食，食均有赋"⑤ 的适度征收，在一定程度上保护了农业的生产和发展，对社会稳定具有重要作用。"五百里甸服，百里赋纳总，二百里纳铚，三百里纳秸服，四百里粟，五百里米"⑥ 所体现的"赋役有常"和"任土所宜"，都是与当时的自然经济相适应的，为之后财政思想的发展提供了参考，同时，历史也证明了这种财政思想在之后的历史实践检验中是不断完善的，是财政思想发展的一个重要阶段。

《周礼》在很大程度上是对当时社会、政治、经济、文化的反映，"以荒政十有二聚万民：一曰散利，二曰薄征，三曰缓刑，四曰弛力，五曰舍禁，六曰去几，七曰眚礼，八曰杀哀，九曰蕃乐，十曰多昏，十有一曰索鬼神，十有二曰除盗贼"⑦ 是古代中国最早的财政福利思想制度，也为后来历代王朝所效仿。西周的耕田制，即井田制，也为后世的土地财政思想的发展奠定了基础，其体现的重农思想也成为农耕社会体制下几千年来重农抑商的理论依据，对中国历史的发展，其作用是不言而喻的。虽然社会发展，生产力水平不断提高，但这

---

① 谈敏：《中国财政思想史教程》，上海人民出版社 1999 年版，第 6 页。
② 《礼记·王制》。
③ 《逸周书·文传》。
④ 《周礼·地官司徒》。
⑤ 《逸周书·大匡》。
⑥ 《尚书·禹贡》。
⑦ 《周礼·司徒上》。

一思想至封建王朝结束，其作用依旧影响深远。在资本主义萌芽的出现以及近代晚清社会向近代化转变的过程中，这一思想也仍然起着不可忽略的作用。西周开创的财政思想对后世的影响之大、之深远，是研究古代财政思想史不可回避的主题，不能不说在当时的自然经济条件下，重农思想对社会经济发展的促进作用是值得肯定的。

春秋战国是西周之后从奴隶社会向封建社会过渡的时期，先秦诸子百家思想"争鸣"，空前发展，奠定了富民思想在社会发展中的作用与地位。最初周公提出的"敬天保民"思想，意在警醒统治者要体恤民情，使百姓安居乐业。儒学思想源远流长，孔子"义以生利"的求富思想，认为只有坚持礼仪制度，才能保障生产，财富方得以创造；孟子"井田恒产论"的富民思想，认为要使民富，"制其田里"，使人民拥有足以养家的土地这一基本的生产资料是根本条件之一，然后抓紧生产，并减轻对人民的剥削和榨取。他们都认为在财富分配中，应当优先考虑百姓的需求，这是儒家民本思想的体现，是"富民为先"的富民思想。法家的富民思想以商鞅、韩非子为代表，提倡"富国以农"，主张发展庶民、地主阶级的经济力量，打击封建贵族的既得利益，把发展农业作为富国富民的根本途径。"农富其国"① 和"富国以农"② 主张大力发展农业生产，这种与儒家主张相反的自下而上的建立和发展封建制度的道路，其特征主要体现在大力促进封建小农分化，发展地主经济，以使封建剥削关系在农业生产中占据统治地位。此种富民思想较为深刻地论述了农业在封建经济中的地位和作用，其"农本工商末"的思想，成为封建社会经济思想的一条基本准则。

管子治齐，其富国思想的基础是富民，认为"故治国常富，而乱国常贫。是以善为国者，必先富民，然后治之"。到了战国后期，荀子"强本节用"的富民思想在吸收前人思想的基础上，阐述了国富与民富之间的关系，提出"务本事，积财物"③，认为民富有利于发展生产、促进经济，进而使国富。在随后的封建社会经济发展过程中，富民思想在此前的基础上得以继承并深化和完善，大都从维持国家稳定和发展农业生产的角度进行理论阐释。

富民问题在中国古代经济思想中一直是一个重要议题，由于生产方式、历史条件以及文化等诸多因素的影响，传统的富民思想在中国古代经济思想中始

---

① 《商君书·外内》。
② 《韩非子·五蠹》。
③ 《荀子·富国》。

终占据重要地位。但是，由于农民处于弱势地位，其自身权利的维护必须依赖于地主阶级的支持，如果统治者对百姓疾苦漠不关心，那么生产方式的变革将是促使其得以生存的必然选择，所以，富民就与维护统治者的地位相联系，故一些思想家和政治家主张保障民众的基本生活条件，以维护封建国家的统治和地主阶级的利益。针对不同的社会问题，历代经济思想家提出的富民之策虽有异，但本质是相同的，即通过休养生息，轻徭薄赋，降低对农民的剥削程度，减少他们的经济负担，保障其生产和生活的必要条件，以促进生产，推动社会进步、经济发展。制定以农为本的国策，是基于中国传统农耕社会的基本情况，农业生产是赖以生存的经济基础，是国家经济的支柱，直接关系国家的经济基础和国力的强弱，对社会稳定起着至关重要的作用。所以，以农为本被视为提高人民生活水平、增强国力的富民之策。但是这些富民主张都是基于实现统治秩序的稳定和以维护统治者地位为目标的，是为了满足统治者的物质欲望和统治的物质保障。

富民思想是中国古代经济思想的重要组成部分，是对封建经济社会发展具有指导意义的思想，其实质是民本思想在政治上的延伸，对古代经济社会发展起到重要作用，对当代社会主义建设也具有一定的借鉴意义，是不容被忽视的。人民群众是历史的创造者，在我们努力建设社会主义现代化，推动经济持续发展，转变经济结构，实现经济增长的新常态化的同时，我们依然需秉承以人为本、谋求科学发展的理念，这也是习近平总书记和党中央关于"必须坚持以经济建设为中心，以科学发展为主题，实现以人为本、全面协调可持续的科学发展"在富民思想上的体现。

清朝财政作为封建中央集权制下财政发展的巅峰，这一时期的财政思想是清朝财政思想的来源和理论基础，对研究晚清财政货币思想具有重要意义，也是中、西方财政货币思想在"西学东渐"过程中的碰撞与融合，对晚清社会的近代化转型具有重要意义。

（一）财政原则对货币思想的影响

财政作为保障国家机器正常运转的重要因素，其收入和支出应该保持在一定的范围之内，既不能扰民，又能保证国家对财政的需求，这个度应该取舍得当，反之，其害甚深。从历史的经验来看，历代王朝的更迭，无不都是伴随着财政制度的崩溃与重建，剥削、压榨百姓，以致社会根基不稳，产生社会动荡；采取轻徭薄赋来恢复社会生产力，逐渐丰盈财政收入，以实现国家的繁荣稳定。

采取什么样的财政原则，既是国家财政政策制定的依据，也是财政思想在经济社会发展中的体现。"量入为出"和"量出以为入"两种财政原则，在古代中国历史上扮演了重要角色。本节拟对最初的"量入为出"原则做一概要研究，同时，对历史上关于"量入为出"与"量出以为入"的争论做一分析，以期能更好地理解晚清政府的财政体制以及其制度的演变，对其由相应政策变化所导致的币制改革的必然性从思想理论的角度有一个更好的认识。

（1）"在世界财政史上，量入为出是最早出现的原则。"[①] 生产力的发展与生产关系的产生是相互依赖的。早期的原始社会财政和奴隶社会的财政受到当时生产力发展的制约，其特点还不足以用"原则"来加以表述，所以，据有限文字记录的有关财政体制系统的，始于西周时期。作为中国历史上第一个封建制国家，已初步形成了一个较为规范的财政体制制度思想，其基本的财政原则就是"量入为出"，是建立在租赋合一的财政征收基础之上的。"洪荒八政，食货为先"是自然经济时代国家财政地位的显现，"用地小大，视年之丰耗，以三十年之通制国用，量入以为出"[②] 是其财政原则的反映。因为当时只能在获得拟征定的实物之后确定财政支出，所以"量入为出"原则的产生，是建立在当时特定的社会生产力之上的，是与生产关系相适应的，对以后历代封建王朝的财政制度的建立和发展都产生了非常重要的影响，成为以后封建王朝确立财政原则的重要参考。

至清代前期，"量入为出"的财政原则在中国历史上都占据着主要地位，在社会发展中深入人心，并且作为国家行仁政的标志之一。清王朝定鼎中原，其财政体制大体上是承袭明朝的财政制度，是对前人制度的继承与发展，其"量入以为出"的财政原则也是其施政的重要思想依据。战乱过后，实行有利于恢复社会生产的"量入以为出"的财政政策，是适应社会生产发展的，也是符合生产力发展要求的。即使到了晚清社会时期，其"量入以为出"的理论地位也仍是牢固的，尽管当时已开始实行"量出以制入"的财政措施。

（2）"量出以制入。"[③] 中华文化的博大精深之处就体现在其无所不包的胸怀，其文化的宽度、广度让人赞叹，总能在社会发展的瓶颈期，找出合适的应对之策，以图发展，"量出以制入"的财政原则就是很好的证明。随着生产力

---

① 胡寄窗、谈敏：《中国财政思想史》，中国财政经济出版社 1989 年版，第 14 页。

② 《礼记·王制》。

③ 《旧唐书》（卷 118），《杨炎传》。

的发展，唐代财政思想发展到了一个新的高度，在唐中期，杨炎推行两税法，提出了"量出以制入"的财政原则。由于当时刚经历过战乱，且阶级矛盾尖锐，两税法提出"不居处而行商者，在所州县税三十之一，度所取与居者均，使无侥利"①的税负思想，希望缓和社会矛盾，首创"量出以制入"的财政原则，以增加国家财政收入，满足国家的各项财政支出，实际上是为封建统治者的横征暴敛在理论上提供了依据。尽管如此，这也是适应了当时社会生产力的发展，具有特定的"时代性"，但是区别于近代财政学的"量出为入"的财政原则。与其背景相似的晚清社会时期，在晚清政府统治下，财政陷入困局，社会矛盾加剧，外来入侵的压力致使其军事支出、赔款支出、外债支出等财政支出大为增加，使原本就难以为继的财政收入变得更加困难。如何解决这一财政困局，成了当时晚清政府的一大难题。受到西方近代经济思想的影响，"量出以制入"的财政原则与难以为继的现实，迫使晚清政府不得不放弃"量入以为出"的财政原则，而在实践中推行"量出以制入"的财政措施。

从表 2-7 中可以看出，晚清政府在 1903 年的国际收支是平衡的。但事实却并非如表中所反映的，财政缺口较大，自鸦片战争以来的财政困局也没有得到有效缓解，光宣币制改革及财政体制改革被晚清政府作为重要的政策开始筹划。1912 年，国际收支也是平衡的，这就能说明国家实行的财政原则，是平衡财政、赤字财政，还是盈余财政。表 2-7 中显示，晚清政府的国际收支平衡，是平衡财政的特征，这也就说明了为什么晚清政府在面对如此财政困局、货币危机和社会危机时虽然采用了"量出以制入"的财政方针，但官方仍以"量入以为出"为财政原则，以示"仁德"。

表 2-7　近代国际收支情况

单位：百万元

项目	国际收入		项目	国际支出	
	1903 年	1912 年		1903 年	1912 年
出口	374.2	583.5	进口	483.7	737.1
在华外船费用	18.7	31.2	运费及保险费	10.5	15.6
外人在华投资	42.1	155.8	金银进口	57.6	84.8
金银出口	51.5	43.1	外人在华企业盈余	24.9	31.2
在华外国使领馆费用	7.8	10.9	军火私运进口额	7.8	5.5

① 《文献通考》（卷 3），《田赋考》。

续表

项目	国际收入		项目	国际支出	
	1903 年	1912 年		1903 年	1912 年
在华外国陆海军费用	35.1	45.2	外债赔款本利	68.9	79.5
外国在华教会教育、文化、慈善费用	9.3	14	中国在外使馆费用	2.1	2.3
外国人在华游历费用	9.3	15.6	华人在外留学及游历费用	4.7	4.7
华侨汇款	113.7	62.3	其他		
无法证明来源数			无法证明来源数	1.5	0.9
总计	661.7	961.6		661.7	961.6

资料来源：严中平：《中国近代经济史统计资料选辑》，中国社会科学出版社 2012 年版，第 64-65 页。

(二) 财政宏观调控下的货币思想的发展

财政政策作为国家干预经济运行的重要手段之一，不仅在现代国家市场经济中占有重要地位，而且在古代中国，在中央集权制的国家财政体制下，作为国家职能实现的手段，也关系到增收保支，更重要的是维护社会稳定，使经济发展能够顺利运行而不增加农民负担，以维护统治地位。在经济手段相对单一的古代，财政政策既是干预经济的手段，又是保证经济社会稳定的手段，财政思想在国家宏观调控上表现为自由放任的财政思想和国家干预经济的财政思想，这两种思想在历代王朝更迭中一直处于争论之中，但在不同时期都各自发挥着不同的作用。

（1）自由放任的财政思想。第一，从老子的"无为"到庄子的"无欲"，是道家无为论、寡欲论的经济思想的一个发展，以"无为而治""无为而无不治"，提出上无为、下有为，即国家层面上不过分扰民，对待农民实行积极的鼓励政策以推动经济发展，认为人们的行动应该符合自然规律而不是肆意妄为。其经济思想表现为"寡欲""知足""知止"的崇俭思想，认为"甚爱必大费，多藏必厚亡。知足不辱，知止不殆，可以长久"。[①] 在西汉刚建立时，黄老之学是经济社会发展中的一次重要尝试，是国民经济宏观管理运行体制的一次转轨，陆贾的"与民休息""无为而治"是西汉初期自由放任经济思想的主要奠基思

---

① 《老子》第四十六章。

想之一。当时，面对内忧外患的政治形势，即分封诸侯作乱，匈奴扰边，国内经济凋敝，财政空虚，国力衰弱，百废待兴，如此形势下，黄老之学的经济思想，即实行简政省刑，停战和亲，轻徭役，薄赋税，黜奢崇俭，重农抑商，总结秦亡之教训，实行"贵清静而民自定"的无为不扰民之政。历史证明，这次自由放任经济思想的尝试在经济实践中产生了不错的效果，为汉朝的繁盛奠定了基础。第二，"善因论"的经济思想。司马迁认为经济社会的发展有其内在动力，人们在求富、求利的本性下，自发地分工合作，使经济运行和发展，而无须国家干预调节，"贱之征贵，贵之征贱"① 揭示的价值规律，是对经济社会生活的总结。"善因论"是春秋战国时期以来，对道家"清静无为"的自由放任思想的总结，使之上升到理论体系的高度，与国家治理和国家宏观调控经济政策相结合，成为一门治国思想，使财政思想在封建国家经济运行中有了理论依据，不仅丰富了财政思想，而且也是对财政思想的发展。第三，"听民自为论"。随着生产力水平的提高和商品经济的发展，市民阶层的崛起和商人社会地位的提升，使自由主义的经济思想逐渐活跃。丘浚的"听民自为论"是对司马迁的"善因论"的总结与发展，主张"苟民自便，何必官为"②"民自为市"③，同时也主张给商人充分的经营自由权，反对政府从事相关的商业活动。第四，唐甄的"听民自利"思想。其思想主要体现在《潜书》中，认为自由放任的经济政策能充分发挥市场调节作用，则财富的生产和增值就是一个自然而然的过程，政府无须干涉，具有资本主义萌芽时期的商品经济性质。

（2）国家干预经济的财政思想。第一，"轻重论"。"轻重"是随着金属货币的广泛使用而逐渐产生的，作为一个范畴是在春秋时代，因为金属货币的轻重是对商品价值大小的反映，后逐渐被用在商品流通时货币与商品的比价研究中，即国家干预和操控经济的反映。《管子》以轻重论突出其国家干预的财政思想，其实质就是封建国家直接进入商品市场及生产领域，利用国家职权干预经济，通过采用一定的财政政策来调节经济利益关系，控制手工业，进而影响国家的经济发展，以达到治理国家的目的。以"乘时进退"④ 为原则，利用"以重射轻，以贱泄贵"⑤ 来调节与其他诸侯国的商品交易，以期达到增收的国

---

① 《史记·货殖列传》。
② 《大学衍义补·山泽之利上》。
③ 《大学衍义补·市籴之令》。
④ 《管子·山至数》。
⑤ 《管子·轻重乙》。

家目的。第二，桑弘羊的国家干预思想。其经济思想是在汉初自由放任经济发展之后，出现一系列经济矛盾和匈奴外患加重的情况下产生的。实行盐铁专卖，酒类专卖，由政府经营，创均输之法，既解决了贡物的损耗与运费等问题，又使政府获得丰富的财政收入。平准制度稳定了京师物价，两者配合，实际上控制了全国的商品交易市场，通过均输分配地区间商品贸易和物价，又通过平准控制京师与全国物价，化解社会矛盾，使经济得到发展，财政收入得到提高。其财政思想的核心即国家干预并垄断，既参与市场运作，又管理市场运行，提高经济效益，增加财政收入。第三，刘晏国家干预的财政思想。其主要体现在"重商"思想，注意培养民力，以开辟税源，发展官营商业，又注意保护私营商业的力量，实行稳健的货币改革，采用雇工制，既增加民众收入，又提高劳动者积极性，促进效益的提高。同时重视商业情报的收集和财政管理人才的选拔和管理，是对"轻重论"、桑弘羊等的国家干预思想的继承与发展。刘晏国家干预的财政思想对财政与经济的关系有一个较为正确的认识，强调发展生产，不单纯进行财政敛财，实行附税于价、以利代税的财政思想和政策，将国家财政统一于社会事业，不以搜刮百姓财富为目的，明显区别于晚清时期的财政敛财的政策本性。而且其强调调剂国家物资供求，平稳市场物价，抑制兼并，巩固国家的统治政权，对工商业主张实行监督和控制，发挥私人商业的积极作用。

第三章
晚清财政困局下货币思想
发展的现实背景

由于晚清财政困局的窘境，经济发展缓慢，同时又受到西方资本主义的入侵，银两与制钱的货币制度在此时已显出其不适应生产力发展、阻碍经济发展的劣势。与国际上各国通行的金本位制相比，由于晚清政府主权的丧失，其劣势不仅表现在国内阻碍货币流通，制约经济发展，而且在全球化贸易中因汇率问题而造成的镑亏、进出口商品结算等造成的损失更加重大。随着外国金融资本势力的入侵，打乱了中国传统旧式金融业的发展轨迹，使中国传统旧式金融机构与外国金融机构相互结合，形成了钱庄—票号—新式银行—外国银行的金融发展格局，成为操纵近代中国金融市场的主要力量。这也是近代中国金融乱象、民间金融资本业逐渐衰退的主要原因，形成了官僚金融业与外国金融势力在经济市场攫取利益的货币发展格局。晚清政府财政困局下的金融乱象直至中华人民共和国成立后才逐渐稳定，货币思想的发展才开始了新时代的社会主义新篇章。

第一节 财政困局下的币制状况分析

一、财政困局与币制发行

封建社会体制下，货币政策作为国家调控经济的一种财政手段，是国家集权的象征，是对经济宏观控制的手段之一，是国家财富的货币表现形式，其对货币作用的认识是有其局限性的。即使到了晚清社会时期，有西方近代货币思想的传入与现实财政状况的制约，货币思想的发展也仍未有突破性进展，仍然作为政府解决财政困局的一种搜刮手段而存在。随着财政体制状况的不断恶化，在国家对财政体制改革的过程中，币制改革及货币思想也有了一定的发展，但这一切在半殖民地半封建社会中是很难取得成功的，不过这并不能掩盖国人"救亡图存"、恢复中华的信心和决心。

对晚清政府财政状况的了解，可以从整体上看到其财政困局情况的变化。通过表3-1和图3-1中的统计数据和趋势可以看出，晚清政府的财政状况在不断恶化，收支缺口也在不断扩大，极大地限制了晚清政府的职能，大大降低了政府对货币市场的资金控制力。通过前文对财政困局成因的分析可以看出，由于财政体制的破坏，出现中央与地方政府争权的趋势，货币在全国难以形成统一的币制体系，这也极大地阻碍了经济的发展，从而对财政收支产生影响，这是一个双向作用。

表 3-1　1840~1912 年晚清户部银库收支统计

单位：万两（1840~1894 年），万元（1899~1912 年）

年份	财政收入	财政支出	财政收支差额
1840	1035	900	135
1841	679.6	900	−220.4
1842	1091.4	900	191.4
1843	792	1099.2	−307.2
1844	900	901.9	−1.9
1845	907	900	7
1846	904	900	4.4
1847	900	848	52
1848	900	900	0
1849	878.1	946.1	−68
1850	865.6	956.4	−90.8
1852	919.7	1110.4	−190.7
1853	563.8	984	−420.2
1854	1044.2	1046.9	−2.7
1855	995.7	1008	−12.3
1856	922	914.2	7.8

续表

年份	财政收入	财政支出	财政收支差额
1859	1558	1335	223
1860	939.7	1279.6	−339.9
1861	710.8	658.2	52.6
1873	1127.4	1162.3	−34.9
1891	1424.5	1305.3	119.2
1894	1338.2	1414.5	−77.3
1899	129.2	148.3	−19.1
1903	154.2	198.3	−44.1
1909	386.2	395.1	−8.9
1911	443.5	437.6	5.9
1912	445.4	572	−126.6

资料来源：彭泽益：《十九世纪后半期的中国财政与经济》，人民出版社 1983 年版，第 140 页；周育民：《晚清财政与社会变迁》，上海人民出版社 2000 年版，第 70 页。

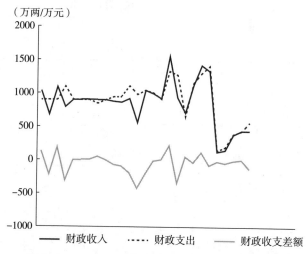

图 3-1　1840~1912 年晚清户部银库收支变化趋势

　　本书从晚清财政困局变革的视角来研究晚清货币思想的发展，就必然要对晚清政府的货币制度以及财政背景和社会状况进行分析研究，以期将货币思想的研究放在历史的发展中，更全面、深刻地理解其必然性。货币作为与财政休戚相关的依存关系，两者的演变也是相辅相成的，不是偶然的，故对货币思想的现实基础——币制状况的研究就有其必要性。

（一）各种货币发行的缘由

清王朝自定鼎中原，承袭明制，货币实行银两与制钱制度，以白银为主，即大多数用银两支付，而小数则以制钱来支付。这种白银与制钱的关系并非主辅币的法定关系，其比价也一直处于波动之中，与近现代意义上的金属本位制存在本质上的区别。前清时期，东、西方贸易使白银大量流入中国，为以白银为主的货币制度奠定了基础，但由于国家并未对白银货币的铸造与流通实行垄断，其名称、成色、大小等样式各异，衡制不一，有实银与虚银之分，为后来银元进入中国市场，扰乱国内金融货币市场埋下了祸根。到了晚清社会时期，国门被迫开放之后，全球贸易使得国内市场也成为其组成部分，但是历次战争的失败，使中国近代化的转变束缚在了各项不平等条约的框架之内，使原本财政收支有度的清政府，自此开始陷入财政困局之中，而且是越陷越深，直至其灭亡。

随着第一次鸦片战争的失败，各种战争赔款以及不平等条约的签订，使中国市场进入了贸易全球化时代，但其不公平性严重制约了中国经济的发展。由于近代货币思想及制度的落后，出现了西方投机商人"在内地行使，不以买货，专以买银"的货币投机行为，使本已白银外流的局面更加恶化，使得清政府在钱币问题上更加被动。为了弥补财政空虚而实行的财政搜刮政策，激化了社会矛盾，终致农民起义运动的爆发。至此，财政危机所带来的不仅是政局的不稳定，而且也给其货币发行造成了混乱。咸丰朝的铸造大钱，就是此种财政困局的产物，也是之前制度发生危机的产物，其影响之深，对晚清后来的货币制度的发展产生了极为不利的影响。至光绪十六年（1890年），张之洞铸"龙洋"系列银元，使"两元并用"成为定例，进一步加剧了白银货币体制的混乱。"银元制"与"银两制"的争论，到最后《币制则例》的币制改革，是近代中国货币转型的开始。但由于晚清政府的财政窘境，缺乏币制改革所需资金和白银储备，终使之搁浅。总之，晚清货币发行与改革同财政危机的形成是分不开的，是财政危机的产物，其意是解决财政危机，但由于缺乏先进的货币理论思想作为指导，加上腐朽的政治统治，终致其以失败告终。

（二）货币发行与币制改革

晚清社会时期，由于各种局势的复杂性，加上财政危机等因素，使货币和货币制度开始了由传统向近代化的转变。由于当时的货币制度并非近代意义上的本位制，银钱并不构成复本位制，在流通过程中，银、两是平行的两种货币。

由于当时铜钱价值低，且因重不便携带，导致在实际流通中，白银是起主要作用的货币，铜钱则处于辅币的地位。但是，铜钱并不是真正意义上的辅币，按其本身的价值流通决定了其不能代替白银的货币地位。即使在白银外流，出现银荒的情况下，也并未改变银、钱的货币关系。由于白银的流失，银荒严重，流通和支付手段不足，铜钱就成了补救措施，这也造成了不良后果。即一方面银的购买力不断提高，而以银为价值尺度的物价却在不断降低；另一方面以钱来计价的零售商品价格却因钱价下跌而上涨，出现了尖锐的货币危机①。

首先，由于鸦片战争的失败，给晚清政府和社会带来了严重的后果，使得财政困境开始形成，由此拉开了晚清政府币制改革的尝试。"在咸丰七年（1857）春天……若用铅铁制钱来买，则物价就要高百分之二三十；若用当十铜钱，物价就要加倍；纸币和当十铜钱相同；若用当十铁钱，则物价还要高几倍"②反映了物价上涨与大钱贬值引起的市场波动。由于白银外流和战争赔款等所造成的财政危机，发行大钱与钞票成了政府敛财的手段，至第二次鸦片战争和太平天国运动结束，这种货币发行方式方得以终止，其目的就是人为地实行通货膨胀的政策来获得财政资金。其次，机制钱币是伴随晚清洋务运动而开始的。以"中学为体，西学为用"为宗旨，意在巩固其封建统治，想通过机制钱币，恢复旧时的制钱，利用"机器压模……精则私铸者未能如式，其弊不禁自绝"③，但事与愿违，亏损甚巨。"仿照外洋，添造大小铜元，以补制钱之不足"④，开始了铜元铸造。最后，"两元并用"。由于银元铸造标准不一，使其流通难以在全国通行，但其作用是不容忽视的，加速了银两退出历史舞台的步伐，为后来的币制改革——银本位制的确定奠定了基础。

（三）各种主要货币简要概述

（1）铸发的各种铜大钱、铁钱以及印发的官票宝钞等，见第六章的分析。

（2）机制钱币。机制钱币开启了中国近代的机器造币工业，其意为想以机器制币来解决私铸问题，获得铸息，以期打破币制混乱的局面，光绪朝机制制钱统计如表3-2所示。

---

① 叶世昌：《鸦片战争前后我国的货币学说》，上海人民出版社1963年版，第6-7页。

② 彭信威：《中国货币史》，上海人民出版社1965年版，第835页。

③ 中国人民银行总行参事室金融史料组：《中国近代货币史资料第一辑》（下册），中华书局1964年版，第554页。

④ 中国人民银行总行参事室金融史料组：《中国近代货币史资料第一辑》（下册），中华书局1964年版，第651-653页。

表3-2　光绪朝机制制钱统计

省份	所属局	开铸时间	重量	备注
福建		光绪十二年（1886年）	八分五里	试铸、光背
浙江	宝浙	光绪十三年（1887年）	九分	由杭州机器局试铸
		光绪二十二年（1896年）	七分	报国寺银元局铸，后改土法铸造
直隶	宝津	光绪十四年（1888年）	一钱	
		光绪二十二年（1896年）	八分	土洋混铸，后改土法铸造
广东	宝广	光绪十五年（1889年）	一钱	背库平一钱
		光绪十六年（1890年）	八分	日铸500缗
		光绪十六年（1890年）		当五，试铸
		光绪十六年（1890年）		当十，试铸
吉林	宝吉	光绪十五年（1889年）	八分	
湖北	宝武	光绪二十二年（1896年）	七分	广东代铸
		光绪二十四年（1898年）	七分	湖北自铸
江南	宝苏	光绪二十一年（1895年）	八分	广东代铸
	宝江	光绪二十二年（1896年）	七分	试铸
	宝宁	光绪二十三年（1897年）	七分	光绪二十四年后改为土法铸造
奉天		光绪二十四年（1898年）		试铸，钱背有公平二字
	宝奉	光绪二十五年（1899年）	四分	钱背官板四分

资料来源：戴建兵：《中国近代币制的转折点——机制钱币研究》，《中国钱币》1993年第3期，第24-30页。

（3）铜元。由于"铁日少而价日昂，百货腾沸，商民交困，几不聊生"[1]，机制钱币亏折甚巨，1900年在李鸿章的建议下，两广总督德寿在广东铸铜元。晚清政府铸造铜元的本意是以此谋利，开辟新的财源，以应财政之需，来筹措军饷等。由于社会上流通的银两银元与之并行，又无法确定主币、辅币之分，铸造权又没有统一在中央，各地为了获取地方财政利益，争相铸造，其结果就是导致地方政府与中央政府逐利、地方政府之间相互逐利的局面，最终导致铜元滥铸，失去了其原来的发行意义，由"铜元热"变成了"铜元灾"。

---

[1]　中国人民银行总行参事室金融史料组：《中国近代货币史资料第一辑》（下册），中华书局1964年版，第557页。

（4）银元。自张之洞于光绪十六年（1890 年）在广东铸造"龙洋"系列银元开始，之后遂"两元并用"成为定例，推动了我国金属货币的近代化转型。银元在近代中国货币发展中的作用甚大，开始逐渐对外来银元构成威胁直至排斥出境，加快了银两制退出历史舞台的步伐。但囿于自身社会性质，未能确立银本位制，难以摆脱帝国主义通过银元对中国金融货币市场的操控，缺乏独立性，但其在货币近代化转型中的作用是不容忽视的。晚清政府各种银元成色、重量统计如表 3-3 和表 3-4 所示。

表 3-3　晚清政府各种银元成色、重量统计简表（银元）

银币名称	铸造年代	重量（库平两）	成色（千分之一）	每枚含银（两）
广东龙洋	光绪十五年（1889 年）	0.7245	902.700	0.6540
湖北龙洋	光绪二十一年（1895 年）	0.7226	903.703	0.6530
	宣统元年（1909 年）	0.7261	901.697	0.6547
江南龙洋	光绪二十四年（1898 年）	0.7246	902.307	0.6538
	光绪二十八年（1902 年）	0.7074	902.700	0.6386
四川龙洋	光绪二十四年（1898 年）	0.7179	896.682	0.6437
安徽龙洋	光绪二十四年（1898 年）	0.7239	894.676	0.6477
天津造币总厂	光绪三十四年（1908 年）	0.7029	904.527	0.6521
北洋银币	光绪二十三年（1897 年）	0.7396	890.000	0.6582
北洋机器局银币	光绪二十四年（1898 年）	0.7289	890.664	0.6492
奉天机器局银币	光绪二十五年（1899 年）	0.7247	856.562	0.6207
奉天银币	光绪二十九年（1903 年）	0.7056	844.526	0.5959
东三省银币	光绪三十三年（1907 年）	0.7199	890.066	0.6400
吉林银币	光绪二十六年（1900 年）	0.6988	884.059	0.6178
	光绪三十一年（1905 年）	0.6977	895.679	0.6249

资料来源：千家驹、郭彦岗：《中国货币史》，上海人民出版社 2014 年版，第 197-198 页。

表 3-4　晚清政府各种银元成色、重量统计简表（银辅币）

银币名称	铸造年代	重量（库平两）	成色（千分之一）	每枚含银（两）
广东双毫	光绪十六年（1890 年）	0.1433	804.000	0.1152
广东单毫	光绪十六年（1890 年）	0.0175	770.835	0.0551

银币名称	铸造年代	重量（库平两）	成色（千分之一）	每枚含银（两）
东三省二角	光绪三十三年（1907 年）	0.1468	890.064	0.1307
东三省一角	光绪三十三年（1907 年）	0.0693	893.088	0.0619

资料来源：千家驹、郭彦岗：《中国货币史》，上海人民出版社 2014 年版，第 197-198 页。

（5）关于清末的货币数量的简要统计。晚清社会时期，货币市场上流通的货币种类较多，而且由于存在区域差异，货币标准不一，致使在当时的情况下，各类货币难有确切的记录与统计数据。这里采用燕红忠（2012）的统计数据做一概要介绍（见表 3-5），以说明晚清社会时期币制混乱的状况，以及其进行币制改革的必要性。

表 3-5　晚清时期货币数量统计简表

货币种类	数额	折算银元（两）	占据比例（%）
银币		1297000000	61.85
国内银元	200000000 元	200000000	9.54
外国银元	500000000 元	500000000	23.84
银角	250000000 元	250000000	11.92
银锭	250000000 两	347000000	16.55
铜币		522253731	24.90
铜元	200000000000 枚	149253731	7.12
铜钱	500000000000 文	373000000	17.78
纸币		277777777	13.25
银两票	20000000 两	27777777	1.33
银元票	50000000 元	50000000	2.38
铜钱票	134000000 吊	100000000	4.77
外国钞票	100000000 元	100000000	4.77
合计		2097031508	100.00

资料来源：燕红忠：《中国的货币金融体系（1600—1949）》，中国人民大学出版社 2012 年版。

除此之外，实际流通中的货币种类多种多样、繁多芜杂，如银两有实银和虚银之分。实银一般常用于铸造成锭，称作"宝银"，有元宝①、中锭②、小锭③、滴珠或福珠④。虚银，有其名，却无其物，但得到政府与民间的认可，是晚清后期虚设的银两计值单位，其中较为重要的有：纹银，清政府法定的一种银两标准成色，每百两纹银须升水六两才等于足银，如上海的"二七宝"、武汉的"二四宝"、天津的"二八宝"等；上海规元，上海通行的一种只用于记账的虚银两，其成色比纹银低2%，又称"九八规元"；海关银，又称关平银、海关两，近代中国海关征收关税时所用的银两计值单位；还有天津行化银，汉口洋例银，等等。

除了上述官方的货币铸造外，在货币市场上仍有其他类型的铸币，如官方明令禁止的私铸，却屡禁不止；商人在钱庄也会发行银票、钱票等私票在市场上流通。通过前文的分析可知，钱庄的银票、钱票能发行的一个重要作用就是弥补货币市场上白银供应不足的问题，其性质区别于国家货币发行。

在晚清社会时期，私铸既然为非法行为，那么是不是私铸货币的都是民间违法行为呢？在1840年前后，清政府财政状况恶化已然影响到国家的有序运行，经济市场上的银贵钱贱危机又引起货币体系的紊乱，此种状况下，私铸虽屡禁，却不止。多省份都曾发生私铸现象⑤，就连北京铸造局也多次进行私铸⑥。官方尚且如此，民间私铸现象也就更加难以禁止。在云南、四川、湖北、贵州等省份的偏远地区或山区，以及与这些省份交通便利的其他邻近省份，私铸现象较为严重⑦。在这些私铸现象较严重的地区，无论官方还是民间，私人铸钱都比较多，其中一个共同点就是这些省份都是货币币材的产销地，甚至当地百姓还将此作为谋生手段⑧。

"若概不准其行用，责令悉付现钱，不惟增车载骡驮之费，且钱数有无短少，非如钱票之一览而知，必须一一手数，耽时旷业，事涉纷繁。"⑨ 这是1838年直隶总督关于私票替代铜钱的看法，他认为在北方陆路运输的情况下，私票

---

① 每只约五十两重，因形似马蹄，又称马蹄银。
② 重约十两，多为锤形，也有作马蹄形的，也称作小元宝。
③ 又称镶子或小锞子，一般重一二两到三五两，状如馒头。
④ 零星碎银子，重量在一两以下。
⑤ 《中国近代货币史资料》，第96—99页。
⑥ 《大清历朝实录》（卷10），第4页，嘉庆元年十月三日。
⑦ 《大清历朝实录》（卷209），第60页，嘉庆十四年四月四日（何学林）；《清宣宗实录》（卷261），第14页，道光十四年十二月七日（纳尔经额）。
⑧ 沈垚：《落帆楼文集》，帆5，后集2，第1a页。
⑨ 宫中档，道光十八年七月二日。

可以大大减少运输成本及相关的复杂事宜。这是相对于南方来说的，在南方水路运输铜钱的话，其成本较小。显然，陆路运输成本是水路运输成本的约 16 倍。因此，就出现北方私票使用广泛，而在南方地区使用受限的情况。"西北诸省陆路多而水路少，商民交易势不能尽用银两，现钱至十千以上，即须马驮车载。自不若钱票有取携之便，无路远之烦，甚便于民。"① 由此可以看出货币使用成本在一定程度上对货币流通范围也起到了较大的制约作用。

二、币制混乱的影响

晚清社会时期币制混乱的现象是财政危机的产物，其意在解决财政空虚带来的政局压力。封建王朝的腐朽性和半殖民地半封建的社会性质决定了此举剥削压迫人民的本意，只是财政搜刮的一种手段，以维护其封建统治，其命运也是注定要失败的。晚清政府对铸发货币的敛财本性决定了其带来的社会经济后果的严重性，不仅使国内矛盾严重化、复杂化，同时也为西方列强的商业入侵提供了便利的条件，使中国的小农经济迅速瓦解，商品经济和资本主义性质的经济模式也无法得到正常发展，造成了近代中国社会转型的困难。

（一）巨额战争赔款给晚清政府财政带来的巨大压力

鸦片战争失败后，晚清政府被迫签订了一系列的不平等条约以及巨额的战争赔款，使晚清政府的财政难以支撑，其用尽手段搜刮民财，激起社会矛盾，农民起义运动的爆发，更是加剧了财政困局的恶化。至第二次鸦片战争结束时，晚清政府滥发票钞和铸发大钱等，引起了近代中国史上第一次通货膨胀，这是人为性的，是晚清政府敛财的一种手段，但其造成的社会影响之坏、之深是值得深思的。通货膨胀引起的银价、物价的不断上涨，严重遏制了国民经济的发展，使财源受到极大的损耗，给劳动人民带来了严重的苦难，使财政危机进一步加深。通货膨胀比赋税的敛财方式更具隐蔽性，但其敛财的本质是不会改变的。通货膨胀的直接受益者就是滥发货币的始作俑者，即统治阶级和大商人等相关利益集团。在整个通货膨胀过程中，各种利益集团争相掠夺人民财富，无疑加重了人民生活的疾苦，使社会矛盾复杂化、严重化，同时，晚清政府的财政困局也并未因此而有所缓解，反倒不断加深。

---

① 宫中档，道光十八年七月七日（经额布）。

（二）机制制钱的意义

机制制钱属洋务运动的一部分，是伴随中国近代工业发展而产生的，是晚清政府想恢复制钱时而采用的一种方式，想以机器铸币解决私铸等问题，来缓解当时币制混乱带来的各种社会经济问题，同时也开启了近代中国机器铸币工业的发展。机制制钱在晚清社会货币发展史上起到了承上启下的作用，本想恢复制钱，不曾想却使得铜元出现，彻底打破了晚清政府想要恢复制钱的愿景。银元本是为补制钱之不足而开铸的，但是这一举措却使晚清社会币制发生了改变，"两元并用"的局面成为定例，铜元替代制钱进入流通，为后来的币制改革奠定了基础。

（三）币制混乱带来的货币思想的发展

晚清社会时期的币制状况混乱不堪，是近代中国社会转型在货币理论思想发展上的一个外在表现，是封建社会向近代社会转型过程中遇到的一个重大问题。传统的货币思想已不足以维系货币在市场上的流通，又没有传统货币理论思想的突破，诚如西方近代经济思想伴随着"西学东渐"，对晚清社会的货币思想产生了不小的冲击，但传统货币思想的主流地位并未立即消失，而是在与西方近代货币金融思想的碰撞、交流中不断学习，不断创新、融合，使货币思想理论开始向近代化转变。

这一现象是那个时代国人不断努力，不断学习，"救亡图存"，实现民族富强的表征，是中华民族在近代社会转型过程中所经历的。虽然中间充满了辛酸，但却是中国走向近代化必不可少的一个阶段，在了解历史、学习历史的过程中，亦当激励吾辈奋发图强，实现中华民族的伟大复兴。

第二节　晚清时期货币金融市场的发展及其对货币思想的影响

一、货币金融市场之嬗变

清末金融市场的发展，是中、西方文化在交流、碰撞中形成的，既有传统的票号、钱庄、典当、印局和账局，又有具有现代银行意义的新式金融机构，如外国在华银行、中国的新式银行以及较早的保险证券业务。这些新式的金融机构虽有政府做依托，具有经济掠夺性，但不可否认其金融货币思想在清末时期对国内货币金融思想的近代化也起到了推动作用。面对财政困局的现实压力，晚清政府的财政体制变革对金融货币体系也产生了巨大的影响。对外巨额赔款、军费支出等使白银大量流入在上海的外商银行，一方面使得国内本已不稳定的银钱比价波动更加难以稳定，大起大落，国内银两流通更加趋于匮乏，金融货币发展基础更加薄弱；另一方面外商银行通过种种手段获得的资金优势也日趋明显，其操控国内金融货币市场的野心也日益膨胀。

（一）钱庄、票号、典当之于晚清经济的金融意义

钱庄、票号、典当等是中国传统金融业在晚清社会经济发展时期的具体表现，是货币信用业务在经济市场上的主要金融机构。其中，钱庄主要以银钱兑换、银两与铜钱兑换、银元与银两兑换等业务为主，因其经营业务性质，一般局限于当地。票号经营者则多见于山西人，业务活动范围多在黄河流域和华北各省等北方地区，以实现区域间经营汇兑，业务范围广泛，甚至遍及全国。典当行业萌芽于汉代，始于南北朝，在明清时期发展兴盛，在近代国际金融入侵与国内经济体制的多重压力之下逐渐衰落，其活动范围由城市向农村地区扩展，成为遍布全国城乡的一种重要的借贷机构。

"自票号之兴，国内贸易日便，商业渐盛，而本地换钱铺，亦随以开展，开天津钱业之先河。至天津辟为商埠，中外贸易日繁，进口货于此分散，出口货于此集中，一方面国内汇兑之需要日增，而一方面本地金融调节之需要亦日迫，于是票号之营业日盛，而本地之银号亦渐为市场上不可少之营业，嗣后外国银行更因需要而渐次设立。"① 从中可以发现，票号、钱庄、外国银行对天津口岸贸易的影响是十分重要的，为天津经济发展提供了金融基础。从某种程度上来说，也正因其对金融业的依赖，在清末金融风潮中，天津受影响也是不可避免的。窥一斑而知全貌，国内经济发展对金融的依赖也是不容忽视的。1902 年，天津市面银钱贴膨胀，形成现银贴水风潮，致"歇业荒闭者，一百数十家"。② 1905 年，外省铜元大量进入天津货币市场，造成铜元积压严重，铜价贬值，社

① 史若民等：《平、祁、太经济社会史料与研究》，山西古籍出版社 2002 年版，第 78-79 页。
② 天津市档案馆：《天津商会档案汇编（1903-1911）》，天津人民出版社 1989 年版，第 328 页。

会各阶层不堪其累，至 1908 年，市面足色银供求严重失衡①。不难发现，发达的金融业可以促进经济贸易的发展，反过来，如果没有法律体制的约束，加之金融业基础薄弱与紊乱的货币体制，其抗击金融风险的能力也是有限的。因此，钱庄、票号、典当对经济发展的促进作用是建立在经济健康、稳定运行之上的，一旦遭遇风险，其承受能力是极为脆弱的。

鸦片战争之后，晚清社会逐步过渡到半殖民地半封建社会，一系列不平等条约的签订，使原有的朝贡体制被条约体制所取代，东亚秩序被打破，通商口岸由沿海地区逐步向内陆地区扩展，且不断增多，西方列强对华的侵略也日益加深。西方资本主义国家着意利用晚清社会传统金融业基础薄弱的不利局势，对华进行商品输出与资本输出，加紧对中国进行金融入侵与财富掠夺。首当其冲的就是钱庄、票号、典当等中国传统旧式金融业务渠道，从其性质来看，这些民间金融业基本没有国家背景的支持，与西方洋行也就存在很大的差别。外国银行大多数以国家为背景，成为其在华代理人，谋取利益。也正因如此，晚清的传统金融业才显得如此弱势，无法在国际金融的冲击下，保持其稳定的发展轨迹。"据李鸿章面奏开设官银号以裨国计等语，着户部会同李鸿章妥议具奏，并命醇亲王奕譞一并与议。"② "前据李鸿章面奏，开设官银号以裨国计等语，原为通筹经费起见。惟此事创办非易，中华与外洋情形迥不相同，若经理不得其宜，深恐流弊滋多，着毋庸议。"③ 前后截然相反的态度，也正说明晚清政府对近代国际金融发展认识的不足，对金融形势的发展趋势存有歧义，在某种程度上也就决定了传统的钱庄、票号、典当金融业在中国近代的金融基础地位。

随着太平天国运动的大爆发，其对国内经济区域间的贸易往来造成了不利影响，票号也因此得以经营汇解饷需、协款与丁银等与政府密切相关的金融业务。钱庄则转向商业资金周转业务，有时为应对商业资金周转需求，其会从外国银行获得短期信贷，还会寻求票号的支持。两者在经济贸易中的作用越发重要，通商口岸开放的增加，洋行的业务范围、数量都在不断扩大，使得钱庄、票号更多地参与到了商品贸易往来之中。钱庄通过资本运作，票号的生息资本

---

① 宋美云：《清末金融危机与天津商会》，《近代以来中国金融变迁的回顾与反思》，上海远东出版社 2012 年版，第 21 页。

② 《清德宗实录》（卷 214），光绪十一年八月辛卯。

③ 《清德宗实录》（卷 214），光绪十一年九月乙卯。

以商业金融资本形式进入经济市场，开始流转。

在钱庄、票号的基础上还发展了庄票，"庄票有即期和远期两种，前者见票即付，后者则在到期时付现"①。以此加大资金周转，刺激商业发展。"钱庄接受长期、短期和各种不同利率的存款，并进行贷款和票据贴现等业务。他们使各级商人，从最大的商号到最小的零售店主，都能得到并利用这些便利。所有在上海出售的进口商品的贷款都是用五到十天期的钱庄票据支付的，这种方式既使钱庄可在票据流通期间使用这笔钱，又使进口商品的买主能够与内地一些地方或开放口岸做汇兑买卖的钱庄完成其筹措资金的安排。无论哪一年，这些票据的数额都是很大的。"② 这是庄票在上海商业贸易往来中作用的真实写照。"租界既辟，商贾云集，贸迁有无，咸恃钱业为灌输"③ 更加充分地说明了其业务范围及资金融通渠道的广泛，对促进近代中国经济发展的作用十分巨大。

在国内区域间的贸易往来，除了庄票，还发展了汇票业务，其在推动晚清经济发展的同时，也推动了近代金融业的逐步发展。"钱庄最初创设，资本极薄，规模极简，其主要营业仅兑换货币一项，直到1843年上海开埠以后，进出口交易渐繁，金融流通的需要日增，于是钱庄营业逐渐发达，存款放款事项亦较前繁多。如是年复一年，营业遂蒸蒸日上，大有一日千里之势。"④ 钱庄通过贷款获利，至1873年，上海共有汇划钱庄达123家之多⑤。

就总的态势来看，钱庄、票号是经济商业贸易的纽带， 方面连接着商品贸易商，向其提供信用贷款；另一方面又与新式银行合作，共同谋得利益⑥。在晚清经济近代化发展过程中起到了重要的金融基础作用，也是货币思想近代化转型的社会实践基础，为晚清经济社会发展提供了大量的资金融通，在面对国际金融入侵的冲击时，对传统旧式金融也起到了一定的保护作用。

（二）钱庄、票号、典当与具有现代意义的银行的比较及启示

清末时期，钱庄、票号、典当与外商银行及中国新式银行共同构成了当时

---

① 戴鞍钢：《近代中国民间金融业与农产品出口的互动》，《云南大学学报（社会科学版）》2012年第5期，第12页。

② 李必樟：《领事麦华陀1875年贸易报告》，《上海近代对外贸易经济发展概况：英国驻上海领事贸易报告汇编（1854-1898）》，上海社会科学出版社1993年版，第383-384页。

③ 姚贤镐：《中国近代对外贸易史资料》，中华书局1962年版，第1564页。

④ 郭孝先：《上海的钱庄》，《上海市通志馆期刊》（卷1）1933年第3期，第804页。

⑤ 《申报》，1874年7月26日。

⑥ 马俊亚：《近代国内钱业市场的运营与农副产品贸易》，《近代史研究》2001年第2期。

中国的金融市场体系。传统的钱庄、票号、典当业是封建社会的金融业支柱，随着鸦片战争和外国资本的强势侵入，其经营的业务范围也随之有所改变，在前文已经做过相关阐述，本节将从对比的角度予以研究分析。

第一，资本结构角度的对比。由于当时外商银行多为西方资本主义国家的国家银行或具有国家背景的商业银行，因此资本结构在规模上具有较大差异，其资本构成中股票溢价以及利润未分配占有相当比重，而且对中国金融市场操控、投机所得、赔款利息所得等也占有很大分量。与之相较，钱庄、票号、典当多为个人经营，虽有与官府的联结，但其"独资"的性质决定了其自有资金较少，如钱庄与票号为了发展的需求，后来发展为具有"股份制"特点的合营，以增加资金实力，加强与外商银行相抗衡的能力。不过，储备资金与外商银行相比，也仍是少量的，融资是其获得资本的一大途径，这样也给外商控制国内金融货币市场以契机，在面临金融风潮之时，其风险也就被放大了。

第二，组织管理角度的对比。这里以票号为例，介绍其经营管理方式。首先，票号实行"两权分离"的现代意义的企业管理制度，即东家出资，而不干预经营的方式。其次，实行现代意义上的"股份分红"，其股份有银股和身股之分，允许伙计入股与分红。在当时的雇佣关系下，剥削方式的改变是一大进步。最后，结成汇兑网络，在全国范围内经营，而钱庄仍是保守、单一的作坊式经营。与之相较的外商银行，在近现代的管理组织模式已经具备。但从中不难看出，清末我国金融货币业的发展也在不断实现向近代化的转变，从票号的经营方式可见端倪。

第三，监管角度的对比。1906年《银行法》的颁行，是我国近代史上第一部法律意义上的金融监管法律，结束了政府长期对金融货币业无管制的局面。也正因为如此，清末金融市场上的混乱给投机行为以可乘之机，对清末金融风潮的发生与发展应负相当的责任。从某程度上来说，国内当时监管机制意识缺乏，票号、钱庄、典当也就没能形成有效的监管机制，对于风险的控制也就更是无从谈起。其经营只是依靠信誉来维持，这就决定了金融货币体系不管是从内部还是外部都缺乏相应的监控手段，这也是近代金融货币业转型的一个特征，为金融市场混乱、金融风潮埋下了祸根。与之相较的外商银行，无论是在内部监管、外部风险控制等层面，其发展都已较为成熟，在面对当时的国内金融市场时，已具备了相当的实力。

综上所述，构成清末金融货币体系基础的票号、钱庄、典当、外商银行以及新式银行，其发展历程是伴随晚清社会变革而逐步发展的，从中我们可以看到，面对外国资本的侵入和国内经济社会环境的大动荡，在半殖民地半封建社会的中国，国人并未放弃努力，而是在不断发展、创新，"以变应变"，"救亡图存"，金融市场的嬗变就是一个很好的例证。抛开商人、地主阶级、统治阶级利益本性的驱使，从民族金融业发展的角度来看，其意义是巨大的，在近代转变中的作用是值得肯定的。但是由于经济体制及国势的因素，盲目、过度投机，金融信用意识薄弱，注定了中国金融市场的近代化转变是曲折的。但我们也应该借鉴其发展的经验，为今天的金融市场改革提供借鉴意义。

（三）晚清金融市场新式银行的发展

鸦片战争之后，外国金融资本势力入侵，在华设立银行，不少经世学者认识到了其中的利害，提出国人自办银行，如洪仁玕、容闳、郑观应、陈炽等。但由于社会体制及经济发展的局限性，直到外国银行在华设立 50 年之后，晚清社会仍未有自己的近代新式银行，这在很大程度上使得钱庄—票号—外国银行的金融格局在中国经济市场上占据主要地位。随着时局的发展，近代新式银行的成立是历史发展的趋势，也是近代货币思想发展的必然体现。

第一，中国通商银行。这是 1897 年盛宣怀在上海成立的第一家华资银行，由盛宣怀招商集股，其中官僚股份、洋务企业招商局、电报局占据了大半的股份，使得其名为商办，但却是官商合办的性质，这从其经营业务中也是有所体现的。户部拨款存入以示支持，是其官方背景的最好佐证。其经营业务涉及拥有发行纸币的特权、银元券、银两券、官款汇兑、晚清政府外债存汇等，"通过盛宣怀同清政府的种种联系，是通商银行初期得以立足的根本"①。既然能够得到晚清政府的支持，自然是晚清政府看到了银行的高额利润回报率，较之兴办矿业等实业的长周期回报率，更能解决其当下的财政困局。加之当时社会上自办银行的呼声，及外国银行金融资本入侵下的咄咄逼人之气势，近代第一家华资银行得以成立。由于其官僚背景，注定其没能摆脱封建腐朽体制的羁绊与束缚，这从通商银行的组织架构上是可以反映出来的：一方面仿制汇丰银行的管理体制，另一方面仍由盛宣怀指派银行成员，大量的退职官吏、豪绅等担任分董或总经理，使得通商银行只有外国银行的管理架构，却难以做到其专业、高效的经营效果，没有发挥其应有之职能。盖因"有其形而无其神"，致使管理体制混乱、腐败，发展长期停滞。

① 陈争平：《金融史话》，中国社会科学出版社 2011 年版，第 42 页。

第二，户部银行。1905 年 8 月户部银行成立于北京，后因户部改为度支部，改名为大清银行。在天津、上海、汉口、济南、张家口等设立有分行，其资本由户部认购一半股份，另一半由私人自由认购（外国人除外），实行官商合办，但实际上仍操纵于官府，从其正、副总办由户部派任可以体现。户部银行经营铸造硬币、发行纸币、代理国库等业务，实际上已经相当于晚清政府的国家银行。与中国通商银行相比，其聘请知名商人担任总行、分行的经理、协理，依靠商人来拓展业务。1911 年，其吸收存款达 6339 万两，高出同期通商银行 30 多倍①。辛亥革命爆发后，其宣告停业，于 1912 年，由吴鼎昌、宋汉章、叶揆初等股东联合上书南京政府，获批改组为中国银行，并承担中央银行的职能。与交通银行构成了北洋政府的两大财政金融支柱。

第三，交通银行。交通银行是 1908 年于北京成立的官商合办银行，在上海、天津、汉口等地设有 20 多家分行，其股本中的四成来自邮传部官股，其余六成通过自由认购筹得，以政府存款为主。"多局促于官款之调拨一途"，以实现轮船、铁路、邮政、电讯"四政"的"利便交通"的宗旨。

进入 20 世纪之后，在清末时期，新式在华银行不断成立，"截至 1911 年，共设立了 30 家华资银行，其中官办和官商合办的有 13 家"②。为民国时期的金融业发展奠定了基础，如"南三行"，即上海商业储蓄银行、浙江兴业银行、浙江实业银行；"北四行"，即金城银行、中南银行、大陆银行、盐业银行。晚清新式银行的成立与发展，在一定程度上促进了中国金融业向近代化转型，对货币思想的近代化发展奠定了现实基础。

（四）金融市场的整体嬗变

随着晚清社会的发展，金融货币体系的发展由于受制于当时的政府体制及经济社会发展状况，在国内币制混乱的情况下，金融业的发展也呈现混乱无序之状。面对大量的战争赔款，以及各项财政支出，白银在国内市场上难以稳定，使银钱比价变动频繁，在此背景下，外商银行对国内金融市场进行干预，使国内经济状况更加恶化，使得晚清政府进行币制改革，力图摆脱财政困局和金融危局，借此重振政府之声威，维护其统治。

在晚清社会，上海逐渐发展成中国的金融中心，外商银行也大都以此为中心，对全国金融进行侵入和操控。上海拥有较为发达的拆借市场，也有初具雏

①②　陈争平：《金融史话》，中国社会科学出版社 2011 年版，第 43 页。

形的股票市场，都证明了其金融中心的地位。以拆借市场为例，币制改革前的几年，金融市场就出现了本土金融机构的倒闭，究其原因不外乎银根紧缩、拆息升高，根本性原因是被外商银行操控了国内金融业。在上海，"赔款届期，不能不提取现银以资应付"① 导致市面的银根紧缩，拆息渐高；在天津，因周转不灵、市场萧条等因素，钱庄、典当、票号等金融机构倒闭达30多家②，在全国其他各地，此现象也频发，金融机构均出现倒闭。此种危局，自1905年以来更甚，外商银行"必以生利之法，仍以贷与中国银行及商人"③，以此来控制钱庄，实现操控金融市场的目的。如在1908年外商银行"一味收取现银，概不拆放眦"④ 引起的金融风潮，对国内金融业形成了很大冲击，致"商况萧条，银根奇紧"。受此影响，本已脆弱的国内金融业，如同多米诺骨牌，发生连锁效应。此种影响是双向的，又反过来对上海的金融市场形成反冲击，进一步恶化了国内的金融市场。晚清社会国内金融业发展的艰难，与其自身的因素是分不开的，一方面，巨额的对外赔款，导致白银大量流出，国内白银流通量减少日甚，金融业发展的基础更加薄弱；另一方面，外商银行依靠自身资金实力与外国政府对华不平等条约的助力，操控晚清社会国内的金融业，进行财富掠夺，进一步削弱了中国金融业的发展。银两作为当时流通的主要货币，已多为外商操控，晚清政府的财政窘境也在一步步恶化。为了解决财政危局而滥发钱币，使得货币混乱的同时，也给外商投机的机会，这样不仅没能解决国内的财政困局，反而加剧了金融业的混乱，金融风潮的冲击使得币制改革成为必然。

金融市场之嬗变，是伴随着社会发展而不断深入的，面对复杂的社会、经济、政治环境，外商银行对金融市场的干预是清末金融风潮发生的罪魁祸首，使得清末金融市场动荡不安，对政局的走向也产生了很大的影响。晚清政府试图进行币制改革等措施，缓解财政困局，拯救金融业，维护其统治，但这一切都在内忧外患之下化为泡影，也为之后中国社会变革的必然性奠定了基础。

---

① 《论近来财源之匮乏》，《申报》，1903年7月15日。
② 天津市档案馆、天津社会科学院历史研究所：《天津商会档案汇编（1903-1911）》，天津人民出版社1989年版，第786-788页。
③ 《银价贵贱与中国之关系》，《申报》，1908年10月16日。
④ 《沪道禀苏抚文》，《申报》，1908年10月16日。

二、国内金融风潮及其对货币思想的影响

西方资本主义对晚清社会的影响，不仅使中国参与到了全球化的贸易之中，更是利用"船坚炮利"，在中国社会取得了种种特权，严重破坏了中国社会的发展。由于半殖民地半封建的社会性质，使得晚清社会金融业的发展受到了很大的影响，现代的金融货币思想及经营管理方式，在与落后的社会生产方式的碰撞之中显示了其优越性，更何况附属于其上的政治掠夺性，对晚清社会金融业的发展更是具有了操控性，清末的三次金融风潮，都与其有着莫大的关联。对于清末的三次金融风潮进行深层次的分析，有助于理解晚清政府进行币制改革的必然性，也有利于我们对晚清金融货币体系向近代化转型有一个更全面的认识。

晚清社会的经济体制使其金融市场的发展处于初级阶段，内忧外患，西方列强对国内金融业进行把控，市场混乱，币制体系也在不断变化，政府对金融市场的管理更是以敛财来解决财政之危为目的，根本无统筹管理长远发展之打算，监督也就无从谈起，但这也为金融业的发展提供了一个契机，至少政府的阻挠减少，出现了股票公司、证券公司等投资企业。缺乏政府监督管理和主权，外商银行对金融货币市场的侵入和干预，使得本已不完善的体系，更是成为西方资本主义国家对中国经济掠夺的又一新手段。

（一）1883 年上海金融风潮

第一，事件的发生。1882 年平准股票公司在上海成立，成为第一家代理买卖股票的华商股份制企业，同年，上海南北市钱庄、商业行号大量倒闭亏空甚巨，从数万两至数十万两不等。金嘉记丝栈的倒闭使得很多钱庄银根紧缩，商人无法贷款，现金流通极减，有 20 多家钱庄倒闭；胡光墉的埠康钱庄的倒闭，使得艰难的金融市场无法支撑，外国金融机构从自身利益的角度考虑，也停止对钱庄的融资，有 40 多家钱庄相继倒闭。其时，正值中法关系处于紧张之中，政府难以顾及金融市场，钱庄开始套现股票，股价开始下跌，这一风潮自上海起，很快波及其他通商口岸，随后蔓延至全国，使全国的经济受到很大冲击。

第二，金融风潮发生的原因。近代中国的经济发展是带着各种不平等条款这一沉重包袱前行的，列强通过战争迫使清政府在政治、经济等领域的主权受到严重削弱，他们在对中国进行经济掠夺的同时，也控制了民族资本发展的命

根，使得其票号、钱庄、典当等金融业的发展受到很大限制，这也成为此次金融风潮的一大诱因。由于钱庄过分依赖外商银行，自身资本规模有限，进行资本扩张就受到很大限制，依靠信用而轻视资产抵押，使得其在面对金融风潮时，资金很容易断链，倒闭也就不难理解。股份制企业的兴起，为洋务运动的发展、实现民族振兴起到了重要作用，但是由于投资过度而致使市场资金缺乏，最终导致商品流通崩溃，如巨额资金的转移，一旦受限，本已脆弱的金融市场，极易酿成灾祸，这也是此次金融风潮影响之大的一大重要原因。

第三，金融风潮的影响。此次金融风潮以上海为起点，扩散至全国，使刚刚有繁荣之象的经济遭受重创，使人民群众失去了对股票的信心，使得金融业的发展在人们心里留下了阴影。此次金融风潮的爆发严重阻碍了我国新式企业的发展，使得原本就受限于外国企业的民族资本主义的发展变得举步维艰，萌芽期的金融市场的发展备受打击，丧失了各种产品的自主定价权，如1883年因生丝价格而起的此次金融风潮，使得定价权几乎丧失，其他特色产品的定价也由国际贸易市场来决定，使本国产品的利润进一步降低，民族企业的发展环境进一步恶化。相对地，外国银行却在更多的领域获得了控制权，对中国经济发展的干预能力有了大幅度的提升，将晚清社会的经济发展推向了更为艰难的境地。

（二）1897年钱庄贴票风潮

第一，事件的发生。1889~1890年，协和钱庄首创贴票之法，以高利贷吸取存款，然后转贷给商贩，以获取丰厚的利润。这一贴票之法刺激了很多其他的钱庄纷纷效仿，贴票业务随之兴盛，为争取更多的客户，许之于高额利息。为争取暴利，加之无监管机制，贴票的普及与发行终致失控，于1897年11月开始出现贴票到期无法付现，造成大量的退票和提款的"挤兑"现象，由于钱庄准备金不足，一时之间，倒闭的钱庄甚多。

第二，金融风潮发生的原因。这次的金融风潮，在很大程度上反映了金融监管机制的重要性。钱庄为牟利，以不合理的经营方式，在无充足存款准备金的前提下就大肆贴票，而民众的投资也不理性，缺乏必要的金融知识，盲目跟风贴票，外国公司利用其优势，欺骗民众，又一次在金融风潮之中获利，祸害中国的经济发展。从中可以看出一个行之有效的金融监管制度对一国金融业发展的重要性。

第三，金融风潮的影响。此次贴票风潮对当时金融市场的发展影响很大，是钱庄筹资过程中的投机行为,钱庄的倒闭使银行的银根紧缩,银价暴涨,受牵连的人从参与贴票的人到普通民众,无不成为受害者,使得晚清社会金融货币业的发展又一次在残酷现实面前备受打击,在中国近代金融业的发展过程中,积累经验,为向近代化转型积攒动力,无形之中为清政府的经济发展之政策带来了压力,"思变""求变"已成为历史发展的大势,币制改革已成必然。

(三)1910年橡胶股票风潮

第一,事件的发生。以1903年在上海成立的兰格志公司为起点,橡胶业市场的兴起,在当时的中国也引起了极大关注。由于在世界市场上橡胶供不应求,利润可观,兰格志公司开始发行大量的股票,利润的丰厚促使其他外国企业纷纷追随,开始效仿发行股票。至1910年,美国政府开始限制橡胶消费政策的颁行,导致国际市场上橡胶相关产品价格的下跌严重,股价也随之下跌,而在中国市场上,兰格志及其他外国企业也因此携款潜逃,外国银行也不再为其提供担保,股票市场震荡,引起了此次的金融风潮。兰格志公司的股票变动情况如表3-6所示。

表3-6 兰格志公司股票变动简表　　　　　　　　　单位:两

时间	股票行市
1908 年 3 月 25 日	440
1908 年 7 月 18 日	530
1908 年 12 月 30 日	860
1909 年 4 月 20 日	1050
1909 年 8 月 12 日	1000
1910 年 4 月 4 日	1500
1910 年 12 月 29 日	100

资料来源:根据《申报》所记载的几年间兰格志公司股票行市变动整理所得,其中,兰格志公司的股票票面值约为 100 荷盾,折合 10 两库平银。

第二,金融风潮发生的原因。当时的中国社会已处于不稳定的动荡时期,政府自主权也已基本丧失,对金融市场的监管更是力不从心,更有甚者,官员也纷纷介入,妄图牟取暴利。半殖民地半封建的社会性质决定了政府对外国在华企业的监管是极为松散的,自身腐败已至极,钱庄也借机放贷给投机商人,推波助澜,使得人们对于该种橡胶股票信心增加,其橡胶股票投资的 6000 万两白银，有 70%~80% 为国人所持有，从侧面反映了民众对市场欠考虑，盲目跟风，致使最终危机爆发，损失最惨重的仍然是老百姓。

第三，金融风潮的影响。此次金融风潮虽在晚清政府即将覆灭之际，但对其统治的危害却也十分深刻。如在此次危机中倒闭的源丰润，政府不得不以江苏盐厘为担保，向汇丰、德华借款 300 万两，以应财政之需。经此危机之后，上海 70% 的钱庄倒闭，传统金融业的发展来到了"十字路口"，是一次具有转折意义的事件，对中国经济发展产生了巨大影响。而与之相关的外国企业，由于其政府的担保，以及一系列不平等条约的保护，其损失转嫁给了晚清政府，最终这一负担还是要老百姓来承受，加剧了国内社会各种矛盾的尖锐化，对经济社会的发展更是产生了极大的影响。

综上分析，清末金融风潮的不断爆发加剧了近代金融业市场基础的不稳定性，对国内社会动荡、政局稳定性、经济体制的破坏带来了极其严重的后果。金融风潮发生的主要原因有以下几点：

第一，金融市场上的币制体系紊乱。在晚清社会经济发展的过程中，货币体系始终处于一种不正常的运行状态下，银元、银锭、铜钱、纸币等货币在市场上流通，由于中央集权势弱，地方政府间币值铸造的差异及时局的变化，其流通也受到一定的影响。综合来看，银元相较于银两的便利性，获得了市场的认可，铜钱向铜元的改变，在市场流通中也在不断增加，各种纸币，如外国在华银行、官府发行的纸币等，使得货币体系难以形成一个有序、稳定、高效的协调机制，导致币制紊乱。

第二，近代金融业发展滞后。经济发展与金融业发展是相伴相随的，其带动的贸易往来也会与日俱增，产生的货币流量，即金银货币的流动性会大增。从晚清经济社会发展来看，小农经济、商品经济、民族资本主义在复杂社会环境下备受打击。此时的经济发展举步维艰，金融业发展必然会受此制约，其发展相对滞后，加之近代中国的金融业基础薄弱，面对国外金融资本入侵，金融风潮的发生也就不难解释了。

第三，商业信用制度。"外客来津办货，赊欠最占多数，商家意在销货，不得不通例办理，及至收银，外客率多勒掯。"① 而此惯例，即"交易可以长久拖

---

① 《天津筹议布商积欠洋商贷款详情》，《华商联合报》1903 年第 3 期。

欠，勿庸现银"。[①] 由此可见，在商品贸易往来中，会形成大量的债务，而此债务是建立在商家买卖信用基础之上的，是中国长期商业贸易中形成的一种"道德约束"，并未在近代经济发展的基础上有所改变。即使在与外商贸易往来中也是以此惯例，或由官府担保来确认商业信用，而进行贸易。对此，国际商业贸易的金融信用制度并没有引进国内。因此，传统的商业金融信用制度缺乏法律强约束，仅靠道德软约束，一旦发生金融风潮，连带对经济的影响是难以消弭的。金融业近代信用制度的不健全就成为抵抗金融风潮产生的弱势环节。

"以史为鉴，可以知兴替"，清末社会的三次金融风潮，是对晚清社会变革的一次次外在推动力，政府希望通过改革来解决危机。但在政府体制及社会性质的双重压力下，决定了其变革并未能从根本上使中国金融业有所发展，只是在给自己的统治延续时日而已，也正因为三次金融风潮，晚清政府进行币制改革的重要性就显得尤为必要。

三、国际金融发展环境对国内货币思想的影响

由于晚清社会已经被迫参与到全球化的贸易体系之中，已不能独立于世界体系之外而发展，其国内经济社会发展必然会与外国有关联。因此，国际金融环境的变化，对晚清社会货币金融体系带来了重要影响，晚清政府进行的币制改革之策也受到国际金融环境的影响。封建社会自给自足的小农经济，在晚清社会已日趋瓦解，商品经济与资本主义经济发展又受到封建统治者和西方侵略者的双重压迫，其发展之缓慢，加上半殖民地半封建的社会性质，决定了西方列强通过战争在中国取得的一系列不平等的"超国民待遇"，以及对政局的干预能力，国内经济社会的发展实际上已无"独立之事"，处处受制于列强。西方资本主义的入侵，一方面是靠武力的强取豪夺，另一方面依靠其在华银行，对国内经济干预并操控，实行经济上的掠夺，这就从实质上将晚清社会与国际发展相捆绑，国际环境的变化也必然会影响到国内的经济发展，乃至政策的制定与执行，就是在改革开放的今天，其借鉴意义也仍不容忽视。

（一）外国银行在华发行的纸币

货币发行权是一国主权的象征，晚清政府自鸦片战争之后，虽未彻底丧失

---

① 天津社会科学院历史研究所：《津海关年报档案汇编（下册）》，天津市档案馆1993年版，第170页。

货币发行主权，但对于外国银行在华发行纸币之事，已然默许，这就使本来混乱的货币体系更是雪上加霜。从其来源看，一是在华外商银行非法发行的纸币占比重最大；二是中外合资银行，虽在政府授权，但不受国内法律约束，且实权等于被外商所控制，就其影响而言，其信用很是低劣，实则是剥削老百姓的手段之一；三是国际上外国货币的流入，如美元等。这些外国货币自 1870 年开始出现，至清王朝灭亡仍未消失，这些外国银行发行的货币在国内的广泛流通属非法行为，是帝国主义侵略中国的手段之一，以实行对国内经济、军事以及财政金融的控制，巩固其在华的势力范围，扰乱国内货币体系，影响中国币制体系改革，阻碍民族振兴。这些都是因帝国主义侵略者的需要，而强加在老百姓身上的，利用国人对国际金融的少知，甚至无知，用汇率等手段实行的财富掠夺。

（二）白银在国际上的流动

清王朝覆灭前的世界各国多实行金本位制，而中国实行以银两与制钱相结合的货币制度，未与世界上其他国家实行统一的金本位制，使得白银在国内是货币，而在国外却是商品，反之，黄金在国内属商品，在国外却行货币之职。这就造成了国内银钱比价波动受到国际白银商品价格的影响。开放的贸易使得国内白银受到国际上白银流动的影响，如美洲白银的大量流入，就对国内银钱比价影响很大。中国白银在国际上的流动主要依靠贸易，而在近代中国长期呈现贸易、白银双入超的现象，这与晚清实行的银本位制有着很大的关联，国际汇率基本上是金贵银贱，这也就不难说明白银流入国内，而黄金却在不断流出国内，流向国外其他国家的现象（见附表3）。

（三）汇率变动的影响

由于晚清政府是以银两与制钱为主的货币体系，在国际上，多数国家采用金本位制。在国际上实行固定兑换比价，而国内银钱比价却一直处于波动之中，兑换比价是浮动的。海关两与国际汇率的关系如表 3-7 所示。此种情况直接造成了晚清社会在对外贸易中实行金银汇率，而在国内经济发展中是银钱比价浮动的双重汇率。

表 3-7　1901~1911 年中国海关两的国际汇率统计

年份	对英镑汇率 （1 关两=便士）	对美元汇率 （1 关两=美元）	纽约 （1 盎司=美元）	上海市钱 （千）
1901	32.75	0.72	0.597	119

续表

年份	对英镑汇率 （1关两=便士）	对美元汇率 （1关两=美元）	纽约 （1盎司=美元）	上海市钱 （千）
1902	29.875	0.63	0.528	119
1903	25.875	0.64	0.542	113
1904	31.75	0.66	0.578	111
1905	31.625	0.73	0.610	111
1906	34.875	0.80	0.674	132
1907	36.625	0.79	0.660	134
1908	30.125	0.65	0.535	138
1909	27.50	0.63	0.522	151
1910	27.50	0.66	0.542	152
1911	32.25	0.65	0.542	150

资料来源：王宏斌：《清代价值尺度货币比价研究》，生活·读书·新知三联书店2015年版，第380页。

由此可见，当遇到汇率贬值时，晚清政府所担外债与实际赔款就会增加，财政危局就会更加严重，制钱铸造成本也就随之上升，物价上涨使经济状况更加恶化，老百姓的生活状况将陷入更加凄惨的境地。因国外与国内所采用的货币本位制不同，在对外借款与战争赔款的还款时，以英镑汇价为标准，无形之中就将晚清政府置于不利之地，一旦英镑汇价上涨，因汇率问题，清政府就得额外支付这笔款银，最后仍会转嫁给老百姓，各省关摊解庚子赔款镑亏数额情况如表3-8所示。西方资本主义也正是利用了晚清政府实行的这一货币体系的弊端，伺机在国内金融市场上投机，劫掠财富，扰乱金融市场，破坏经济发展环境，对晚清社会的危害甚是严重。数次金融风潮与通货膨胀的危害，使晚清政府的财政状况恶化严重，进行币制改革也就顺理成章，只是囿于其社会局势和政府体制问题，币制改革失败的命运也就注定了。

表3-8 各省关摊解庚子赔款镑亏数额　　　　　　单位：万两

省关名称	自行认解数	中央摊派数
江苏	160	160
湖北	60	90
江西	80	80

续表

省关名称	自行认解数	中央摊派数
浙江	70	70
四川	70	70
湖南	60	60
山东	60	60
山西	30	60
直隶	50	50
安徽	20	50
福建	20	50
河南	50	50
江海关	50	50
陕西	无	30
粤海关	30	30
广东	15	30
闽海关	20	20
江汉关	无	20
津海关	10	20
东海关	10	20
九江关	无	10
芜湖关	10	10
合计	875	1095

资料来源：申学锋：《转型中的清代财政》，经济科学出版社 2012 年版，第 187-188 页。

因镑亏的存在，庚子赔款需额外偿还此部分债务，由于中央财政困窘，只能摊派到各地方政府，来满足这部分财政支出，清末各省洋款支出与岁入数目比较情况如表 3-9 所示。

表 3-9　清末各省洋款支出与岁入数目比较

省份	A 岁入总额（两）	B 岁支洋款数目（两）	B/A 比重（%）
直隶	25335170	1036559	4.1
河南	9741000	1865655	19.2

续表

省份	A 岁入总额（两）	B 岁支洋款数目（两）	B/A 比重（%）
山西	8188561	1327421	16.2
陕西	4213510	996592	23.7
甘肃	3805956	355637	9.3
江苏苏属	9834751	3424991	34.8
江苏宁属	25741937	4444697	17.3
浙江	14289452	3451590	24.2
安徽	4997800	1805930	36.1
湖北	13545147	2567739	19
湖南	7661153	1430651	18.7
江西	7432925	2955967	39.8
广东	23201957	4771768	20.6
福建	5061163	1611854	31.8
四川	23676100	3885972	16.4
广西	4470000	610250	13.7

资料来源：申学锋：《转型中的清代财政》，经济科学出版社 2012 年版，第 189 页。

从表 3-9 中不难看出，外债偿还中，因镑亏的存在使财政支出增加，晚清政府不得不筹措镑亏数额，而摊派到各省、关，以偿还外债支付镑亏。这样不仅增加了中央政府的财政负担，地方政府也是入不敷出，难解财政于中央。对比各省洋款支出所占财政收入比重，不难看出，因偿还外债、镑亏等，各省财政因此受到了很大影响，更不要说有多余的财政资源用于经济社会发展。相反，各级政府加征税收、开征厘金、捐输等，加重了社会负担，使社会矛盾进一步深化。

第三节 西方货币金融影响下的货币思想

自鸦片战争之后，中国社会由封建社会逐步过渡到半殖民地半封建社会，在这个过程中，西方列强对晚清政府的侵略，不仅有战争形式，还包括了鸦片贸易、外国商品挤压国内小农经济、金融资金入侵等多种形式，不断扩大对华侵略，百姓生活日益艰难，半殖民地化程度不断加深。西方列强金融资本势力的入侵，其资本在放贷、借款过程中资助了晚清政府镇压太平天国、回民起义等农民运动，两者相结合的程度逐渐加深，残酷剥削百姓。传统的旧式金融业，如钱庄、票号等在西方金融资本的冲击下，适应时局，开始与西方资本主义金融势力相互结合，且在近代中国经济发展中占据了重要地位，对近代中国社会经济发展起到了一定的作用，同时对近代货币思想的发展也从社会实践的角度提供了现实基础。

一、近代西方金融资本势力的入侵

清政府闭关锁国的对外政策使之对对外贸易的依赖程度相较于大航海时代的西方国家，相对要弱得多，且在与西方国家的贸易往来中常年贸易顺差。19世纪以后，面对此种贸易状况，西方国家开始向中国输入大量的鸦片，开展鸦片贸易，百姓深受其害，且白银外流，造成银贵钱贱危机。在鸦片贸易的过程中，英国东印度公司扮演了重要角色，洋商将出售鸦片获利所得交与其在广州的代理，然后换取东印度公司的汇票，之后在英国或加尔各答实现兑换，将利润转移。同时，洋商在中国换取生丝、茶叶等商品销往国内或其他国家。小农经济、商品经济向资本主义的缓慢发展，在外来势力的冲击下，并没能实现正常过渡，面对西方国家的侵略，加之银贵钱贱危机，清政府的财政困局已难以得到缓解，社会各种矛盾不断激化。

1840年的鸦片战争，清政府被迫签订了第一个中外不平等条约——《南京条约》，也正是由此开始，条约体制逐渐取代了原有的朝贡体制，东亚秩序的破坏，使得中国的领土、主权开始被侵略，诸如协定关税、五口通商、设立租界、最惠国待遇等特权，使得晚清社会逐步半殖民地半封建化。之后西方列强不断通过武力威胁或直接干涉，在中国攫取特权，逐步扩大对外侵略，西方资本主义国家的金融资本势力也与之相伴，逐步渗透到中国的金融市场，开始了金融资本的侵略与掠夺。

西方列强从事对华贸易金融周转业务，主要是在华设立银行，早期的东印度公司及部分洋行在对华金融贸易中占据垄断地位，如早期英国的怡和、宝顺以及美国的旗昌。鸦片战争之后，这些洋行成为西方列强对华资本侵略的始作俑者，从事商业放贷及对政府的借款活动，以便从中牟取利益。1845年英国在华设立的丽如银行（Oriental Bank）即在东方银行的基础上成立，在香港、广州都设立有分支机构，并创造了多个"不光彩的第一"，如成为第一家外国在华殖民地银行、第一批发行外国纸币流通中国市场的银行等。之后，英国又先后设立了资本汇隆银行（Commercial Bank of India）、阿加剌银行（Agra and United Service Bank）、有利银行（Chartered Mercantile Bank of Indian, London & China）、麦加利银行（Chartered Bank of Indian, Australia & China）。1860 年，法兰西银行也在中国设立了分支机构，旨在与英国竞争在华金融资本利益。1865 年，汇丰银行（Hongkong & Shanghai Banking Co., Ltd.）成立，成为第一家将总行设在中国的外国银行。1872 年，德意志银行（Deutsche Bank Aktien Gesellsehaft）在华设立，至 20 世纪 90 年代被德华银行取代。这些在华银行由鸦片战争结束时的不到 40 家，到 20 世纪 70 年代已增至 300 余家，由于西方资本主义国家的逐利本性，其相互竞争的激烈程度也是难以避免的。在这种情况下，随着小洋行的破产、合并，到 1892 年仍增至 519 家①。

1895 年，俄法合资成立华俄道胜银行，之后又相继成立了美资花旗银行、比利时华比银行、日资朝鲜银行、台湾银行等，以及各家银行的分支机构，形成了一个遍布中国的外资银行网络，且彼此间相互竞争，以谋得利益。此时的西方资本主义国家正逐步过渡到帝国主义阶段，金融资本的地位在这些国家发生了较大改变，成为实际统治者。彼此竞争、抢夺殖民地、瓜分利益，甚至不惜发动战争，如甲午战争、八国联军侵华战争，使民族危机更加深重。此时对华侵略的主要工具就是这些在华设立的银行，负责对华资本输出与资本侵略，通过大量的放贷、借款等金融手段，以及武力威胁，对晚清政府的财政金融加深控制，进而扰乱晚清社会金融市场。为了缓解财政困局，晚清政府也进行了一系列的变革，如币制改革、成立新式银行等，以应对外来金融资本势力的入侵。

"当时钱庄流动资本，大部取给于外商银行之拆票，外商银行之剩余资金，亦常以此为尾闾，且可由此推动国内贸易，以利洋货之畅销，并由此以操纵金融市场，使钱庄为其附庸。钱庄则赖此周转灵活，营业可以推广，自属乐于接受。"② 可以看出，外国银行等境外金融机构开始向中国传统的旧式金融机构渗

---

① 陈争平：《金融史话》，社会科学文献出版社 2011 年版，第 8-15 页。
② 《上海钱庄史料》，第 29-30 页。

透，"银行始初仅通洋商，外洋往来以先令汇票为宗，存银概不放息"①。外国银行由初期围绕进出口贸易的业务，对其提供金融辅助，并不刻意地提供存款、票据贴现、抵押放款等业务。随着在华银行金融资本业务的增多，资金周转加快，开始向中国传统旧式金融机构及其业务渗透、寻求合作。"迨东南底定（指太平天国失败），上海商埠日盛，票号聚集于斯者二十四家，其放银于钱庄多至二三百万"②，因"上海钱庄之盛，盛于票号放银于庄"③。连经营较为保守的票号，也开始与钱庄合作，参与商业资金融通。

由于外国银行与钱庄、票号合作，并为其提供借款，使得钱庄对外国银行的依赖性越来越强，一旦外国银行紧缩银根，钱庄的资本周转就会失灵，产生金融危机。票号由于与政府的关系较为密切，业务覆盖大半个中国，在全国各个城市，凡是设有票号分号的地区，都可以实现直接通汇。"与内地各省的汇兑业务，以及中国人与通商口岸做交易开出的票据全部通过山西票号，这些票号多数在上海设有机构，他们还宣称可购入或售出国内任何地方的汇票"④ 与"昔年票号皆荟萃苏垣，分号于沪者只有数家"⑤ 两相比较，形成鲜明的对比。钱庄与票号的商业金融资本融通，促进了近代金融事业的发展，对近代中国经济社会的转型也提供了必要的金融辅助需求。

由于外国金融势力与中国传统旧式金融机构的结合，"洋行就可以把销售洋货收到的钱庄庄票存入外国银行往来账上，委托银行代收；中国土产商人出口土产所收外商支票也可以送存自己的开户钱庄，委托钱庄代为收款。外国银行和钱庄之间相互轧低，减少了现金搬运"⑥。通过此种运作模式，外国银行可以控制国内金融机构及金融市场，以牟取利益。

综上分析可以看出，近代中国的金融市场是在钱庄—票号—外国银行共存的格局下，相互辅助并不断深入发展的。而近代西方金融资本势力的入侵，由贸易开始，携以武力，将西方金融资本渗透进中国传统的旧式金融机构与业务中，构成了近代中国特有的金融发展时局。近代外国资本主义对华侵略不断加深，西方资本主义逐利的市场投机行为也带到了中国，并在随后的金融风潮中不断展现其侵略的本质，凭借其资本的雄厚实力、武力威胁、特权加持等在中

①②③ 《申报》，1884 年 1 月 12 日。

④ 李必樟：《领事麦华陀 1875 年度上海贸易报告》，《英国驻沪领事贸易报告汇编》，第 483 页。

⑤ 《上海钱庄史料》，第 15 页。

⑥ 陈争平：《金融史话》，社会科学出版社 2011 年版，第 17 页。

国金融市场上肆意妄为，给晚清经济社会的商业、金融、财政等造成了一次次的破坏。

二、近代西方货币金融入侵的形式

自第一次鸦片战争以来，晚清政府的财政状况陷入恶性循环，财政困局成为此时政府亟待解决的主要问题之一，与之伴随的是国内市场被迫开放，传统的财政体制正在逐渐瓦解，对于集权制王朝来说，无疑是一个巨大的打击。西方列强不仅在此时对晚清社会进行军事侵略以换得利益，同时还进行经济金融货币侵略，企图控制中国的经济市场和货币市场，来达到它们资本入侵的目的。

（一）大量的外国银元开始在中国货币市场流通

由于鸦片贸易的进行，晚清社会时期对外贸易开始出现贸易逆差，白银外流的现象日益严重，一方面，外国银元进入中国货币市场的渠道是以抵补贸易差额的形式开始流入中国货币市场；另一方面，在货币市场上出现了用外国银元套购国内货币市场上的纹银的投机现象，成为白银外流的一个重要现象。"墨西哥国以九成之银铸钱运进中国，易我十成之银，岁耗以万亿计。"[1] 可见此种现象已被晚清政府及其当时的有识之士开始关注并认识到其危害，有所警觉。洋钱的流入和纹银的流出，是这一时期白银外流的一种新特征，带有金融掠夺的性质，不同于贸易逆差所致的白银外流（这里贸易逆差是指正常的对外贸易，而非鸦片贸易，因为鸦片之流毒，对当时社会造成的极大伤害，已非商品贸易之范畴）。一般情况下，洋钱一元与纹银兑换，中国将损失 11% 以上[2]，如此大之亏损额度，较之商品贸易的损失有过之而无不及。

外国银元的大量流入，一方面助长了外国金融资本势力对中国的经济侵略与掠夺，另一方面又使晚清社会本已繁多芜杂的货币体系变得更加复杂，同时也在一定程度上对晚清政府的币制改革起到了促进作用。

"随着外国资本主义势力在华的日益扩张，外国银元遂得盗窃了中国本位货币的地位，成为帝国主义侵略中国的有力工具。"[3] 此种状况使得国内银钱比价波动更加频繁，现银外流，银价高涨，使得晚清政府的财政收支变得更加困难，

---

① 《皇朝政典类纂》（钱币），第 11 页。
② 杨端六：《清代货币金融史稿》，生活·读书·新知三联书店 1962 年版，第 2607 页。
③ 魏建猷：《中国近代货币史》，黄山出版社 1986 年版，第 107 页。

人民的日常生活也深受其害，加剧了财政困局的境况。与此同时，对于外国银元在中国货币市场的流通，晚清政府也并非放任，限制其流通区域以及在全国各地的价格，以期达到抵制外国银元的目的。但是，结果并非那么理想，反倒使得国内币制状况变得更加混乱。

（二）列强开始在华设立银行并发行纸币

在华设立银行，是西方资本主义国家资本输出、对中国进行金融掠夺的又一重要手段。鸦片战争失败后，晚清政府的主权开始逐渐丧失，外国列强利用本国政府作为后盾，开始纷纷在华设立银行，从最初的英资银行，到法兰西银行的进入，标志着列强开始以在华设立银行的新形势对华进行金融货币侵略，开始争夺中国的资本市场①。这些在华银行，未经晚清政府批准，擅自发行纸币，侵占中国货币市场，如 19 世纪 50 年代的丽如银行在香港发行的钞票，之后麦加利、阿加剌银行也相继发行钞票，像汇丰银行，从成立之初就开始发行纸币，从 1870 年的 1714000 港元到 1880 年的 1945000 港元，至 1890 年的 6478000 港元②，增发的纸币数量之快、之多，也从侧面反映了帝国主义资本掠夺的本性是贪得无厌的。外国在华银行在中国货币市场上发行纸币，对中国货币市场的扰乱是极其严重的，更为重要的是阻碍了晚清政府整理币制、进行币制改革的步伐。列强更是凭借其在华势力进行直接干预，使得币制改革和相关政策难以顺利进行。其直接后果就是使得晚清政府大量举借外债，不断增加财政负担，主权进一步沦丧，币制改革难以取得成功，晚清社会的货币金融市场更加混乱。

（三）在华银行的金融信贷业务对国内金融业的冲击

西方列强在中国设立的银行，是其资本主义发展到一定阶段之后，带有资本掠夺性质的机构，其开展了承揽国际汇兑、吸收存款、信贷融资等业务。在晚清社会时期，早期的金融业较之落后，加上主权的沦丧，在华银行凭借其资本优势以及取得的"超国民待遇"和本国的主权干涉，进行了一系列金融掠夺。外国在华银行吸收的存款，不仅有外国企业的周转间歇资金，还有封建统治阶级贪污、搜刮所得的资产，以及关税、盐税等政府存款，即便民间的小额存款，也在其营运范围，而这一切概因近代中国新式银行业的缺乏，传统银行

---

① 洪葭管：《中国金融史》，西南财经大学出版社 1993 年版，第 154 页。
② 献可：《近百年来帝国主义在华银行发行纸币概况》，上海人民出版社 1958 年版，第 69—72 页。

业、金融业的资金实力脆弱而无法与之相抗衡，使得中国近代金融业的发展举步维艰。

三、西方货币金融入侵下的货币思想

外国银元流入中国货币市场和在华开设银行，其本质为剥削、掠夺、压迫，晚清政府和当时的有识之士已经开始对此有了警觉和认识①，对其造成的货币问题，也开始从思想的高度上去认识，并提出相关的解决之策，中国货币思想的近代化转变就是在这样一个背景下进行的，对外国货币金融入侵本质的认识，促进了晚清货币思想向近代化发展。

（一）关于外国银元充斥中国货币市场的相关货币思想

自鸦片战争之后，外国银元在中国货币市场上的流通，是以浮价的隐蔽形式进行货币掠夺的，由于当时银贵钱贱的银荒问题较为严重，在对币制问题的认识上也多于此处寻找原因。自19世纪60年代之后，西方国家实行金本位制，弃银本位制，而帝国主义利用金银比价的变动和晚清社会上银钱比价的浮动，进行货币投机。从这个角度来看，已对当时的币制状况产生了很大影响，对国内货币金融市场的扰乱也是极其严重的。针对此种现象，晚清政府进行的两次币制改革的动机和目的也可窥见一斑。

首先，关于浮价掠夺的货币思想。揭露浮价问题的货币思想，有较为深刻认识的是林则徐的《会奏查议银昂钱贱除弊便民事宜折》②，认为"民间每洋钱一枚，大概可作漕平纹银七钱三分，当价昂之时，并有作至七钱六七分以上者。无以色低平短之洋钱，而其价浮于足纹之上，诚为轻重倒置"。魏源提出"仿番制以抑番饼"③的主张。郑光祖在《论铸银》一篇中指出，西方国家对外输入银元，每年获利甚大，"外夷贸易中国之银，掺和夹杂熔铸洋钱，使用几遍天下，而又能操纵其洋价之低昂，以为出入，盘剥商民，漏卮无算。"④ 足可见浮价掠夺的严重性，已被当时的有识之士有所警觉和认识，是传统货币思想向近代化转变过程的一个特殊历史阶段，关于这一问题，在当时其体现的货币思想

---

① 张家骧等：《中国货币思想史》（下册），湖北人民出版社2001年版，第986-990页。
② 林则徐：《林文忠公政书》甲集，《江苏奏稿》（卷1）。
③ 《军储篇三》，《魏源集》（下册）。
④ 中国人民银行总行参事室金融史料组：《中国近代货币史资料第一辑》（下册），中华书局1964年版，第632页。

已经趋于一致。

其次，关于铸币问题的货币思想。咸丰六年（1856 年）以后，出现的"银贵钱贱"现象，因国外实行金本位制，西方资本主义投机所致。王茂荫（1964）认为原因在于英国商人收买制钱，进行投机，哄抬钱价所致。陈炽的《铸银条陈》认为英镑合金成分低，换抵中国足色生金，而使中国大受损失。"汇丰、麦加利等银行，专做中国金银交易，运金出口并无税厘，以彼八四之金钱抵我十成之金价，足每金百万两，显亏十六万两黄金。"① 钟天纬的《扩充商务十条》② 提出自铸银钱的思想主张，以此为论证，指出外国银元流入中国、侵占中国货币市场的本质。陈炽的"通用金镑说"思想，发现了西方国家利用中国尚未实行金本位制，以致使金银比价波动，于中国货币不利，是中国金贵银贱的主要原因。

（二）关于在华银行开设的货币思想认识的分析

对于帝国主义货币金融侵略日甚，胡橘芬在《变法自强疏》中说"中国不自设银行自印钞票自铸银币，遂使西人以数寸花纹之券，抵盈千累万之金，如汇丰、德华有利等洋行之钞票是也；以低潮九成之银易库纹十成之价，如墨西哥、吕宋、日本等国之洋钱是也"。③ 又提出"于各省通商口岸一律设局，自铸金银铜三品之钱，颁定相准之价，垂为令甲"。

宋育仁提出改币制、设银行、发钞票，对外国银行在华掠夺获利的事实有其准确性和先见性④。郑观应对外资银行利用存款利息就低不就高的做法，揭露了其剥削的本质⑤。

杨宜治认为"设金钱一行，民称便利"，来抵制国外在华银行发行的纸币，逐步收回利权，主张铸金钱，《中国宜铸金钱论》⑥ 很好地反映了其货币思想。

盛宣怀主张自设银行，"仿借国债，可代洋债，不受重息之挟制，不吃镑价之亏折，所谓挽外溢以足国者"⑦。

---

① 麦仲华：《皇朝经世文新编》（卷 11）。
② 叶世昌等：《中国货币理论史》（下册），厦门大学出版社 2003 年版，第 61 页。
③ 麦仲华：《皇朝经世文新编》（卷 1）。
④ 中国人民银行总行参事室金融史料组：《中国近代货币史资料第一辑》（下册），中华书局 1964 年版，第 649 页。
⑤ 《盛世危言·银行上》。
⑥ 何良栋：《皇朝经世文四编》（卷 21）。
⑦ 陈度：《中国近代货币问题汇纂》，第 13 页。

外国在华开设银行，不仅侵占了中国的利权，削弱了晚清政府自身的经济实力，同时也为其控制中国的金融货币市场提供了新的工具，其侵略手段是无所不用其极，更是无孔不入。"这些银行在中国营业并未和中国政府订立契约。中国政府并不曾颁发特许状，它们仅仅是在中国人隐忍之下进行的。"①

---

① 杨端六：《清代货币金融史稿》，生活·读书·新知三联书店 1962 年版，第 234 页。

第四章
晚清财政困局下货币思想
发展的社会动因研究

晚清财政困局下货币思想的近代化发展是在复杂的社会背景、全球化进程的大变局之下进行的，是一个由表及里、由浅入深的艰难探索和吸收、嬗变的过程，对加快中国社会近代化进程起到了极大的作用，客观上对晚清政府的衰亡与新秩序的建立奠定了思想基础。本章从推动晚清财政困局下货币思想嬗变的社会动因着手，为解决晚清政府面临危机而进行的经世思潮争论提供了一种新的思路，为货币思想近代化提供了思想理论环境、现实实践的社会动因。为洋务运动、戊戌变法、清末新政等社会运动及经济思潮的发展奠定了思想基础和现实基础，是晚清财政困局下货币思想近代化转变与发展的主要社会动因。

鸦片战争之后，晚清社会开始由闭关锁国而被迫开放，社会秩序动荡、银贵钱贱带来的经济危机、外来入侵危及民族存亡，让大量有识之士开始不断探索国家救亡、富强的道路。晚清社会"师夷长技以制夷"的思潮逐渐盛行，并意识到经济强国可以带来工业化发展，以谋求民族自救与富强。如诺斯之言："关于政治经济、经济发展、经济史的问题都要理解决策者背后的思想模式和意识形态。"[1] 近代社会经济转型离不开经济思想近代化发展带来的影响，而社会经济发展需要与之相适应的经济思想，像"生产力与生产关系相适应"一样重要。但是，中国社会经济和货币思想近代化发展是在一个复杂、动荡的世界环境下进行的，晚清社会为此而付出了沉重的代价。因此，对当时晚清社会环境的解释，以及对社会秩序背后近代货币思想转变的研究，有助于理解当时政府与经济关系主张背后所隐含的经世思想。即使面对我国双循环格局经济高质量

---

① Denzau A. T., North D. C. "Shared Mental Models: Ideologies and Institutions", In Arthur Lupia, Mathew D. McCubbins, and Samuel L. Popkin, eds. Elements of Reason: Cognition, Choice, and the Bounds of Rationality, 1993, pp. 29-30.

发展的当下，借古鉴今，对经世思想与经济协调发展的历史借鉴，仍是值得深思与研究的。

第一节　文化因素——西学东渐的影响

中国近代经济思想史的发展是中国不断向西方学习，求强、求富的民族抗争在思想意识上的反映，是逐步深入、全面、系统的认知，是中国对西方文化认识的一个过程。在同中国传统经济思想的全面交锋中不断发展，从对抗、排拒到收敛、融合，促进了中国货币思想近代化发展的进程。客观上加速了中国封建王朝的瓦解，对自给自足的小农经济的冲击，从体制到思想上为中国近代化奠定了思想基础。

一、西学东渐评述

综观对西学东渐的相关研究主要集中在以下几个方面：

第一，西学东渐的传播路径——宗教传播。欧洲宗教改革始于 16 世纪，宗教冲突使天主教会向欧洲地区之外的地区扩张以求生存和发展。随着第一次工业革命的完成，西方列强在海外殖民扩张，宗教也随之兴起。西方来华传教士在明朝就有往来，如利玛窦和罗明坚经澳门来华传教，到清初仍有来华传教者，但 18 世纪初，皇帝下令禁止传教。鸦片战争以后，宗教传播迎来高潮，依靠战争和殖民统治的保护，在华传教士的心态和形式上都有所改变，开始推行欧洲中心主义的西学教育、推行宗主国语言等，成为殖民统治的入侵工具，其性质已然发生变化。

第二，西学东渐的传播内容。梁启超在 1923 年曾总结概括了中国近代学习西方的过程，即"先从器物上感觉不足"到"从制度上感觉不足"，继而"从文化根本上感觉不足"[1]。后来，熊月之在《西学东渐与晚清社会》[2] 中对 1842～1860 年西学在中国的传播做了重点研究，将西学东渐分为四个阶段。从某种意

---

① 梁启超：《梁启超文集（四）》，先知先行 2018 年版，第 1～12 页。
② 熊月之：《西学东渐与晚清社会》，上海人民出版社 1994 年版，第 30 页。

义上说，其大意是一致的，都是以晚清社会变迁而划分，其共同之处即在于，他们都把自 1860 年以后的西学东渐高潮作为对晚清社会影响的重要时期。真正有组织地输入西学也恰恰是西学东渐在晚清社会中起重要作用的时候，即西学东渐的高潮时期的开始。如宝成关①在《清初西学输入的成就与局限》中提出了西方科学技术的输入；李双璧②在《从"格致"到"科学"：中国近代科技观的演变轨迹》中对近代科学观念的探索，传播西方科学学说的热潮对中国的思想界也产生了重大影响，对民族主义、社会主义等观念的产生影响深远，如"进化论"与"民约论"的输入、孟德斯鸠的天赋人权论的传入等。

第三，西学东渐的传播主题。传教士、留学生、官方外交人员等一般作为主要传播者。顾卫民③在《基督教与近代中国社会》中将传教士在这一时期的西学分为三大类：一是文字事业，主要是艺术和办报以及出版的各类西方书籍；二是与教会有关的教育；三是西方的医疗卫生。宝成关④在《论新教传教士对戊戌维新思潮的引发、推进与制约》中将外国传教士的作用推到一个新的高度，认为是传教士编译的外国书籍对维新思想的启发起到重要作用，对维新变法的必然性提供了思想依据和史时根据。李喜所和傅洁茹⑤在《1979 年以来的近代知识分子研究述评》中对留学生在这一过程中的作用的研究做了一个概述。而官方外交人员的见闻和传译也是一个重要的传播媒介。

这是一个由表及里、由浅入深的艰难探索与学习、吸收的过程，并不是一帆风顺的。占统治地位的传统思想虽然在第一次鸦片战争战败后受到严重冲击，但因这一时期的国家政策仍占据主导地位，对西方的冲击并没有立刻改变。这在一定程度上决定了这一时期"西学东渐"的中西方文化碰撞过程中所产生的影响是属于过渡性质的，处于一个转折期。与以往的西学东渐相较，存在几个明显的不同。如在心理上的表现，即较之晚明到前清的传播过程中，是将中西方文化放在一个平等地位，因为此时中国正处于国力强盛、文化发达的时期，如利玛窦等前期传播者并没有居高临下的霸主心态，"主要采取以西顺中，以耶

① 宝成关：《清初西学输入的成就与局限》，《史学月刊》1995 年第 3 期，第 42-46 页。
② 李双璧：《从"格致"到"科学"：中国近代科技观的演变轨迹》，《贵州社会科学》1995 年第 5 期，第 40-46 页。
③ 顾卫民：《基督教与近代中国社会》，上海人民出版社 1996 年版，第 30-42 页。
④ 宝成关：《论新教传教士对戊戌维新思潮的引发、推进与制约》，《社会科学实践》1995 年第 1 期，第 129-134 页。
⑤ 李喜所、傅洁茹：《1979 年以来的近代知识分子研究述评》，生活·读书·新知三联书店 1995 年版，第 20-29 页。

补儒，以儒证耶的策略，让士大夫们在不损害中国文化尊严的前提下吸收西方文化"[①]。与此相比，自1840年后，晚清处于战败国的地位，政策上虽然"禁教"，但通商口岸的开放，让这一时期传教士人数增多。而此时的这些传教士在心理上与之以前相比，产生了明显的变化，挟战胜国之势，其自我意识上形成一种文化地位的不平等。利用不平等条约的保护，在对待文化传播上，也一改往昔的初衷，转而成为以为侵略者服务为主要目的的活动，以欧洲中心主义者自居，夸救世之口，以利其意。

从表4-1中不难看出，从第一个不平等条约签订之后，中国沿海、沿江、边界地区开始逐渐被迫开放，形成商埠，作为列强侵略中国的商品、鸦片、文化传播等的据点，成为掠夺中国财富的聚集地。其另一个作用就是作为这一时期西学东渐思潮过程的重要节点，成为实现其利益的主要途径之一。

表4-1　1840~1910年晚清政府开放商埠数量

省份	个数	省份	个数
广东	8	广西	4
福建	4	甘肃	1
江苏	5	云南	5
浙江	3	湖南	2
新疆	7	西藏	2
直隶	2	四川	1
辽宁	10	吉林	8
湖北	3	黑龙江	7
江西	1	安徽	1
山东	4	外蒙古	2
台湾	2		
总计		82	

注：省属行政管辖以清政府时期为准。
资料来源：《中外条约汇编》及《通商约章成案汇编》；相关条约年鉴。

从图4-1中可以看出，随着资本主义国家侵略中国的扩大与不断加深，在铁路沿线、内陆省份等不断增开商埠。而开放商埠个数不断增加的过程，也是

---

① 熊月之：《西学东渐与晚清社会》，上海人民出版社1994年版，第30页。

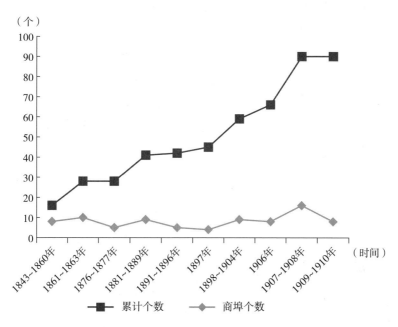

图4-1 1843~1910年晚清政府开放商埠趋势

注：辽宁新民屯，开埠时间不详；图中时间划分以不平等条约签订及签订后补充条款的时间跨度为依据。

资料来源：严中平．《中国近代经济史统计资料选辑》，中国社会科学出版社 2012 年版，第 36-37 页。

西方列强掠夺晚清社会财富的过程，意味着西方的经济思想在商埠增加的过程中，逐渐在更广泛的社会范围内传播。同时，以此为基础，资本主义国家开始划定租界，如 1845 年，英国在上海强迫晚清政府划定租界①，开始变相地进行殖民侵略。到设立租借地，成立正式的殖民机构，包括军队、外国传教士可以到内地自由传教等，使晚清社会半殖民地半封建化逐渐加深。至此，西学东渐在晚清社会的传播已具有排斥晚清政府主权的侵略性质。如熊月之的《西学东渐与晚清社会》② 将 1843~1860 年视为晚清西学传播史上的新阶段，自中英不平等条约的签订、闭关锁国状况的被迫开放、通商口岸的增多，与之前清政府的"禁教"相比，这些通商口岸成为主要的传播基地，宁波和上海很快超越香

① 《道光条约》（卷3），第24-30 页。
② 熊月之：《西学东渐与晚清社会》，上海人民出版社1994年版。

港、广州、福州、厦门这些鸦片战争以前的传教地。同时这也意味着新一轮的西学东渐对传统思想的冲击，也在这一时期开始呈现。由于第一次鸦片战争的失败，中国先进的知识分子开始了对西学的学习与探索，了解世界，以期"师夷长技以制夷"。因此，中国先进知识分子参与到西学的传播中，如王韬、李善兰等参与西书的翻译工作，或者与传教士合作译书，如林则徐的《四洲志》，魏源的《海国图志》，博兰雅译《公法总论》《各国交涉公法论》等。

从另一个角度来看，西学东渐对晚清社会与国际接轨，"求富、求强"，实现民族"救亡、图存"起到了一定的促进作用。如郑大华①将西学东渐比作是晚清从封建走向开放的桥梁。闭关锁国的封闭政策使清政府对于世界格局的变化没有及时且清醒的认识，第一次工业革命对生产力的推动使西方国家的生产水平迅速发展，对世界格局变化产生巨大影响。而鸦片战争之后，中国被迫卷入世界经济全球化的进程当中，被迫从封闭走向开放，对西学的认知也开始有了新的认识，推动国人的思想观念开始转变，从知识结构的变化到人们认知空间的拓展，西学东渐都产生了重要影响。而这也正是中西方文化思想冲突的表现，对改变传统经济思想、推动中国近代化进程起到的作用是巨大的。

自鸦片战争之后，中国经济渐次落后于西方资本主义国家，饱受侵略之荼毒，传统的货币金融思想逐渐淡出世界货币金融理论的视野。即使是银贵钱贱危机引发的经世学者关于货币理论的大争论，也未能使传统货币思想在实践中指引或引导社会度过此次经济危机，从而未能实现与近现代全球货币理论的融合与发展。在西学东渐的进程中，近代是货币金融理论的引进、消化、初创的黄金时期，奠定了中国现代金融理论的最初基础②。西学东渐的货币思想传播也是其本土化吸收与实践的过程，是在与传统货币思想的相互促进中，不断适应国情，而逐渐发展出适合中国国情的货币思想理论。因此，这就决定了传统货币思想在近代货币理论发展过程中不可替代的基础性作用。在此基础之上，不断学习西方资本主义国家货币金融实践的结果与理论，与中国传统的旧式金融机构相结合，不断探索与实践，发展自己的金融理论。

西学东渐对晚清社会的影响是多方面的，对之后洋务运动的"求富、救

---

① 郑大华：《西学东渐：晚清从封闭走向开放的桥梁》，《河北月刊》2006 年第 3 期，第 96—98 页。

② 张杰：《金融学在中国的发展：基于本土化批判吸收的西学东渐》，《经济研究》2020 年第 11 期，第 4—18 页。

亡"、戊戌变法、币制改革、制度变革等奠定了货币思想基础，从体制到经济发展都产生了极大的作用。虽然在前清解协饷制度中对现代财政思想有所体现①，但毕竟没能形成与世界经济思想近现代化接轨的体制制度。因此，在西学东渐的影响与社会现实的困局背景下，晚清财政困局下货币思想的近代化转变，对从统治阶级到社会其他各阶层都产生了极大的震动，也成了近代经世思潮发展的助推剂。

二、西学东渐对晚清货币思想发展的影响

到了晚清社会时期，西方文化在当时社会的传播已经上升到了一个新的高度，而且性质也发生了较大转变，由之前的文化传播向以文化传播为外衣，行侵略之实转变。西学东渐已然成为一种社会现象，我们在看待此现象时应从客观的理性角度出发，虽然在明清之际的西学东渐受到皇室的重视，如利玛窦等，那也是建立在一种平等的基础之上的，甚至是带有"天朝上国"的心态来看待这些外来文化的。但鸦片战争之后，"朝贡体制"瓦解，条约体制成为其替代体制，这不仅是一种体制的改变，更是对民族自信心的打击，"天朝上国"心态，在一系列不平等条约面前显得苍白无力，时人开始了"救亡图存"的民族自救运动。西学东渐背后深刻的文化意义及价值取向已悄然发生改变，本节就西学东渐对晚清社会时期货币思想发展产生的影响进行阐述，以期对货币思想近代化发展的社会动因有一个深刻的认识。

（一）西学东渐在晚清社会时期的主要体现

本书认为鸦片战争前后，西学东渐背后的文化意识及价值取向是有巨大差异的，契合本书的研究重点在于晚清社会时期，因此也将对西学东渐在这一时期的发展作为主要分析的重点。

随着鸦片战争的失败，西方列强凭借坚船利炮打开了中国的国门，将晚清政府卷入了世界经济全球化发展的历史潮流之中，闭关锁国的政策被摒弃，原有的东亚秩序圈也被逐渐重塑。西方工业革命的技术文明，在与晚清的农耕文明的正面对抗中，充分展现了两次工业革命技术带来的优势，给当时晚清社会以沉重打击。加之彼时晚清政府深陷银贵钱贱危机及其带来的社会矛盾，财政状况恶

---

① 王海龙等：《清朝解协饷制度中的现代财政思想研究》，《广西社会科学》2016 年第 7 期，第 117-121 页。

化，使得时人开始向西方学习，以期"师夷长技以制夷"。

诚然，西方文化在晚清社会能传播的一个重要前提就是凭借两次工业革命带来的技术进步优势，相较于处于较为落后的农耕经济的贸易，具有较大的优势，并且在当时的贸易中也被体现出来，小农经济逐渐被淘汰。由此，西学东渐传播的基础应该是以"器物"为载体，披着文化外衣，两者结合在晚清社会掀起了不小的波澜。如西方传教士以传播基督文化为目的，进行教义宣讲，太平天国运动的领袖洪秀全创立拜上帝教，其教义也带有西方基督思想。修筑的教堂、圈占的土地等，其中很多成为西方列强侵略我国的中转连接点，进行间谍活动，侵占土地财产、划定租界等形式，已带有了一定的殖民地性质，这也是当时半殖民地半封建社会性质的一个真实写照。此时，在晚清社会生活的方方面面，无论是生产领域，还是生活领域，西方的影响已是无孔不入，从军事武器到鸦片贸易，从外来银元到政权干涉。

西学东渐的现象使得彼时一批中国学者、官员开始认识西方国家，如吴兰修所著的《海录》[①] 一书，就以谢清高（1765～1821 年）随外洋船只游历西洋国家 14 年的经历所撰写，李兆洛以此为底本，撰写了《海国纪闻》[②]。这些基本上还是基于西洋国家的地理概貌所著，并没有深入到其文化思想、技术文明等，这也与其所处的 19 世纪初的社会环境有关。

到了鸦片战争之后，西学东渐的热潮逐渐在晚清社会流行，如洋务运动的"求富、求强"，创建了兵器厂、现代造船厂、船政学堂、官办企业等，发展民族资本主义；仿西方的书局等机构开始建立，为当时争论货币思想的经世学者提供了便利的交流平台；西方传教士在民间创办西医医院、学校等。诸如此类，皆是以"器物"为载体的西方文化，在当时社会广泛传播。这些西学的背后，其主要目的仍是"图强""自救"，摆脱西方侵略，实现民族强盛。

（二）西学东渐对晚清货币思想发展的影响

"中学为体，西学为用"的观点在彼时基本上是得到认可的，即使存在改良派、维新派、顽固派之间的纷争，但并不妨碍其在当时社会所产生的影响。中华文化历史源远流长，经世思想的发展也是极其丰富的，即使在面对银贵钱贱危机时，经世学者也是主张以中国传统货币理论来应对。但是，面对西方的

---

① Arthur W. Hummel，"Eminent Chinese of the Ch'ing Period"，Houston：Oriental Book Store，1911，P. 449.

② 林满红：《银线：19 世纪的世界与中国》，江苏人民出版社 2016 年版，第 165 页。

侵略，晚清政府的表现让人失望，外来商品的贸易竞争使本土的小农经济、商品经济受到极大冲击，濒于破产。经世学者认为是西方器物相较于晚清有较大优势，认为西方强于器物，应学习其技艺以摆脱面临的社会困境。经世学者在本质上是认可中学的，所以才出现了"中学为体，西学为用"的思想，而"西学为用"的思想在本质上也是为了维护"中学为体"，维护中华传统文化。

"中体西用"的思想恰恰反映了西学东渐在这一时期的主要特征。学习西方的先进技艺，就是主要为了"用"，即该事物所附加的各种功能，无论是西方传入中国的思想文化，还是机器技艺，其主要目的就是为了实现其中的功能①，这也是晚清社会洋务运动主要特征的体现。而"用"就是为了维护"中体"，即维护中国的传统，是其本质体现，扩大到国家层面上，就是维护晚清政府的统治地位、维护民族的独立、维护国家的国体而不再遭受西方列强的侵略。

这种思想很好地缓解了"传统文化"与"西学"的对立，在当时社会传统文化占据主导地位的时代，能够将西方较为先进的技艺传入中国社会，提高生产力水平，促进生产力发展，有效地缓解了社会上保守、排外势力的打击与挤压。"中体"这个契合点是西学东渐在当时社会能够传播的一个重要思想前提，推动了西学东渐从泛泛传播向具体化、系统化的方向转变，使之成为了晚清时代学习西方技艺的一个有效路径。

不可否认的是，西学东渐的过程将世界工业革命带来的工业文明展现在古老中国的农耕文明面前，两相比较，其优势是毋庸置疑的。但是，背后的侵略本质使得晚清社会时期的仁人志士为"救亡图存"奔走疾呼，"中体西用"，不断创新文化，推动文明发展。这个过程中，西方近代经济思想的传入也对彼时社会发展产生了较大影响。如戊戌变法等政治制度思想在社会变革中的实践；户部改度支部、开设预算，建立银行等则是近代财政金融思想的社会实践，两次币制改革所体现的货币思想，都是中国经济思想向近代化转变的重要组成部分。

在洋务运动前后，银贵钱贱危机基本稳定，晚清第一次币制改革也基本完成，为西学东渐对晚清货币思想影响分析的第一个阶段；第二个阶段即洋务运动开始至晚清政府灭亡，是西学中用的具体表现时期，且此时的西方近代经济

---

① 刘源俊、任庆运：《说西学东渐的贻误、遗珠与遗憾并申论中华文化发展之道》，《科学文化评论》2015 年第 5 期，第 21—34 页。

思想也开始对彼时的经世学者产生影响。

第一阶段，郭实腊根据英国经济学家麦克库洛赫（John Ramsey McCclloch）于 1832 年的商业词典改编成《商业志》（*Treatise of Commerce*），于 1840 年刊发；而魏源《海国图志》中的《贸易通志》就是依此编撰①，且这部分内容于 1867 年《海国图志》修订之时加入，前后两相对比，之前魏源关于货币的思想基本仍以传统货币理论为主，基本没有体现出西方的货币思想。但是经过第一次币制改革之后，魏源将《贸易通志》编入《海国图志》，这也正说明了此时西学的影响开始有所转变，而不再仅限于器物，西方货币思想也开始受到时人的关注。

另一个案例即面对 1840 年前后的银贵钱贱危机的货币思想争论，当时的经世学者关于货币的争论都集中于王鎏的币制思想，其体现出的文化背景基本来源于中国传统的货币理论，如"六部与八政""轻重论""单穆公的货币论"等，甚少出现西方经济思想，尤其是货币思想。可以说这一时期的西方货币思想对此时晚清货币思想发展的影响是"微不足道的"。

第二阶段，学习西方技艺，"师夷长技以制夷"，实现民族富强独立是这一时期的社会主旋律与追求目标。此时，国际上西方主要国家政局稳定，白银供给充足，逐渐向金本位制转变，逐步过渡到帝国主义阶段，开始实行资本入侵的新方式。晚清政府仍实行银本位制，国际上金银比价的兑换成为帝国主义掠夺中国财富的新手段。西方国家基本建立了较为完备的近代货币体制，对比晚清政府脆弱的货币体系，国内货币受到国际汇率的影响，使得货币体系仍是晚清财政困局的一大"顽疾"。即使面对银钱比价稳定的市场环境，财政货币状况依然没有得到扭转，只是暂时稳定了晚清政府的统治，并没有有效的货币政策来改变这一状况。

"西学中用"的思路虽然在一定程度上改善了当时的生产关系与生产力的不相适应，但并没有从根本上发生革命性的变革，尤其是甲午战争之后，西学东渐不仅局限于器物技艺，西方的制度思想、经济思想开始受到经世学者的重点关注，如戊戌变法等。到了第二次币制改革之时，关于币制改革的思想仍在争论中，虽然传统货币思想占据主导地位，但精琪等的西方货币思想也开始对晚清社会的货币思想产生冲击。

由此可以看出，对西学东渐在晚清财政困局下货币思想的发展中起到的作

---

① 林满红：《银线：19 世纪的世界与中国》，江苏人民出版社 2016 年版，第 166 页。

用，应该客观看待，既不应该高估其价值，也不能漠视西学东渐对货币思想向近代化转变的影响。

第二节　环境因素——社会秩序紊乱的影响

鸦片战争之后，晚清政府面临内忧外患的境况，社会各阶级的矛盾开始变得尖锐，对晚清政府的统治产生了极大的威胁。由于这一时期的财政危机，晚清政府为了维持政权的稳定与延续，试图巩固统治基础，对人民的搜刮变得愈加残酷，从根本上激化了社会矛盾，使社会秩序变得紊乱，极大地阻碍了经济社会的发展。生产关系与生产力的不相适应，使得晚清社会体制成为阻碍这一时期生产力发展的一大桎梏。世界近代经济已发展到资本主义经济时期，并已开始向帝国主义阶段过渡，而晚清社会仍处于封建小农经济向商品经济发展的阶段，民族资本主义发展缓慢，由于列强的侵略，社会性质半殖民地半封建化决定了当时经济发展的艰难性。晚清社会货币思想的近代化发展以此为背景，逐渐在晚清社会"内部孵化"、发展。

一、社会秩序紊乱下的晚清对外体制

中国封建社会经济思想的发展以自身为依托，向外辐射，形成了中国固有的中心体制。长期以来，这种经世思想一直处于主导地位，以此形成的朝贡体制，构成了中国特有的处理对外关系的方式，因此，这一体制对中国封建社会经世思想的发展影响深远。1840 年后，局势的变化，使这一体制受到了破坏，逐渐被条约体制所替代，而传统的经世思想并没有因此而立即做出应对。在西学的传入过程中，形成了东西方经济思想的碰撞，是后来中国近代经世思潮发展的"前奏"。故对朝贡体制的认识能够有助于更好地认知清政府在处理对外关系时的转变以及国际地位的变化，对晚清财政困局下货币思想向近代化嬗变的社会动因的认识有着极大的作用。

鸦片战争以前，"朝贡制度曾是古代中国与周边国家传统关系的主要形态，进而成为近代以前以中国为中心的整个东亚地区的一种基本国际关系形态"①。"在鸦片战争及南京条约签订以前，中国是没有现代的外交关系的，因为传统中国没有用西方的国际公法处理对外关系，也没有派外交使节到别的国家去"②。费正清在《中国沿河的贸易与外交：条约口岸的开放 1842-1854 年》中指出："无论由中国人还是由夷狄统治这个帝国，朝贡一直是中国对外关系的一种形式"③。鸦片战争失败后的晚清，认为"条约代替朝贡制度"。费正清关于朝贡制度的上述见解，成为欧美学界对中国近代史研究的一个主流观点，即"冲击反映说"，这一观点在其 1978 年主编的《剑桥中国晚清史》中也可见一斑。后来，柯文在《在中国发现历史：中国中心观在美国的兴起》④ 中对费正清的观点进行了批判，从以中国为中心的角度来重新探讨古代朝贡关系。对所谓"中华世界秩序"范式的研究，成为影响欧美西方学界的一个模式，如曼卡尔、赵遂生等关于对近现代时期的综合研究。在亚洲关于朝贡制度的研究，由中山治一为《日本外交史》⑤（上、下册）译撰写的绪论中提出将朝贡制度称作"华夷秩序"，广为研究者所接受。1990 年滨下武志⑥在《近代中国的国际契机：朝贡贸易体系与近代亚洲》中提出"亚洲经济圈"的理论。而韩国全海宗⑦在《中韩关系史论集》中将朝贡体制作为中韩关系的重要基础。香港学者黄枝连⑧将这一体制称为"天朝礼制体系"，并做出详细解释。

从相关研究文献可以看出，朝贡体制对清政府在处理对外关系上，具有举足轻重的地位，而这也恰是其地位在贸易和对外关系中的体现。鸦片战争之后，封闭的国门被迫开放，不平等条约的签订将旧秩序打破，清政府被迫卷入经济全球化的趋势中。新秩序的建立使晚清政府在世界格局中的地位发生了改变，对其外交也产生了重大影响。自主权在遭到严重侵犯的同时，自身体制也在发生变化，汪熙指出："外因和内因这两种取向均不能偏废，自 19 世纪中叶以后，

① 权赫秀：《中国古代朝贡关系研究评述》，《中国边疆史地研究》2005 年第 13 卷第 13 期，第 124-133 页。

② 梁伯华：《近代中国外交的巨变——外交制度与中外关系研究》，台北商务印书馆 1980 年版，第 6 页。

③ 陶文钊：《费正清集》，天津人民出版社 1991 年版，第 54 页。

④ 柯文：《在中国发现历史：中国中心观在美国的兴起》，中华书局 1989 年版。

⑤ 信夫清三郎：《日本外交史》，东京每日新闻出版社 1974 年版，商务印书馆 1980 年版中译本。

⑥ 滨下武志：《近代中国的国际契机：朝贡贸易体系与近代亚洲》，中国社会科学出版社 2004 年版。

⑦ 全海宗：《中韩关系史论集》，中国社会科学出版社 1997 年版。

⑧ 黄枝连：《天朝礼制体系研究（上卷），亚洲的华夏秩序——中国与亚洲国家关系形态论》，中国人民大学出版社 1992 年版。

西方世界撞击中国的大门并以各种不平等条约为跳板侵入中国，这是历史事实。但是，任何外来冲击，不论是正面的还是负面的，只有通过中国内部的因素才能起作用。"[1]

朝贡制度的破坏与条约体制的确立，两种秩序彼此渗透与兼容[2]。贸易模式发生了极大的改变，贸易开始出现逆差，白银外流，国内经济受到极大的冲击。在全球贸易趋势下，国内有识之士开始重视西方经济思想，开展"救亡、图存"运动，如洋务运动、戊戌变法等。朝贡制度的破坏，客观上为晚清货币思想近代化转变提供了国际外因，就国内带来的影响而言，从内部推动了货币思想的近代化转变。

第一，朝贡体制的破坏带来的经济影响。鸦片战争后，带有掠夺性质的战争赔款给晚清政府及社会经济带来了巨大影响，也为以后外国殖民者通过侵略战争向晚清政府强索赔款开了先例。鸦片战争赔款包括鸦片烟价、广东行欠和水路军费三项，晚清政府面对数额巨大的战争赔款，从开始就想从商民上榨取。据估算，1840~1841 年，国库存银由 10349975 两减少到 6796037 两[3]，若用国库直接赔付，对晚清财政造成的不利影响将是巨大的，所以晚清政府将这一沉重包袱加给了商民。如道光在第二期赔款时，对两广总督祁贡等说："总之多追商欠，即可少筹经费。当此制用孔急之时，谅该督等必能仰体朕意也。"[4]

战争赔款中还并未扣除英国侵略者在战争期间对战区直接劫掠走的各官库和勒索商民的纹银及现金，加上百姓除了饱受因调军和军事溃败带来的种种掳掠外，政府还利用对外抗战加收各种额外的摊派课敛，如湖北、湖南、安徽等地，"所出反倍于偿付"，造成"民之贫者愈窘，民之富者亦贫"[5]。鸦片战争后，白银的大量外流，导致银贵钱贱危机，对国民经济造成重大影响，对社会各阶层在国民收入再分配中的影响也极为深远，使得社会矛盾加剧成为一个不争的事实。

晚清政府利用税收政策对人民加重赋税，强征白银，利用捐输捐纳，从富

---

① 汪熙：《研究中国近代史的取向问题——外因内因或内外因结合》，《历史研究》1993 年第 5 期，第 61-73 页。

② 李云泉：《朝贡与条约之间：近代东西方国际秩序的并存与兼容》，《社会科学辑刊》2016 年第 6 期，第 106-112 页。

③ 彭泽益：《19 世纪后半期的中国财政与经济》，中国人民大学出版社 2010 年版，第 3-23 页。

④ 《道光夷务始末》（卷 61），第 27 页。

⑤ 吕贤基：《清申禁加派勒捐折》，《吕文节公奏议》（卷 1），第 1-2 页。

户、知识分子和官吏手中攫取白银，以充盈国库之需，白银外流造成的银贵钱贱问题，对农产品和手工业的影响使农民和小手工业者成了直接的受害者。"蚕棉得丰岁，而皆不偿本"①，"银价日昂，银复艰得，农者以庸钱粪，直为苦"②，"饥年偶遇，则逃亡失业之患生"③。可见对农业和小手工业者的影响已经威胁到其生存，生活之困苦可见一斑。

晚清对赋税的征收以白银支付，导致银少，使得银价上涨，加重了作为土地占有者的地主阶级的赋税负担，加速了许多自耕农和小土地所有者的破产，社会分化和土地集中的发展使封建地主阶级内部产生了分裂，使矛盾加剧。与此同时，抗租抗粮的斗争也日益激烈与普遍，"各省抗粮抗租，拒捕伤官之案，层见迭出"④。如1848年江西乐川，"相继以漕事哗，贵溪尤甚"⑤。1849年，河南涉县"花户纠众抗欠（漕粮），拒捕伤官"⑥ 等。

晚清资本主义萌芽性质的工厂手工业，由于外国资本主义的侵入，使其进一步的正常发展受到了严重的影响，同时，受这一时期银贵钱贱危机的影响，对外贸易也处于不利地位，外国商人在中国市场上进行削价竞争，不正常的竞争方式对中国商业的发展构成严重破坏和威胁。

第二，朝贡体制的破坏带来的社会体制的改变。清政府朝贡体制是以己为中心和边缘国家构成的一种较为松散的东亚国际秩序，由于列强的入侵，晚清政府在对立冲突中逐渐半殖民地半封建化，签订了一系列丧权辱国条约，而条约体制逐渐成为当时晚清政府新的对外体制。

从表4-2中可以看出资本主义国家利用不平等条约划设租界，对晚清政府进行变相殖民统治，从体制上看，是对晚清朝贡秩序的挑战与破坏。列强从主权到财富掠夺，以及资本输出，都是对中国劳动人民的剥削，宣扬其体制及经济思想的优越性来麻痹人们对社会意识的认识。这些租借，逐渐成为列强在晚清政府内的租借地，正式成为殖民地机构，半殖民地半封建化的社会性质体现得淋漓尽致。这一时局的改变，不能不引起社会有识之士的思考，国际环境的外在影响，加之内部经济危机带来的财政困局，双重格局下对晚清货币思想的

---

① 包世臣：《致前大司马许太常书（道光二十年六月十八日）》，《安吴四种》（卷26），第37页。
② 左宗棠：《上贺庶农先生》，《左文襄公书牍》（卷1），第33页。
③ 王廷熙等：《皇朝道咸同光奏议》（卷29），第17页。
④ 袁甲三：《端敏公集奏议》（卷1），第36页。
⑤ 闵尔昌：《碑传集补》（卷16），第12页。
⑥ 《大清宣宗成皇帝实录》（卷474），第17页。

发展及近代化转变起到的作用是不可忽视的。

表 4-2 1840~1910 年西方主要资本主义国家在中国的租界

国家	租界
英国	上海、广州、厦门、福州、天津、镇江、汉口、九江、烟台、芜湖、杭州、鼓浪屿、长沙等
美国	上海、厦门、烟台、杭州、鼓浪屿、长沙等
法国	上海、广州、天津、汉口、烟台等
日本	厦门、福州、天津、汉口、烟台、重庆、杭州、苏州、沙市等
德国	天津、汉口等
沙俄	天津、汉口等
比利时	天津等
意大利	天津等
奥匈	天津等

资料来源：《中外条约汇编》及《通商约章成案汇编》；相关条约年鉴；相关租借地书籍杂志。

长期以来，国人认为自己的文化处于中心地位，以及统治者对于这一意识形态的认识，学术界称之为天朝心态。这是由历史的积淀、国人对自己的认知，作为一种本能的集体意识而存在。但是，由于这种天朝心态，晚清政府在面临世界之变局时坚持民族中心观，丧失了近代中国追赶世界经济发展的契机。在这段时期内，闭关锁国、盲目排外的思想仍占据主导地位，但在残酷的现实面前，以趋势弱。安格森·麦迪森说："这些顽固不化的心态使中国未能在 1500~1860 年同西方的原始资本主义发展相竞争，从而也未能参与在那以后的更具活力的经济增长过程。"[1] 正是由于朝贡制度的瓦解、旧秩序的崩溃，对这一时期的晚清政府在世界格局变化中所处地位的改变，以及鸦片战争的失利等事实，让晚清政府开始对自身认识产生了怀疑，意识到西方国家技艺之长。国门被迫开放，西方近代经济思想在晚清社会矛盾激化、弊端丛生的局势下，悄然崛起，对晚清社会传统经济思想文化产生了较大冲击与重大影响，为晚清时期货币思想发展及近代化转变提供了现实的社会动因。

---

[1] 安格森·麦迪森：《中国经济的长远未来》，楚序平、吴湘松译，新华出版社 1999 年版，第 31 页。

二、社会秩序紊乱下的晚清财政困局

自 1840 年鸦片战争之后，晚清政府的财政、贸易、商业往来等对白银的需求有着极大的依赖性，一旦出现白银供应不足的危机，就会对整个经济社会产生极为不利的影响。彼时的银贵钱贱危机，不仅是银钱比价问题，还包括了白银外流等，对长江流域、黄河流域以南的省份及沿海地区产生了深远影响。是否将白银与铜钱作为独立的货币体系市场进行研究，是由研究对象来确定的。本书研究的是货币市场发展过程中所体现的货币思想及其应对策略所体现的币制思想，故白银与铜钱对晚清政府的财政困局的影响，是从一个整体性的角度进行考量的。面对此问题出现的人民流离失所、社会骚乱引发的暴动起义、政治腐败、社会风气道德沦丧等，既是对晚清财政的一个严峻考验，也是对国家运用政策性工具解决货币危机的创新理论的实践检验，又是研究晚清社会时期货币思想发展的一个财政动因，更是社会推动变革生产关系的社会动因之一。

（一）逐利与腐败

从历史上各王朝灭亡的基本情况来看，朝廷腐败下的政府体制必然是政治腐化、百姓困苦的。与之相对的统治阶级，却表现出漠视的态度，财政恶化、残酷剥削、激化社会矛盾，成为朝代更迭的一个重要原因。在晚清社会时期的政府体制中，官员靠剥削百姓以得银。加之当时捐输、捐官的财政资金筹措方式，使得社会风气为之转变，"逐利"成为当官的一大追求，而非造福百姓和国家社稷，学者出仕不再"致世"而"逐利"。而民众之贫困与官员之逐利形成鲜明对比。为了生存，平民唯有追求金钱以求得安身立命，官员为了升迁，亦以求之。此后果就是形成拜金社会风气，大量财富中饱私囊，国家财政困局难解，整个财政体制腐化，严重影响国家的财政收入。

（二）收不抵支

晚清政府传统的财政体制——解协饷制度已趋于崩溃，财政体制紊乱，难以有序运行，各种社会矛盾频发，财政窘境的状况难以改善。

因国家财政支出不足而引发的诸多不利，引发恶性循环，终致财政日益恶化，形成财政困局之势，难以解困，其中一大原因就是货币因素——银贵钱贱危机。彼时，晚清政府财政收入之一——捐输也在不断减少，反映了背后商业的不景气，由此导致社会各阶层收入的缩减，国家财政收入不足也就不难理解了。

晚清政府"收不抵支"的财政状况已经成为当时财政状况的一个基本常态，这还没有算上战争赔款、外债、贸易逆差等损失，晚清政府财政赤字不断增加，"户部统计，1843年为127.9946万两；1848年为3.721万两；1849年为55.9017万两；1850年为237.5925万两"①。"东南为财赋所出，地丁征钱解银，自银价日增，其征足敷解者，十之一二，余则征十解九或解七八。"② 朝廷的主要赋税之地都难以征足，其他地区的情况只怕是会变得更加困难。其中土地课税、杂项、盐税、关税等也在逐年减少。"国家岁入有四千余万两之额，近日欠款，每年几及三分之一。"③ 税收收入逐年欠款成为常态，财政收入不足，但是财政支出款项却也不见减少，"盖银价之于钱漕，如米之于饭"④。可以看出时人多以银贵钱贱来解释当时财政的"收不抵支"境况。

（三）"大厦将倾"

从前文分析可以看出，晚清政府财政状况"收不抵支"，体制腐化，国家亦无行之有效的政策性工具解决此种境况。相反，还实行通货膨胀的货币政策，对百姓进行残酷剥削，更加助推了银贵钱贱危机带来的不利影响。因银贵而使税收不足，在当时成为一种普遍现象。官府逼迫百姓纳税，但由于银贵增加了百姓的税收负担，在1842～1849年发生了多达110余次的抗税之争⑤，终致爆发了以太平天国运动为代表的多地农民起义运动，从根本上动摇了清王朝的统治地位。晚清政府为平定农民起义运动，其财政支出约为4.2亿两白银⑥。与之相应的财政收入却在不断减少，如1852年的财政收入较1850年减少了近40%。其间，因农民战争问题，区域贸易往来阻断，商业税收不断加征，更是创造了厘金制度。这种竭泽而渔的方式，犹如饮鸩止渴，使商业税在财政收入中所占的比重不断上涨，从1841～1849年的11%，到1890年的65%⑦，对当时经济转型带来的影响是非常不利的，民族资本主义、小农经济、商品经济的发展空间受到很大的挤压。

---

① 彭泽益：《鸦片战后十年间银贵钱贱波动下的中国经济和阶级关系》，《历史研究》1961年第6期，第49页。

② 缪梓：《缪武烈公遗集》（卷1），第29a页。

③ 《道咸同光四朝奏议》道光二十八年，第842页。

④ 包世臣：《安吴四种》（卷26），第39a页。

⑤ 侯厚吉、吴其敬：《中国近代经济思想史稿》（卷1），黑龙江人民出版社1983年版，第237页。

⑥ 彭泽益：《19世纪五十至七十年代清朝的财政危机和财政搜刮的加剧》，《历史学》1979年第2期，第131页。

⑦ 林满红：《银线：19世纪的世界与中国》，江苏人民出版社2016年版，第131页。

三、社会秩序紊乱下的银贵钱贱

晚清社会时期，社会秩序变得紊乱的一个重要原因就是银贵钱贱问题。白银与制钱的价格变动，使白银价格持续上涨，相对于铜钱来说，增长了近2.5倍①。作为支付赋税或跨区域交易的白银，由私人供应或由市场上的商人来供应，晚清政府没有将货币供应完全掌握在手中，出现了"天下制利权者在商贾市井"②的"利权倒置"③的现象。

（一）货币体系的紊乱

前文已就晚清时期社会上流通的货币种类、交易用途、白银来源、使用等情况做了分析。本节仅就银钱比价的变化趋势分析货币体系的整体秩序变动，来反映当时银贵钱贱危机的货币表现形式，并依此分析社会秩序整体状况的变动。

自19世纪末期开始，市场上银钱比价的变化就已经超出政府的官定比价。从嘉庆末期局部发生的银贵钱贱危机逐步发展遍及全国。在1808~1838年的30年里，银钱比价从1:1040增长至1:1637，价格增长了近600文；1839~1849年，银钱比价继续增长至1:2355，增长了约600文④。两相比较，第二次银价增长600文的时间用时更短，反映了银价在加速增长，银贵钱贱危机的严重性也在日益加深。

从图4-2中可以看出，1840~1850年，银钱比价是持续上涨的，这也反映了当时晚清政府财政困局与银贵钱贱危机的恶化程度是不断加深的。1853~1860年的银钱比价持续下降，之后虽有涨跌，但基本稳定在1500文左右，直至清王朝灭亡。1840~1860年，银钱比价的一个上涨与下跌反映了市场上白银供给状况的变化，其变化趋势与前文关于白银供应状况的分析具有一致性；1860年之后，由于实行银钱比价浮动制度，银钱比价趋势基本稳定。国际上，西方主要列强开始实行金本位制，利用金银比价掠夺晚清社会财富，利用白银对晚清社会的稳定供给来保证其获利的稳定性，这也很好地印证了晚清货币市场上

---

① 林满红：《银线：19世纪的世界与中国》，江苏人民出版社2016年版，第2页。
② 丁履恒：《皇朝经世文续编》（卷58），第51b页。
③ 成毅：《求在我斋文存》（卷2），第19b页。
④ 严中平：《中国近代经济史统计资料选辑》，科学出版社1955年版，第37页。

银钱比价受到白银供给状况的影响。在银钱比价变化较大的年份，如 1840~1850 年，是财政困局与银贵钱贱危机不断加深的时期，晚清政府开始实行币制改革，但由于其实行的是通货膨胀性的币制改革制度，社会矛盾不断深化，直至激发，造成了 1850~1860 年的社会大动荡，掠夺性的币制制度与世界白银的不断输入，使得这一时期的白银市场供给增加，间接地延续了清王朝的统治。从一定程度上来说，银钱比价变化的背后是社会秩序变动的"显示器"。

图 4-2　晚清银钱比价变化趋势

注：资料来源见附录 1。1851 年、1852 年的数据缺失，故在趋势图上为空白且断开。

从货币体系紊乱到银贵钱贱危机，本质上是对此时货币思想变化的一个现实反映。从嘉庆年间开始的银钱比价问题，到后来的银贵钱贱危机，从经世学者关于如何解决此货币危机的思想论争中可以发现，白银在市场上的货币地位是难以撼动的，即使代表君权的制钱，也未能取代市场上流通的白银，这就不难理解为什么清末的币制改革关于本位币的选择仍是以"银元本位制"为主了。受制于传统封建君主思想的束缚，晚清政府仍想"以德治天下"，恪守祖训，对 1853 年以前的银贵钱贱危机，拒绝实行可能引发通货膨胀的货币政策来摆脱财政困局。"今日任事者不及于古，而作奸者更甚于前"①，官僚体系的腐化，使百姓对政府发行纸币、大钱等货币缺失信心，害怕该政策成为政府财政

---

① 议覆档，道光二十六年十月十四日。

敛财的手段，致"官之不先自信也"①。反过来，财政困窘的晚清政府也就无力监督经济发展状况，如贸易、人口流动、消费变化等。

统治阶级维护自身利益与统治地位的本质是不会改变的。面对晚清社会时局，太平天国等农民运动的动乱及战争赔款，晚清政府财政枯竭已成事实，已然威胁到其统治根基和统治地位。因此，在1853~1861年带有通货膨胀性的不可兑换的纸币与大钱的发行也就不难理解了。自洋务运动开始，面对财政之困窘，充裕财政、追求经济利益，成为自强运动的一个重要方面，如曾国藩的"理财"就是如何增加军事、政府财政收入，以挽救时局②；李鸿章、张之洞等也是追求国家财富，而非创造私人利益③。1890年广东开铸银元，之后其他省份效仿，晚清政府于1905年在天津设立铸币局，并于1909年开始大量铸造银元，成为清末币制改革的重要部分，为改"银两本位制"为"银元本位制"④提供了社会基础。

从中可以看出，经世思想在中国近代经历了由"放任倾向"到"干预倾向"的货币思想变化。就整个货币思想论争及发展脉络来看，货币思想是一脉相承的，是晚清社会时期不同经济环境下的不同表现。"今文不宜于今之世道"⑤，说明不同时期应有合适的货币思想来指导社会经济的发展。因此，晚清社会时期货币体系的紊乱，具有承继性，既是货币思想在这一时期经济社会问题的思想反映，也为货币思想向近代化转变奠定了坚实的思想基础。

（二）银贵钱贱的影响

关于银贵钱贱危机的认识，是由于鸦片贸易导致白银外流所致，是得到大多数学者认可的。"银之贵非由钱之多，只以日趋于少，即日形其贵。"⑥ 这一观点得到王庆云⑦、缪梓等的认可，是由于19世纪初期白银、铜钱供应减少引起的银贵钱贱。"银价日昂，固由于银少，而不关乎钱多。"⑧ 魏建猷则认为铜钱的过多供给、低劣的品质是导致银贵钱贱危机的主要原因⑨。林满红则认为

---

① 《中国近代货币史资料》，第336-337页。

② 侯厚吉、吴其敬：《中国近代经济思想史稿》（卷1），黑龙江人民出版社1983年版，第335页。

③ Benjamin I. Schwartz, "In Search of Wealth and Power", Cambridge：Belknap Press，P. 123.

④ 张惠信：《清末货币变革》，第344-345页。

⑤ 汤志钧：《近代经学与政治》，中华书局2000年版，第226页。

⑥ 丁履恒：《皇朝经世文续编》（卷58），第28a页。

⑦ 王庆云，1848~1849年在"国史馆"就职。

⑧ 《中国近代货币史资料》，第122-123页。

⑨ 魏建猷：《中国近代货币史》，黄山出版社1986年版，第2-10、57-58页。

白银价格上涨导致铜钱铸造、运输等成本上升，和官僚体系的腐败，终致铜钱品质下降①。王宏斌从马克思理论的角度，认为在和平与商业繁荣时，高价值的货币会有更大的需求；反之，在战乱与商业衰败之时，低价值的货币需求则较大，得出银贵钱贱危机与当时白银外流没有关联②。林满红在《银线：19世纪的世界与中国》中认为鸦片贸易只是当时白银外流的一个原因，而非唯一，从白银世界供应链的角度出发，认为中国商品出口在银贵钱贱危机中也扮演了重要角色。

晚清社会时期，货币市场上的白银有银元与银锭之别，其使用范围也有区别，这在前文的分析中也已做出说明。白银的使用在流通过程中，是有运输成本的，这点也是基本得到一致认可的，也就是说，在某种程度上也影响了白银的使用范围。"在各区域的中心城市间的交易行为，因未机械化的交通运输工具与遥远的距离而被减至最低的程度③。"白银的运输成本对其使用范围起到了一定的制约作用，这里姑且将之区分为白银使用的核心区域，如城市、省会等；边远地区，如山区、偏远地区等。

在晚清政府的赋税重地，因白银供应不足出现"东南州县民之持钱求银而不可得者十八"④，致使"东南民力竭矣。民力之竭，科则重而银价昂也。"⑤ 当时的财政收入主要来源地受到银贵钱贱的影响已然十分严重。对比边远地区，"在通都大邑，出银本多，或可照市价收买，至于僻小州县，境内所存之银止有此数，则市侩故昂其值以乘其急，往往有今日抵解钱粮，而明日银价骤下者。"⑥ 在某种程度上，说明在山区、边远地区白银的稀缺，用之交易往往受到市场上商人的价格操控与投机，而徒增负担。故因银贵而不愿使铜钱，因此，也成为了农民骚乱、起义的一个重大诱因。

市场的繁荣程度直接与国家财政状况相关联，当市场繁荣之时，国家财政充盈，政府亦能更好地履行国家职能；反之，市场凋敝，国家财政必然为之所累，财政状况困窘，甚至威胁到其统治。"故至今无不以为台地之胜于内地，信而有

---

①　林满红：《嘉道钱贱现象产生原因"钱多钱劣论"之商榷》，《中国海洋发展史论文》（五），台北：中央研究院中山人文社会科学研究所1993年版，第359页。

②　王宏斌：《晚清货币比价研究》，河南大学出版社1990年版，第79页。

③　Skinner G. W. ，"The City in Late Imperial China"，Stanford University Press，P. 217.

④　丁履恒：《皇朝经世文续编》（卷60），第3b页。

⑤　丁履恒：《皇朝经世文续编》（卷60），第7b页。

⑥　丁履恒：《皇朝经世文续编》（卷58），第17b页。

征。履其地而后知十年前之不如二十年前也，五年前之不如十年前也，一二年内之不如五六年前也。其故安在？两言以蔽之曰：银日少，谷日多。"① 是台湾地区因银贵钱贱危机由繁荣而衰退，是当时晚清社会市场经济发展变化的一个缩影。

商人破产，行业凋敝；农民收入日减，其交纳的税负亦随之减少，造成农产品市场萎缩，进而引起市场萧条。但地主阶级并不会因为银贵钱贱而减少对佃农的收租。因此，出现的"抗税抗租"现象在整个国家成为普遍之状况②。而小土地所有者遇到生存危机，相对于政权来说，则会成为一个致命的威胁③。因此，当农民因土地成为流民，其统治危机也就不远了。流民数量不断增长，也为太平天国等农民起义运动埋下了隐患。

"从前回疆各城，库银一两只换普尔钱 200 余文，近年以来钱贱银贵，回城库银一两可换普尔钱 400 余文。"④ 边疆地区的银贵钱贱问题也表现得尤为明显。"何以从前银价未闻似今日之翔贵，即偶有增长，亦不过一时一处，随长随落，非若近岁之有增无减，甚至各省皆然。"⑤ 可见全国地区都受到了银贵钱贱危机的波及。"即以道光二十年论，都中银价每两换制钱一千三百文，各省亦大略相同。"⑥ 不难发现，银贵钱贱危机已经波及全国地区，对整个晚清经济冲击的影响是极大的。

由于晚清政府中央集权统治力的减弱，权力下移，使得中央政府难以制定统一有效的政策性措施以改变此种状况，大有听之任之之意。造成了中央政府只能依靠地方政府的相关治理措施，来解决政府所辖范围内的问题，其后果就是货币流通的不畅通，进行自上而下的币制改革也就成为中央政府的必然选择。

四、社会秩序紊乱的现实体现

晚清财政困局下货币思想近代化是在碰撞、冲突、兼容并蓄的过程中发展的，是一个由表及里、由浅入深的艰难探索和吸收的过程。鸦片战争以后，中

---

① 丁曰健：《治台必告录》，第 282 页。

② 彭泽益：《鸦片战后十年间银贵钱贱波动下的中国经济与阶级关系》，《历史研究》1961 年第 6 期，第 67 页。

③ 孔飞力、陈兼、陈之宏：《中国现代国家的起源：Origins of the Modern Chinese State》，生活·读书·新知三联书店 2013 年版，第 118 页。

④ 《中国近代货币史资料》，第 83 页。

⑤ 宫中档，道光二十六年六月二十二日。

⑥ 宫中档，咸丰三年十一月十六日。

国在对外关系上的地位的转变，为晚清财政困局下货币思想近代化的发展提供了契机。朝贡体制的破坏，使近代中国被迫改变原来的对外方式，但其宗主国心态并没有改变，传统货币思想的地位虽然受到触动，但其统治地位依旧占据主导。面对西学的冲击，一系列社会矛盾的迸发都昭示着传统经世思想的势弱，需要改变。由于外国资本主义势力的入侵，西学的传入，中国向半殖民地半封建社会转变和过渡，传统的经世思想在面对这一复杂的社会环境下已难以解决这一系列问题。如国内社会分化和土地集中的日益加剧，银贵钱贱危机，城乡流亡人口的增加，抗租抗粮的斗争以及资本主义的发展，加剧了社会矛盾，造成了社会秩序紊乱，从而更加凸显了西学与传统经济思想的碰撞。太平天国运动虽然以失败告终，但其纲领性文件有《天朝田亩制度》和洪仁玕的《资政新篇》，虽未能实现其"宏伟蓝图"，但其对中西文化的兼容吸收，从某种意义上说，也是中国传统经世思想与西方经济思想的结合，在社会秩序紊乱背景下的一次"社会实践"。

　　晚清社会阶级矛盾的激化，最直接的表现就是全国各地的农民起义运动。毛主席说："人的正确思想，只能从社会实践中来，只能从社会的生产斗争、阶级斗争和科学实验这三项实践中来。"[1] 洪秀全创立拜上帝教，颁布《天朝田亩制度》，其思想是在吸收、继承前人思想和经验的基础上产生的。而 1842～1851年正是西学东渐兴起之时，西方传教士在中国大地传播其宗教思想。而洪秀全是"一个较有才学的人物"[2]，他广泛地吸收、利用古代大同思想，借鉴以往的历史经验教训，又对西方传入中国的西学加以学习和吸收。《天朝田亩制度》就是中学与西学结合的一个时代产物，是在西学东渐过程中传统思想与西方经济思想的碰撞中，洪秀全对两者加以吸收融合的结果，成为了指导太平天国运动的纲领性文件。虽然太平天国运动没能摆脱其小农思想的局限性，但不可否认的是，他们已经开始对西学进行学习、吸收，并用来武装思想、指导斗争。其思想碰撞带来的社会改变，是经世思想近代化嬗变的一次社会实践，其历史地位与意义是值得深思的。

　　为稳定统治，对内军费支出也极大地消耗了社会财富。从农民运动造成的影响来看，造成社会动荡，在全国范围内对经济流通的影响较大，经济发展迟

---

① 毛泽东：《人的正确思想是从哪里来的？》，《新湘评论》1963 年 5 月。
② 姜秉正：《建周笔谈——洪仁玕新政及其他》，长安姜雯书屋印行 2013 年版，第 225 页。

滞，财政困局恶化①。"自军兴以来……综计军费用款，所费何啻万万？"② 由于清代解协饷制度的瓦解③，严格的奏销制度也受到极大的影响，如图 4-3 所示，"有案可稽的军费奏销数字"，其中仍有缺漏部分和不入奏销的各种支出，"总数约为八亿五千万两"。④

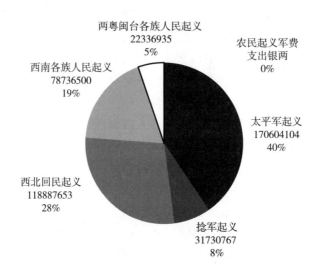

图 4-3 清军镇压农民起义军费奏销数

注：军费支出总额 422295959 两。

资料来源：彭泽益：《19 世纪后半期的中国财政与经济》，中国人民大学出版社 2010 年版，第 91-103 页。

表 4-3 显示了 1853~1861 年户部银库的年度存银，可以看出，财政收入已经很难满足镇压农民起义的军费支出需求，更不要说其他项的财政支出。"量入以为出"的财政思想开始受到现实困局的挑战，因而影响到对经世思想在社会发展中作用的思考，受封建道德观念的影响，表面上仍维持财政收支平衡的说法，但却行"量出以制入"之实，由此经世思想的近代化转变已悄然在晚清政府体制内生根发芽。

---

① 王海龙：《晚清财政困局下的货币思想研究》，西北大学博士学位论文，2017 年。

② 清代钞档，同治六年十二月初十日户部尚书宝鋆等奏及同日御批。

③ 王海龙等：《清代解协饷制度中的现代财政思想研究》，《广西社会科学》2016 年第 8 期，第 117-121 页。

④ 彭泽益：《19 世纪后半期的中国财政与经济》，中国人民大学出版社 2010 年版，第 103 页。

表 4-3　1853~1861 年户部银库年度存银　　　　　　单位：两

年份	存银
1853	1696897
1854	1662006
1855	1496602
1856	1461275
1858	2370434
1859	3025494
1860	1175097
1861	1521784

资料来源：历史研究编辑部：《历史学（季刊)》，中国社会科学出版社 1979 年版。

1840 年鸦片战争之后，晚清政府陷入财政困局，货币成为社会矛盾的纽带①，政府与百姓、佃农与地主、雇主与雇工、商人与手工业者、国内经济与外来资本入侵之间的摩擦，渗透到当时社会的各个阶层，晚清社会秩序变得越发混乱，具体表现在以下几个方面：

第一，地域层面。从核心"南方银—两皆以二千为准，北方闻更甚于此"②，到广西"地处边疆，绝无殷商大贾"③，说明当时银钱比价失衡，银贵钱贱给社会经济带来了极大困难。

第二，社会阶层方面。"凡布帛菽粟佣工技艺以钱市易者，无不受其亏损"④，百姓日趋贫困，流民增多，成为暴徒或走私烟贩⑤，失业或无业的人口增多，为之后的社会动荡埋下了祸根。"夫民之赤贫者自食其力，无地可耕，欲求纳粮而不得。其纳粮者皆殷实户也"⑥，将被固定在土地上的农民与地主、统治阶级间的矛盾也暴露出来，农民收入减少的同时，纳粮赋税却在增加，使得愿意耕地者不断减少。

第三，商业方面。"各商卖盐得钱，易银交课，无论东商资本微博。就令素

① 林满红：《银线：19 世纪的世界与中国》，江苏人民出版社 2016 年版，第 132 页。
② 包世臣：《安吴四种》（卷 26），第 37a 页。
③ 顾炎武：《亭林文集》（卷 1），第 17-18 页。
④ 吴嘉宾：《求自得之室文钞》（卷 4），第 15 页。
⑤ 冯桂芬：《显志堂稿》（卷 11），第 13 页。
⑥ 中国人民银行总行参事室金融史料组：《中国近代货币史资料第一辑》（下册），中华书局 1964 年版，第 32 页。

称殷实，亦难当此亏赔。因而十引五积，十商九乏。"① 可见，盐商贫困如斯，其他行业可见一斑。统治阶级内部，"昔之一两今之三两也，是国家之出银也常以三两而供一两之用，而国家之入银也直以一两而竭吾民三两之力，如是而民安得不贫？"② 可见，晚清财政之困窘，面对银贵钱贱、对外赔款，导致税款不足，财政陷入恶性循环，形成财政困局。

面对如此社会危机，百姓流离失所、社会暴乱、政治腐败等问题接连出现，导致晚清政府控制社会的能力逐渐丧失。为解决经济问题而导致的财政困局，是"因循守旧"？还是"师夷长技以制夷"？近代经济思想开始在经世学者之间产生分歧，这也预示着晚清社会"自救"运动的发生，给近代社会及经济思想转变带来了极大的冲击和使得社会秩序变得紊乱，开始危及晚清政府的统治。

管子云"贫富无度则失"，将财富差距失衡看作引发社会秩序紊乱的祸根。太平天国起义前的晚清社会，虽然由于外国列强的入侵而被迫开放，让国人惊醒。但是，对当时整个中国而言，对社会经济起支撑作用的依然是占统治地位的封建经济关系和封建政治关系。传统的经济思想虽然受到西学东渐的冲击和经济社会危机的考验，其主导地位已然势弱，但地主土地所有制的封建社会基础依然没有从根本上受到触动。社会矛盾和弊病在这一时期凸显，社会秩序紊乱。洪秀全对中西学的学习、吸收，从某种意义上来说，也是西学和中学的一次融合，是时人对社会不满，想要改变现状的一种尝试，其"三原"篇为《天朝田亩制度》的制定奠定了思想基础和理论基础。其中，对中国古代大同思想的学习和整理，将其与西学在中国的传播相结合，使其带上了宗教理论的色彩，把他原有的平等观、大同思想融入神学，将其推向一个高度，为太平天国运动提供了思想上的武装，是经世思想近代化转变过程中，在社会秩序紊乱的背景下中西方思想碰撞的一次实践。虽然由于当时的社会现实和小农思想的局限性，致使其最终以失败告终，但其作为近代史上促进晚清财政困局下货币思想近代化嬗变的主要社会动因之一，加速了封建王朝的灭亡，对中国近代化发展的进程产生了重要影响。

---

① 《道咸同光四朝奏议》，第 403 页。
② 冯桂芬：《显志堂稿》（卷 11），第 30 页。

第五章
晚清财政困局下货币思想的发展

　　由于世界经济的全球化，晚清时期的中国市场成为世界市场的一部分，在现代金融理论的冲击下，晚清的货币思想必然会受到其影响。西方货币金融思想与中国货币思想的碰撞，开启了晚清政府币制改革的序幕。本章研究晚清财政困局下货币思想的发展，从两个不同的角度进行分析，一是依据人物货币思想观点的政策偏好，主张实行放任主义和干预主义的货币政策两种流派，承继古代货币思想，进行分析研究；二是依据传统的经世代表人物的货币思想研究，以已解决的现实实际问题为主线，分析财政思想发展影响下的货币思想及其近代化发展。

第一节　中国传统货币思想的延续及与西方比较

　　我国古代社会经历了原始社会、奴隶社会、封建社会的长期发展，形成了一系列卓有成效的经世思想，而财政货币政策在经济社会发展的过程中起到了重要作用，是国家职能实现的根本保证，是连接经济基础和上层建筑的关键纽带，是推动生产力和生产关系发展与变革的重要环节。货币思想的发展主要体现在国家管理经济社会的问题上，从其发展脉络上来看，中国古代社会的经济思想政策偏好大致有"放任主义"和"干预主义"。如儒家注重农商并用，以实现"因民之所利而利之"；法家重农抑商，以实现藏富于国；《管子》体现了"放任主义"与"干预主义"在某种程度上的融合思想；后世对于两种思想的争论，如汉武帝时期的司马迁与桑弘羊的思想辩论。这些治世思想体现在国家发展上，大致会经历建国初期的休养生息，到国富民强，再到财政困局致使朝代衰落，形成朝代更迭的历史规律。据此，货币思想发展的轨迹也就有迹可循。从货币政策的实施及其产生的经济效应来看，出现政策偏好上的"放任主义"

与"干预主义",就此分析19世纪清政府时期的货币思想依此而形成的不同流派,对其进行分析就具有了可行性。

自19世纪清政府财政出现窘况之后,银贵钱贱危机日渐恶化,社会上关于货币思想理论的争论在经世学者之间展开了广泛辩论。为应对商业、农民失地失业、政府腐败等问题,及面对贫富差距的一步步扩大,经世学者将这一系列问题与银贵钱贱相关联,以王鎏的著述观点展开争论,提出了不同的政策偏好主张。这些经世学者的基本货币思维范式,主要体现在他们的货币论据与阐释的细节之处,且有一定的连贯性。承古喻今,这些经济学者的货币思想偏好形成"放任主义"与"干预主义"的不同政策主张:"放任主义"认为清政府对经济社会发展的干预应该越少越好;"干预主义"则大力鼓吹政府在实施经济管理的过程中应该制定更多的干预政策,来解决财政困局。两大不同货币思想观点的主要代表人物如表5-1所示。

表5-1 不同货币思想偏好的主要经世学者

不同货币思想偏好	放任主义	干预主义
姓名、籍贯、年份	包世臣(安徽,1775~1855年)	成毅(湖南,约1850年前后)
	丁履恒(江苏,1770~1833年)	管同(江苏,1780~1831年)
	冯桂芬(江苏,1809~1874年)	梁章巨(福建,1775~1849年)
	龚自珍(浙江,1792~1841年)	沈垚(浙江,1798~1855年)
	贺长龄(湖南,1785~1848年)	孙鼎臣(湖南,1819~1859年)
	林则徐(福建,1785~1850年)	王鎏(江苏,1786~1843年)
	魏源(湖南,1794~1856年)	吴嘉宾(江西,1803~1864年)
	许楣(浙江,1787~1862年)	谢阶树(浙江,?~1826年)
	许楣(浙江,1797~1870年)	徐鼐(江苏,1810~1862年)

19世纪的清政府时期,经世思潮的货币政策偏好观点不能完全拘泥于此,虽仍有学者就货币思想而言,没有明显的偏好于"放任主义"或"干预主义",但也不能否认其思想观点的经济意义。如缪梓与朱嶟、刘良驹的观点就大同小异,其建议也在一定程度上反映了包世臣的货币思想观点。

19世纪清政府时期的经济社会逐渐发生改变,虽然前有"康乾盛世"的繁荣,雍正的"摊丁入亩""火耗归公"的财政政策改革,充盈了国库,扭转了财政困境，但自嘉庆之后，财政问题开始凸显，财政收入减少、白银外流等问题，成为经济社会发展中的重要矛盾激发点。经世学者就此开展思想辩论，尤以货币问题为甚，这也从侧面反映了货币之于社会发展的意义。19世纪前期，清政府统治下的社会出现银贵钱贱的经济问题，却没能利用国家货币政策有效解决，放任市场自我调控，体现了偏好于"放任主义"的货币思想在当时争论中所处的地位。1840年之后，中国遇到"未有之大变局"，鸦片战争、农民起义等社会矛盾、民族矛盾、阶级矛盾等集中爆发，财政困局难解，于1853年开始实行通货膨胀的货币政策。不仅没能从根本上解决财政问题，反而削弱了晚清政府的社会政治根基，"量入为出"的财政原则，已难以保证晚清政府的财政状况，"量出以制入"的财政原则开始施行。体现了政府干预市场的思想政策主张，因其社会特殊性质决定了其特殊性，这一时期偏好于"干预主义"的货币思想在经世思潮争论中的影响甚大。

一、"干预主义"的货币思想

中国古代经世思想源远流长，不同的经世主张在不同的历史时期都发挥了不同的作用。如桑弘羊的经济主张为汉武帝时代的兴盛奠定了坚实的经济基础。19世纪以后的清政府，经济社会发展中出现了一系列的复杂问题，也促使经世学者对干预思想有了新的历史认识与发展。

首先，国家权力的认知。19世纪以后，"干预主义"从"大政府"的视野来看待国家及其皇权，认为国家拥有可以支配一切力量的无上权力，在市场发生诸多问题时，国家可以运用特有的权力，实现对市场的控制。如在货币问题中关于银钱比价调控，徐鼒主张由户部与藩司设官肆来调控谷帛和银价，以实现"奸商无居奇之权矣"。[①] 在纸币发行问题上，王鎏认为"且国家之行钞，与富家之出钱票亦异。国家有权势以行之，而富家无权势。故钱票有亏空而行钞无亏空也。百姓信国家之行钞，必万倍于富家之钱票矣"。[②] 从中不难发现，王鎏把国家权力看作信用的保证，是钱钞发行的基础。在货币币材的选择问题上，张修育认为"臣愚以为银钱之贵贱操之自上，偏于用银则银贵，偏于用钱则钱

---

① 徐鼒：《未灰斋文集》（卷3），第12b–13a页。
② 王鎏：《钱币刍言》，第1a页。

贵。"① 主张由国家来决定面值及其币材。市场调控机制方面，建议由政府进行监管，施加人为控制，贺长龄以"小民虽愚，谋利则智，不待法令之程督也"②来反对市场人为控制，发挥其自我调节机制的作用。

其次，货币观。19世纪以后的清政府，银钱比价问题逐渐成为市场中的主要经济问题，并逐渐发展成为经济危机，危及财政及国家安全。故这一时期的银钱比价所反映的银贵钱贱问题，成为此时的货币思想争论的焦点问题。"干预主义"从不同的角度对银贵钱贱危机进行了思考，吴嘉宾认为白银价值高，驱使人们大量囤积以作私财，是引发此次危机的根本原因③；徐鼐则认为洋货充斥国内市场，使得社会奢侈之风日盛，造成白银外流，引发国内白银减少，出现"银荒"④；王鎏认为白银外流的主要原因是鸦片进口⑤，不同于管同、梁章巨等将白银外流简单归结为洋货排斥国内商品造成的结果。

最后，经济市场认知。因其处于小农经济向商品经济、资本经济的过渡期，商业、消费、贸易、财产等构成了当时社会市场经济的主要方面。而货币则是贯穿于这些经济活动的主线，因此，最能体现不同经世学者的货币思想。土地兼并在中国古代社会始终是一个较大的、潜在的危险因素，是社会矛盾尖锐化、经济崩溃的主要诱因之一。虽有"家天下"的封建王权思想的约束，但土地作为个人生存赖以依靠的重要生产资料，为社会稳定提供了基本的物质基础。但在经济向资本主义过渡时期，大量的世界经验告诉我们，一个很重要的基本条件就是需要大量失去土地的农民，土地私有且不断兼并的后果就是为此提供了大量的失地失业人口。当时清政府面临的社会环境决定了其难以过渡到资本主义，半殖民地半封建的社会性质使得这一问题在当时成为社会秩序紊乱的一大因素，如农民起义运动。

"干预主义"的相关思想也主要体现了不改变私人占有的传统制度。如谢阶树主张将失地失业的农民束缚在土地之上，减少其流动性⑥。农民作为小农经济的主体，封建王朝历来奉行农业为国之根本，而"干预主义"也主张重农抑商，认为商业有损农业发展。管同"天下之财统此数，今上不在国，下不在

---

① 《中国近代货币史资料》，第151页。
② 《中国近代货币史资料》，第133页，道光十八年七月十六日（贺长龄）。
③ 丁履恒：《皇朝经世文续编》（卷58），第45a页。
④ 徐鼐：《未灰斋文集》（卷1），第7a-7b页。
⑤ 王鎏：《钱币刍言》，第1a页。
⑥ 赵靖、易梦虹：《中国近代经济思想史》，中华书局1984年版，第126页。

民，此县贫而彼州不闻其富，若是者何也？曰生齿日繁，淫侈愈甚，积于官吏而兼并于大商，此国与民所以并困也，虽然是固然矣，而犹有未尽"①。从中不难发现，其财富观有局限性，将社会财富集中于商人，致使国家与百姓贫困。徐鼐认为商业竞争导致农产品淘汰，显示了商业的脆弱性，应从根本政策上重视农业②。孙鼎臣认为白银的本身价值驱使商人逐利，导致农人不事农事，应取缔白银货币市场交易媒介的职能③。王鎏则主张大力推行纸币的发行，以利农事，而包世臣与许楣则以因其没有考虑长途跨区域的商业往来为由，对此观点进行了激烈的批评④。

闭关锁国的政策并没能阻止清政府与外商的贸易往来，更不用说1840年之后的贸易政策，面对此情此景，"干预主义"认为外来商品会淘汰国内商品，应予以谴责，但并没有提出有效的政策主张以解决由此带来的一系列经济、社会问题。

二、"放任主义"的货币思想

19世纪以后的清政府，经济社会的发展具有了区别于之前封建社会的新特征，银贵钱贱危机是"放任主义"货币思想主要解决的经济问题之一，从"小政府"的视角来看待国家权力，认为国家权力具有有限性，应尊重市场的作用。但又区别于西方自由经济思想，这一比较在之后章节进行详细分析，这里不做赘述。

在"放任主义"看来，面对白银外流与银贵钱贱危机，包世臣于1820年首次提出白银外流与当时的鸦片贸易有着很大关系⑤，与之伴生的是洋元流入，或者说入侵。龚自珍、林则徐、魏源有着与包世臣类似的观点，同时提出自铸银元以替代外洋银元，体现了一定的民族主义思想⑥，意识到货币的国家主权特征。"假如这种枯竭之势不加以扭转，仅指望小修小补是不能保证罐子能装满

---

① 管同：《因寄轩文初二集》（卷2），第6-8页。
② 徐鼐：《未灰斋文集》（卷3），第4a页。
③ 孙鼎臣：《畚塘刍议》（卷1），第17b-18a页。
④ 王鎏：《钱币刍言》，《钱钞议》，第1a-1b、30a-30b页。
⑤ Peterson, "Early Nineteeth Monetary Ideas", P.40.
⑥ 龚自珍：《龚自珍全集》（卷1），第520页；林则徐：《林文忠公政书》甲集，《江苏奏稿》（卷1），第17b页；魏源：《圣武记》（卷14），第42a-42b页。

美酒的"，借此喻指白银外流，需要从根本上遏制，"弊在漏卮，卮之漏而徒治其瓶，则固无救于酒之尽也。"喻指弥补白银短缺应该找对方法对策①。冯桂芬则将白银短缺归为银贵钱贱的根本原因所在②。而魏源"仿番制以抑番饼"的思想是其"师夷长技以制夷"的货币思想表现③。

面对市场运行出现的经济危机，"放任主义"的货币思想认为市场能调控经济波动，反对外部力量的管制。如关于钱庄的诚信问题，贺长龄认为过多的政府干预只会增加市场的困扰。那么，是不是完全放任市场自由呢？"放任主义"认为当危及公共利益时，应予以惩治。魏源提出以征重税或惩罚性政策来矫正违法行为④。林则徐的"法当从严"⑤是在鸦片吸食问题上的立场。而许楣也在《钞币论》中体现类似观点，"且天下事有不便于民者，则当易之。民便用票，何以易为？"⑥ 在市场发挥自身调控方面，魏源认为私营优于官营，理由是清代前期沿海私营船只与元代官营对比之后发现，官营会导致大量的闲散人员，缺乏创新，技术停滞不前⑦。林则徐也有过类似观点，面对鸦片战争之后的财政困局，政府财力捉襟见肘，无力有效经营采矿业，提出官办不如私办。

19世纪以后，清政府财政状况逐渐恶化，如何增加社会财富，"放任主义"的经世学者对"社会财富总量固定"的论调⑧持反对观点，如贺长龄认为商业、消费可以创造财富⑨。魏源提出消费是财富转移的重要手段，"俭，美德也，禁奢崇俭，美政也，然可以励上，不可以律下，可以训贫，不可以归富，周礼保富，保之，使任恤其乡，非保之，使吝啬于一己也。车马之驰驱，衣裳之曳娄，酒食鼓瑟之愉乐，皆巨室与贫民之所以通也。"⑩ 表达了其鼓励富商官宦消费，其观点与17世纪英国巴蓬（Nicholas Barbon）就当时英国社会的消费观类似。包世臣提出"夫无农则无食，无工则无用，无商则不给，三者缺一，则人莫能生也。"⑪ 将商业与农、工并列，为生活不可或缺之重要一环，给予了充分重

---

① 许楣：《钞币论》，第1a页。

② 冯桂芬：《显志堂稿》（卷11），第30页。

③ 魏源：《圣武记》（卷14），第42b页；魏源：《海国图志》序言。

④ 刘广京：《19世纪初叶中国知识分子——包世臣与魏源》，第1020页。

⑤ 林则徐：《林文忠公政书》乙集，《湖广奏稿》（卷5），第14b页。

⑥ 许楣：《钞币论》，第15b页。

⑦ 魏源：《复魏制府询海运书》，《左微堂内外集》，第35a-35b页。

⑧ 侯厚吉、吴其敬：《中国近代经济思想史稿》（卷1），黑龙江人民出版社1983年版，第169页。

⑨ 林满红：《银线：19世纪的世界与中国》，江苏人民出版社2016年版，第201页。

⑩ 魏源：《左微堂内外集》，第43a-44a页。

⑪ 侯厚吉、吴其敬：《中国近代经济思想史稿》（卷1），黑龙江人民出版社1983年版，第156页。

视。既然有财富创造，自然与之相对的就是财富的所有者。在当时社会，财富的表现形式有动产与不动产之分，以货币形式表达的动产财富，可以用来满足日常生活等需求，此种形式，其私人占有是得到一致认可的；不动产的表现形式以土地田产、房屋等固定资产为代表，但封建社会土地兼并问题的存在，使得这部分财产归属对社会问题的产生变得尤为重要，是阶级矛盾、社会矛盾等的激化诱因之一。因此，经世学者对私产归属的观点就产生了不同的倾向。龚自珍的《农宗》就很好地体现了其捍卫私人财产权的观点①，与洛克"努力者自享其福"的观点②类似。

在面对当时复杂的社会环境与商业化发展进程时，各式各样的问题不断出现，清政府解决诸如银贵钱贱、白银外流、商业、外贸、洋元流入、钞币发行等问题时，"放任主义"货币思想认为，应该发挥经济市场自身的力量，而非政府的强加干预，政治应该做到因势利导，维护社会公正，而不需要政府权力介入。"放任主义"货币思想主张在晚清政府陷入财政困局之后，为维护其统治和利益，在实施相应货币政策时，为其提供了较好的货币思想理论基础。

三、不同货币思想观点的评述

中国古代文化与社会经济是紧密结合在一起的，在经济社会实践中产生思想创新理论，又通过思想来指导实践。在主张"学而优则仕"的封建社会，对"经世致用"的理解自有其独到之处，与"实践是检验真理的唯一标准"的内涵又极其相似。面对19世纪以后的经济社会问题，不同经世学者的货币思想基本都是以解决现实矛盾、问题而提出的。因此，对于不同货币思想观点的认识，应该拨冗去杂，从本质上理解，才能更好地认识晚清政府在面对财政困局时，制定货币政策，抑或是进行币制改革所依赖的货币思想，对此有一个更全面、宏观、系统的认识。

（1）不同货币思想观点的比较。19世纪之后，清政府统治下的社会经济开始逐渐衰落，白银外流致使国内白银对国外白银产生较强的依赖性，社会秩序受到严重威胁的同时，其所处的国际环境及其地位也受到严重挑战。经世思想所提倡的"经世致用"，在复杂社会环境下逐渐成为显学。围绕银贵钱贱危机

---

① 龚自珍：《龚自珍全集》（卷1），第78页。
② John Lock，"Two Treatises of Government"，Yale University Press，pp. 288-299.

问题的产生与恶化,经世思潮此起彼伏,与社会现实相互激荡。经世学者之间的争论、联合、分化,逐渐形成两种不同政策偏好的货币思想观点,即"干预主义"与"放任主义"。当王鎏的著作一经问世,围绕其产生的经世思潮争论就在当时社会引起了极大反应。如遭到包世臣、魏源、许楣和许梿等的激烈抨击,两个不同货币主张阵营的分化逐渐分明,形成不同的货币思想流派。就经世思想而言,两大流派都主张"经世致用",面对社会现实问题,主张通过一定程度的改革来解决问题。

就商业问题而言,"放任主义"认为市场的自我调控力量可以很好地解决市场失灵问题,且能推动技术进步与商业信誉发展,为社会创造更多的社会财富,开发更多的社会潜力与资源,合理配置社会闲散资源,从而推动社会进步,解决经济社会问题,并伴以轻税政策来推动商业的发展。"干预主义"则从人性本恶的哲学理论入手,认为商业的发展是由人的自私、贪婪驱使并推动,导致贫富差距日益加剧,使得政府对市场的控制力减弱,由此带来农民失地失业形成的流民问题,威胁社会稳定,激化统治阶级与被统治阶级间的冲突,从而引发更大的社会冲突(如农民起义运动),加剧银贵钱贱危机。同时,他们认为社会财富是固定的,财富在社会流转中被商人占据,导致国与民的贫困。

就货币问题而言,"放任主义"货币思想认为可以由商人来提供贵重金属货币,或者来弥补国家为满足市场需求而出现的差额部分,以解决银贵钱贱问题。"干预主义"货币思想认为通过发行不可兑换的纸币、钞币,或者发行面值大于币材本身价值的大钱、制钱,以解决银贵钱贱危机。

两种不同货币思想的观点围绕银贵钱贱问题进行争论并提出主张,不妨以王鎏"发行不可兑换纸币以获取人民财富"的观点进行辩论,来显示两种不同流派的货币思想偏好。

干预主义者:"为什么人们弃农而从事他业呢?"

放任主义者:"因为农业、商业和工业实际上可以彼此互惠。"

干预主义者:"当江苏地区那些种植棉花等商品作物的人们因外国棉布进口而受损时,有何好处可言?"

放任主义者:"在那种情况下,我们所应该做的就是学习外国的技术以使我们自己的布匹和他们的一样好。"

干预主义者:"由于商业和贸易的发展使财富从此处流至彼处并使所得分配变得更加不均,这一点难道你没有看到吗?"

放任主义者:"这并不确切。贸易能使双方互惠。财富不均是人类无法避免的事情，这是一种自然秩序。另外，富人能够使穷人赶上他们。"

干预主义者："自然秩序？难道你是说人类只为自己保留财富是理应如此吗？"

放任主义者："是的。人类与动物的不同之处在于他会考虑到自己及其家人。"

干预主义者："这个社会怎么能够由那些只知道自己及其家庭的人们维持下去呢？"

放任主义者："如果他们的私利严重违背了公益，可以用税收或惩罚加以控制。但他们也会懂得，只有当他们诚实守信并且不断前进时，他们才最能实现自身利益。诚实和进步将对社会有益。"①

（2）不同货币思想观点分歧原因的研究述评。在面对经济社会问题时，统治阶级的政策主张与政治决策的有效性起到关键作用。19世纪的中国，清政府在面对如此复杂的社会现实问题时，在政策建议上，不同政策偏好主张背后的货币思想反映在经世思潮讨论上，就是"放任主义"与"干预主义"货币思想在社会实践上的体现，如历史上明朝的党争。清政府自建立以后，就十分重视"朋党"的发生，所以，这里的两种货币思想偏好是基于学术与解决现实问题而形成的，与党派是有本质区别的。

因此，这里的"放任主义"与"干预主义"只是基于经世学者货币思想偏好而进行的分析。如胡寄窗（1962），彭信威（1958），赵靖、易梦虹（1980），侯厚吉、吴其敬（1982）等从整体或学者自己货币观点的角度对19世纪的经世思想进行分析，"尽管中国历史上发生过许多有关货币的论争，但其复杂程度都不能与19世纪的争论相比"。

"在那次大争论中还有货币专论出版，这在中国历史上也是空前的。"② 叶世昌（1963）将这一时期的经世思想分为"名目主义"与"金属主义"两个不同的货币思想观点进行分析。还有一部分学者依据土地兼并思想、货币经济思想、对外贸易思想、对待西方经济思想等经济方面进行综合性分析，从中体现出不同经世学者的货币思想，如赵晓雷（2010）。

也有国外学者从不同的角度对此进行分析，如波拉切克通过对宣南诗社成员及其经世思想观点的分析，认为江苏地区的经世学者是因利益相结合的特殊

---

① 林满红：《银线：19世纪的世界与中国》，江苏人民出版社2016年版，第275页。
② 胡寄窗：《中国经济思想史》（上册），上海人民出版社1962年版，第607页。

群体，而非因学术观点偏好等因素联系在一起的[①]。

艾尔曼则认为湖南人和广东人在 19 世纪的经世思想发展中起到了重要作用，对此，林满红通过综合数据对比，认为在关于银贵钱贱问题上的货币思想争论中，江南地区才是影响力较大的[②]。

相应地，林满红通过对当时的经世学者从官位、年龄、地域、种族利益、阶级利益、学派背景、经世思想等诸多方面的研究分析，认为"放任主义"与"干预主义"货币思想的争论是思想之争而非利益之争[③]。

之所以能够进行如此广泛的社会大讨论，也是与当时社会进步有着密不可分的关系，如信件、出版著作可以在不同省份之间快速传递，"（文章）稍可上口，已足标异；于是家家有集，人人著书。"[④] 时任江苏候补道员的胡调元，就曾出版其货币著作《钞币秉稿》[⑤]。

本书认为"放任主义"与"干预主义"货币思想观点的差异，是基于政策的主张偏好。这一时期社会的复杂性，使得此时经世学者的货币思想观点不同于以往，因银贵钱贱问题产生的复杂性与影响力，以此为线，将政策主张偏好相近的经世学者的观点综合分析，可以在一定程度上更好地厘清当时经世货币的思想观点与政策偏好。

本节的研究分析主要是对当时经世学者不同货币思想主张偏好的一种综合性分析，区别于本书对其他货币思想的分析，以两种不同的视角审视晚清财政困局下货币思想发展的轨迹，以期能够更全面、系统、客观地认识晚清时期货币思想、币制改革、货币思想近代化等内在的关联性。

（3）"放任主义"与"干预主义"货币思想观点评述。19 世纪的清政府，可以分为1840 年的前期与1840 年之后的晚清政府时期，每个时期面临的社会经济问题不同，其政府决策主张也就不同。前期属于封建社会，后期则是具有半殖民地半封建社会性质的晚清政府时期。在这个过程中，国家主权发生了较大的改变，货币主权的重要性在这段历史发展过程中逐渐被经世学者所认识到。银钱比价问题而引发的银贵钱贱问题，是贯穿于这个时期的重要经济事件。"放任主义"与"干预主义"货币思想发展的社会经济背景，也是围绕这一主题而

---

① Benjamin A. Elman, "From Philosophy to Philology", Harvard University Asia Center, P. 237.

② 林满红：《银线：19 世纪的世界与中国》，江苏人民出版社 2016 年版，第 276 页。

③ 林满红：《银线：19 世纪的世界与中国》，江苏人民出版社 2016 年版，第 213–235 页。

④ 郭绍虞：《中国文学批评史》，商务印书馆 2010 年版，第 399 页。

⑤ 《中国近代货币史资料》，第 332 页。

展开社会大讨论的。基于 19 世纪两个不同时期的不同情况，"放任主义""干预主义"的货币思想在不同阶段所发挥的作用与影响，表现在政府决策上也就有了较大的差异。

晚清政府时期财政困局的形成，前文已做出具体分析，冰冻三尺，非一日之寒。财政危机在 19 世纪前期就已经出现，国库亏空、财政收入减少，难以维系财政支出，此时，解协饷制度的财政体制运转还能维持，但是也逐渐出现了无法监督贸易、人口、流民、消费等诸多经济社会问题的现实状况，出于维护统治阶级的"道德尊严"，仍拒绝发行纸币或面值大于实际币材价值的大钱、制钱建议，在传统封建王权"仁义治天下"思想的影响下，"是直不以朕为贤君，视为好货之主矣；在商民等无知见，小计锱铢"①。显示嘉庆帝不与民"争利""言利"。面对亏空的府库，财政收入日衰，英和主张开源节流，允许官员、商人经营矿业②，以增加财政收入。为改善财政窘境，清政府开始接受魏源、包世臣、林则徐等"放任主义"的货币思想，给予商人更多的自由，允许其参与矿业、海运、漕运、票盐等行业，以征税等形式"开源"，增加财政收入，挽救财政危局。

随着鸦片战争和太平天国等农民起义运动的爆发，银贵钱贱日盛，晚清政府时期货币思想近代化发展的序幕逐渐被拉开。闭关锁国政策的终止，晚清政府面对外来入侵与内部农民起义，错综复杂的社会矛盾、军费支出骤增、战争赔款等加剧了晚清政府的财政困境，此时晚清政府的货币政策也开始发生了重大转变。

卓秉恬（1782~1855 年）认为发行面值大于币材实际价值的大钱、制钱会引起民间伪币的大量出现，加重银贵钱贱危机，不主张发行纸币③。"钞本古法，何不可行？今各省市肆钱票非钞而何？然能行于下，而不能行于上者，非民之不信钞，而民之不信官也。亦非民之不信官，而官之不先自信也。"④ 代表了政府大部分官员对于发行纸币的看法。但是财政困局的实际状况是晚清政府无法回避的，于 1853 年晚清政府开始发行不可兑换的纸币和大额钱币，实行通货膨胀的货币政策，这无异于饮鸩止渴，以对老百姓的残酷剥削来维系其统治，是激化社会矛盾与经济危机的一大推手。

---

① 《清仁宗实录》（卷 87），第 23-24 页。
② 丁履恒：《皇朝经世文编》（卷 26），第 11a、12a 页。
③ 宫中档，咸丰元年十一月十三日。
④ 《中国近代货币史资料》，第 162-163 页。

以王鎏为代表的"干预主义"货币思想开始被晚清政府所偏好，在政治决策中起到了很大的作用，如洋务运动中的官办企业等。而户部王茂荫主张的发行可兑换纸币政策被忽视，在市场上开始出现大量纸币、大额制钱等，通货膨胀的货币政策开始大行其道。虽然目的是为了解决财政困局与银贵钱贱问题，但适得其反，反倒加重了财政困境与银贵钱贱的经济危机。

综上可以看出，19世纪中国货币思想的发展，"放任主义""干预主义"都是围绕财政困局与银贵钱贱问题来展开争论的，经世学者的货币思想既是对前人货币思想的继承，又面对新的现实环境，"经世致用"，指导实践，以期解决问题。19世纪不同时期的政府货币决策偏好背后是"放任主义""干预主义"货币思想的政策主张体现。19世纪前期，市场经济波动导致的白银外流，使银贵钱贱问题开始成为困扰之后政府的主要经济问题之一。与之伴生的是政府对社会管控的逐渐减弱，"放任主义"货币思想在政府决策偏好中的作用权重较大。晚清政府时期，面临内忧外患的复杂社会环境和国际环境，国内时局动荡，外来侵略者环伺，政权时有被颠覆的危险，财政困局更加突出。晚清政府动用政权力量大肆敛财，来弥补财政窘境，行"量入为出"的财政原则，显然已经难以实现，"量出以制入"的财政原则开始在政治决策偏好中体现出来。"干预主义"货币思想成为晚清政府实行政治决策所偏好的货币思想。两个不同时期的"放任主义""干预主义"货币思想观点在当时的社会经济发展中都起到了重要作用，既相互对立，又相辅相成，彼此争论，促进了货币思想的发展。政治决策的偏好又让"放任主义""干预主义"货币思想在社会实践中得到检验，为货币思想近代化发展和中国社会近代化转型奠定了坚实的思想理论基础，对研究晚清财政困局下货币思想的发展具有极其重要的历史意义和理论意义。

四、与西方比较

晚清社会时期，全球化趋势已不可逆转，东西方文化的碰撞在中国近代社会的发展中占据重要地位。伴随着西学东渐在晚清社会时期的影响，对近代中国的货币思想发展有着极大的影响，在经济、文化、政治等方面，对当时的中国传统思想产生了不小的冲击。近代西方国家经历了重商主义、重农主义、古典学派、社会主义思潮、边际革命及20世纪经济理论的发展，形成了近现代西方经济学，工业革命推动经济增长，获得的成就是值得尊重的，但其侵略的本质，对世界上其他国家产生的伤害也是毋庸置疑的。晚清财政困局下货币思想的论争及解决银贵钱贱危机、两次币制改革所体现的传统文化，与西方类似思想进行比较，以期对中国传统货币思想在近代发展中的作用有一个深刻的认识。

第一，西方金本位制的开始与晚清社会时期银本位制下的经济危机。在1797年的英法战争中，英格兰银行黄金外流，英国处于不可兑换的纸币本位制度之下，也就是说，纸币无法兑换成黄金，从而导致黄金价格不断上涨，期间物价也在普遍上涨。李嘉图的货币思想源于此。这种情况下，李嘉图认为是由于纸币的过量发行，不再受到根据需求用黄金支付的限制，货币供给不断增加，政府从市场上不断搜刮黄金，使得商品价格不断上涨，但货币却在不断贬值。此种情况类似于1853~1861年的晚清经济通货膨胀，发行纸币与大钱，为摆脱财政困局大肆搜刮百姓财富。两者的目的都是从市场上搜刮财富，其货币政策有相似之处。李嘉图对此认为是英镑贬值，而非黄金高价，提出恢复金本位制，还可遏制通货膨胀。李嘉图的观点与当时英格兰银行的主要管理者的货币观点相悖，他们认为是黄金的稀缺性使得其价格不断上涨，而纸币价值并没有发生什么变化，相反，若恢复金本位制还会造成黄金外流。最终，李嘉图的货币思想被政府议会所采纳，于1821年开始实行金本位制，也逐渐影响到其他的西方主要资本主义国家，并开始逐步向金本位制过渡。与之相较，晚清社会时期的银本位制的货币体系，并没有随着世界主要资本主义国家的货币体系发生变动，这也为之后国际货币金银比价的浮动汇率对晚清财政形成"雪上加霜"之势，也更加加重了其财政负担。同时，也为资本主义国家向帝国主义转变、开始实行资本入侵的新侵略形势奠定了币制基础。

此时的晚清社会，银贵钱贱危机日益加重，就晚清政府采取的应对措施而言，其体现的是中国传统货币思想在经济问题中的应用。就政策效果而言，其未能解决银贵钱贱危机带来的经济危机、财政困局。究其原因是多方面的，经世学者在探讨银钱比价这一问题时，将原因归为白银外流，认为是由鸦片贸易造成的，但是对其认识基本都是以古代中国货币素材为出发点，"借古喻今"，如引用汉朝的货币思想。王鎏引用日本关于纸币的使用[1]，魏源在对银元、银锭使用情况的分析时，也对边疆地区进行了分析，如西藏的银元、新疆的普尔钱等[2]，其他经世学者基本都是借用中国传统货币素材，如六部、八政、单穆公货币观、百家货币思想等，来应对银贵钱贱危机。与之后洋务运动、戊戌变

---

[1]　王鎏：《钱币刍言》，《刻续》，第2b页。
[2]　魏源：《圣武记》（卷14），第12a-12b页。

法等所体现的货币思想不同，此时已经开始逐渐引进西方的经济思想，甚至制度思想。最为明显的体现就是民族资本主义的发展、度支部的成立、银行的设立等近现代的币制思想，可以发现前后对待西方经济思想的一个转变，加之晚清政府所处的弱势国际环境，国内货币问题没能及时很好地解决，又遇国际货币体系的变化，在双重作用下，晚清政府的财政困局更加难以化解，近代货币思想的发展环境变得日趋复杂。

第二，关于政府对市场干预与否的比较。"由一只看不见的手引导，对生活必需品作出几乎同土地在平均分配给全体居民的情况下所能作出的一样的分配，从而不知不觉地增进了社会利益，并为不断增多的人口提供生活资料……"[1]"每一个人处在他自己的角度来判断其经济利益，显然能比政治家或立法者可以为他作的判断好得多。如果政治家企图指导私人应该如何运用他们的资本，那不仅是自寻烦恼地去注意最不需要注意的问题，而且是僭取一种不能放心地委托给任何个人、任何委员会或参议院的权利。把这种权力交给一个大言不惭的、荒唐的自认为有资格行使它的人，是在危险不过的了。"[2]亚当·斯密的"看不见的手"理论，是其经济思想的一个重要反映，认为政府是无效率的，且不应该干预国际间的贸易，出口能够使国内没有需求的剩余产品在对外贸易中获利，还能够把国内需要的产品带回来。亚当·斯密对政府的认识有别于其他极端的自由放任主义的观点，认为政府应该满足三个基本职能：一是保护社会免遭外国侵略，二是建立合适的司法、制度体系，三是满足公共支出职能，维护社会公平。我们可以看到亚当·斯密虽是有限政府论，但其又强调了政府作用的重要性和不可替代性。在货币思想上，就是国家干预货币制度，银行家须控制纸币发行。亚当·斯密的经济理论是丰富的，在其诸多理论中，如价值与价格规律、工资、利润及地租规律、货币与债务关系、经济发展规律等，都有其货币思想的体现，他也因此成为古典经济学的奠基人，对之后西方货币思想的发展有着深远的影响与积极的意义。

晚清社会继承了中国历史上延续下来的货币思想传统，从整体上来看，1853年之前政府不干预货币市场的特征较为明显，与之相较，亚当·斯密的"看不见的手"理论，颇有形似之处。但是到了19世纪后期，即1853年晚清政府开始实行发行纸币、大钱的通货膨胀性的货币政策之时，经世思想的干预倾

---

① 邸晓燕等：《经济思想史》，北京大学出版社2014年版，第59页。
② 邸晓燕等：《经济思想史》，北京大学出版社2014年版，第61页。

向开始在当时的思潮中成为主流。但是自洋务运动、戊戌变法等之后，与西方传入的鼓励私人企业发展的不干预思想又形成鲜明对比。盖德润（Richard Simpson Gundry）在 1895 年认为中国政府干预企业的程度太大，以致严重阻碍了当时中国经济的发展[1]。包括当时的改良派、维新派等经世学者也认为政府的干预倾向太过严重[2]。王茂荫因提出发行可兑换纸币的建议而被朝廷所惩罚，被马克思认为是政府干预的一个特征[3]。

这种由政府不干预到政府干预的思想倾向的转变，深刻地反映了历史事实不断变化的社会环境，"思想不仅反映现实，而且生动地解释着现实"[4]。正是思想源于现实，又指导实践，也是晚清社会时期货币思想发展的一个真实写照。

第三，与重商主义货币思想的比较。重商主义发展于封建主义向资本主义的过渡时期。航海大发现拓宽了人们的认知范围，促进了经济贸易往来的兴盛，商业资本主义逐渐取代自给自足的封建农业经济。这一学派被有些经济思想史学家理解为一个极端的"寻租行为"[5]。这个"寻租行为"可以理解为商业资本家从从事当前活动中所获得的超出预期回报的部分，这也就促使其有了寻求机会成本之外利润的动机，"寻租行为"就会发生。这也就从侧面说明了重商主义对国王、商业资本家、政府官员有利，国家实行重商主义经济政策，可以带来金银流入，增加财政收入。因此，重商主义所体现的货币思想，即金银就是财富、权力的最佳表现形式。在当时的经济贸易中，为了获得金银财富，贸易顺差是必要的，甚至不惜发动战争。这就不难理解英国在与清政府的贸易逆差中，不惜进行鸦片贸易，甚至发动鸦片战争的真正动机了。重商主义强调了国际贸易的重要性，并提出贸易中货币制度需要政府进行必要的管制，否则就会造成不利影响。但重商主义并没有理解可以通过专业化分工与贸易来增加所有参与国家的财富[6]。

"我们既可以在国内，也可以与外国进行贸易。如果在国内进行贸易，国家财富将不会因此增加，因为一个人所得就是另一个人所失。但是，如果我们与

---

① Richard Simpson Gundry, "China, Present and Past", P. 112.

② 王尔敏：《商战观念与重商思想》，第 335 页。

③ 杨端六：《清代货币金融史稿》，第 111-112 页。

④ Mallrice Godelier, "Infrastructures, Societies, and History".

⑤ B. Baysinger, R. B. Ekelund Jr, and R. D. Tollison, "Mercantilism as a Rent-Seeking Society", College Station, TX: Texas A&M University Press, 1980, pp. 235-268.

⑥ 邸晓燕等：《经济思想史》，北京大学出版社 2014 年版，第 21 页。

外国进行贸易，我们的利益将增加国家的财富。"① 托马斯·孟将财富的增加归为与国外的经济贸易，而非国内贸易。与清政府时期"干预主义"学者管同的"社会财富总量固定"类似。通过对外贸易可以增加财富，"在某些国家，我们卖出商品并买回他们大的器具，或者零件赚钱；而在其他一些国家，我们出售商品并拿回钱，因为这些国家很少或没有符合我们需要的商品；还有一些场合，我们需要购买国外的商品，而这些国家很少用我们的商品，这样他们从我们手中赚到了我们在其他国家赚的钱。因此，通过贸易过程（随着时间而变化），这些特定的国家之间会相互适应，并共同实现完整的贸易"②。是托马斯·孟出任东印度公司董事之后，关于出口金银的货币思想在贸易上的反映。

"货币量充足通常会使所有的东西变得昂贵，货币量稀缺则通常会使东西变得相当便宜。特别是商品通常也会因为其本身数量的多寡、用量的多少而变得昂贵或便宜。从而，货币是注入生命中的灵魂的制约（如同身体的血液一样）：当货币量稀缺的时候，即使商品供给充足并且相当便宜，贸易量也会下降；反之，当货币量充足的时候，即使商品供给不足并且价格昂贵，贸易量也会增加。"③ 反映了马利尼斯对货币与经济关系的观点，其认为当一国货币过多的时候会导致物价上涨，从而刺激商业活动的发展。威廉·配第则认为"货币不过是政治肌体的脂肪，如果过多，会影响肌体的敏捷，过少也会使肌体生病"④，提出货币流通速度与货币数量对经济同样重要。

晚清社会时期的经世学者与重商主义对"贵重金属认为是财富"的观点存有差异。"……是亦藏富于民之一道……亦不得抑勒从事。"⑤ 是 1848 年上谕中对解除开矿禁令，并允许平民开采的说明，不难发现，自然资源等在晚清社会时期也被认定为财富。而王瑬的《钱币刍言》中对金元两朝发生的通货膨胀归因于物资短缺⑥，表明王瑬将物资等产品也归为财富。可以看出，贵金属作为货币在中西方是有着不同历史背景的。西方重视金银的重商主义者比较一致地认为贵金属是唯一财富，且只能通过贸易来获取。相比之下，中国的经世学者

① Thomas Mum, "England's Treasure by Forrouign Trade", New York: Macmillan, 1903, pp. 71-72.

② Thomas Mum, "England's Treasure by Forrouign Trade", New York: Macmillan, 1903, pp. 7-8.

③ Gerard Malyness, "'Consuetudo, vel Lex Mercatoria', or, the Ancient Law-Merchant", Legal History, 1997, P. 176.

④ 邸晓燕等：《经济思想史》，北京大学出版社 2014 年版，第 31 页。

⑤ 《大清历朝实录》（卷 404），第 9-10 页。

⑥ 王瑬：《钱币刍言》，《钱钞议》，第 6a-6b 页。

只是将贸易作为获取财富的一条途径，而非唯一。

面对鸦片贸易致使白银外流现象的加重，银贵钱贱危机日益恶化，吴嘉宾建议查禁对外贸易[①]，而魏源则认为通过对外贸易既可以学习西方先进技艺，又能增加国家财政收入，引进西洋商品[②]，同时若能根除鸦片贸易，则可以通过贸易顺差积累大量财富[③]，进而通过对外贸易实现"自足与自强"[④]。

第四，解释经济危机货币思想的比较。面对财政困局，王鎏建议发行纸币以修筑堤防、增垦土地、赈济灾荒等，以减少腐败，增加税收，以解决银贵钱贱危机，缓解财政困局。

从近现代经济危机的基本特征来看，晚清政府时期的银贵钱贱危机与20世纪30年代从美国开始的全球化经济大萧条类似，货币短缺（白银外流、供给减少），导致用来购买商品的货币缺少，社会闲置资源增多，失业者（流民）大量出现。凯恩斯主义就是为解决这一问题而出现的主要经济思想。凯恩斯主义主张政府进行干预，在货币方面，应慎重调整，以刺激总体需求的增长，才能够起到稳定经济的作用。面对经济衰退，凯恩斯主义认为政府应增发公债以支持公共建设，以刺激因货币短缺而萎缩的社会总需求。对比王鎏在银贵钱贱危机中的提议，"对货币制度实行中央集权化的统一管理，根据社会的实际需求量发行不完全可兑换的纸币，在小额交易当中可以并用政府发行的铜钱，纸币通过钱庄发放，也可在交税以及公共支出时使用"[⑤]。受制于当时货币体制的局限性，这些政策是难以在原有货币体系基础上实施的。对比发现两者的货币思想颇为类似。

哈耶克及其追随者对凯恩斯主义的政策主张进行了批判，认为货币发行应由私人机构承担，质疑政府是否有足够的意愿与能力去为了公众的最大利益调控货币市场上的供给量；认为中央集权在货币体制中存有较大弊端，政府货币发行量与民众实际货币需求量不符，即利用货币政策搜刮百姓财富，不但不能解决经济衰退，反而会加剧经济危机。许楣认为政府发行货币，往往供给大于需求，纸币易贬值，较之于贵重金属，纸币不利于百姓私人财产的保护，故谓

---

① 吴嘉宾：《求自得之室文钞》（卷6），第13b-14b页。

② 侯厚吉、吴其敬：《中国近代经济思想史稿》（卷1），黑龙江人民出版社1983年版，第134-135页。

③ 巫宝三等：《中国近代经济思想与经济政策资料选辑》，科学出版社1959年版，第144页。

④ 侯厚吉、吴其敬：《中国近代经济思想史稿》（卷1），黑龙江人民出版社1983年版，第141、187页。

⑤ 林满红：《银线：19世纪的世界与中国》，江苏人民出版社2016年版，第179-180页。

民之不利。同时，许楣还提出钱庄共存可以带来竞争，比中央集权的货币制度要有优势，市场能够实现自我调节，以规避经济危机等诸多观点，与哈耶克的很多货币思想、经济观点较为相似。

通过对银贵钱贱危机中所体现的中国传统货币思想与近现代西方货币思想的比较，可以看出中国传统货币思想的多元面貌，对经济危机的认识与应对具有较强的弹性，政治经济思想灵活多变，经世致用，反对财政剥削。尽管没有像近代西方经济学利用数学等自然科学规律来解释货币在经济运行中的作用及功能，也没有成立中央银行等近现代货币体系，但是经世学者也提出了很多卓有见地的货币思想理论。像政府控制货币发行权、私人钱庄间的竞争、市场自我调节规避风险等观点，以王瑬、魏源、许楣等为代表，这些观点与西方在解决货币不足问题时的货币理论较为类似，这也从侧面说明了中国传统货币思想具有灵活性，在中国社会近代化转变的过程中，中国传统文化中的货币思想为晚清财政困局下货币思想的发展提供了坚实的思想基础。

第二节　晚清财政困局下的货币思想及评述

一、财政困局下货币思想的发展

第一次鸦片战争失败后，闭关锁国政策被迫放弃，对外贸易顺差也开始呈下降趋势，贸易逆差成为晚清时期对外贸易的一个重要特征。各种社会矛盾尖锐化，银钱比价变动更加频繁，财政状况开始急剧恶化，财政困局已在悄然中成为晚清政府的一大顽疾，而与之相伴的货币思想，其发展也在逐步向近代化转变。根据前文的论述，本书将晚清货币思想的发展分为三个阶段，进行整理分析。

第一阶段，货币思想近代化转变的开始阶段，即 1840 年至太平天国运动结束。

鸦片贸易使得清政府对外贸易开始由顺差变为逆差，白银大量外流，1840 年以后更甚，货币流通由银贱钱贵变为银贵钱贱，出现了严重的"银荒"问题，持续到 1856 年前后。银钱比价波动对晚清财政收支及整个社会经济发展都产生了极为不利的影响，加剧了晚清政府的财政困难，赋税大减，如道光二十年（1840年）普免欠税九百三十余万两，道光二十八年（1848年），各省又积欠二千三百九十余万两①，财政出现"辗转相挪，积挪成亏"②的现象。面对银贵钱贱和银荒问题，时人的看法大体分为两种：一种是由于钱贱致银贵，另一种则是由银贵致钱贱③。如贺长龄认为"钱由官铸，岁岁而增之，银不能给也"④，吴嘉宾认为"今之钱贱，本非钱多，以上下皆便用银，富者又多藏银，银始不敷用"⑤ 等，都持钱贱致银贵说。而持银贵致钱贱说，大都认同是由鸦片贸易使白银外流所致。如黄爵滋认为"臣窃见近来银价递增，每银一两易制钱一千六百有零，非耗银于内地，实漏银于外夷也"⑥，冯桂芬认为"是天地之所出自足以给生人食用，而患贫之势日甚一日者，何也？曰：银少也？曰：偷漏出洋也。"⑦ 这一时期对于货币思想的争论主要集中于银钱争议、行钞问题、钱票存废以及铸大钱，是货币思想近代化转变的开始。

首先，以包世臣、林则徐、魏源为代表的货币思想开始了向近代化转变的探索。面对"银贵钱贱"的财政货币困境，包世臣提出的"重钱抑银论"，具有一定的代表性⑧。认为"鸦片耗银于外夷"是一个重要的原因之外，更为甚者是国家重银过甚，"国家地丁、课税、俸饷、捐赎无不以银为起数，民间买卖书卷，十八九亦以银为起数，钱则视银为高下，故银之用广，富贵家争藏银，银日少"⑨，提出其关于货币思想的观点，"欲救此弊，惟有专以钱为币，一切公事，皆以钱起数，而以钞为总统之用，辅钱之不及"，从中可以看出，他想通过提高钱的地位，扩大铜钱的流通范围，减轻白银的压力，以钱代银，来解决"银贵钱贱"的问题。进而提出了其"行钞论"，认为"行钞而废银，是为造虚而废实，其可行乎哉"。其货币思想更接近于货币金属论，认为行钞应该以"损上益下"为原则，"损上愈多，则下行愈速，下行既速，次年上即可不损，

---

① 《清宣宗实录》，道光二十八年十月丁巳。
② 缪梓：《银币论下》，《缪武烈公遗集》（卷1）。
③ 张家骧等：《中国货币思想史》（下册），湖北人民出版社2001年版，第714页。
④ 《钱票有利无弊折》，《筹办夷务始末》（卷3）。
⑤ 《钱法议》，《求自得之室文钞》（卷4）。
⑥ 贾桢：《筹办夷务始末》（卷2），中华书局1979年版，第9页。
⑦ 《用钱不废银议》。
⑧ 中国人民银行总行参事室金融史料组：《中国近代货币史资料第一辑》（下册），中华书局1964年版，第115页。
⑨ 包世臣：《再答王亮生书》，《安吴四种》（卷26）。

以后则上之益也。"财政困境的局面，不仅对晚清政府造成了影响，当时的有识之士也对财政货币思想进行了反思，以包世臣为代表的货币思想，不仅对当时的问题提出了自己的看法，而且也有与之相应的实行原则，是传统货币思想开始向近代货币思想转变的开始。

林则徐由于其特殊的身份，其货币思想主要体现在利商、便民和抵制外国资本主义侵略方面。关于"银贵钱贱"所导致的洋钱浮价问题，认为"民情图省图便，寻常交接，应用银一两者，易而用洋钱一枚，自觉节省，而且无须弹兑，又便取携，是以不胫而走，价虽浮而人乐用"①。表明林则徐已经认识到计量货币的优越性，提出自铸银币以抵制洋钱的货币主张。

魏源的货币思想，在当时是以稳定币值为出发点，以期促进商品经济社会的发展，来达到"师夷、制夷"的货币思想主张。"货币者，圣人所以权衡万物之轻重。"②坚持以银为主要银币，带有货币金属主义色彩，反对"废银行钞论"。"银之出于开采者十之三四，而来自番舶者十之六七"③，提出开采银矿，"以浚银之源"的开采主张；"仿铸西洋之银钱，兼行古时之玉币、贝币"④，提出"更币"的货币政策改革主张，认为"今洋钱销蚀，净银仅及六钱六分，而值纹银八钱有奇，民趋若鹜。独不可官铸银钱以利民用，仿蕃制以抑番饼乎"⑤。其力图维护货币独立自主的"师夷、制夷"货币思想是值得肯定的。

其次，以王鎏为代表的货币名目论货币思想及王茂荫的反驳。王鎏的货币名目论思想在这一时期的影响也是巨大的，其《钱币刍言》是我国货币思想史上最早的一部专著⑥。其货币思想的出发点正是因为当时的财政困局，提出意在为封建政权实行增发货币的通货膨胀政策做辩护的货币思想理论，并制定了相关的具体措施，如无限制地发行不兑换纸币，铸造大钱，实行通货膨胀，铸币减值等。王鎏在《钱钞论》中提出"足君尤先论"的思想，作为其行钞主张的经济理论出发点，极力反对当时的"钞虚银实论"的货币金属主义，认为"至谓钞虚而银实，则甚不然，言乎银有形质，则钞亦有形质，言乎其饥不可食，寒不可衣，则银钞皆同"⑦。

许楣、许桂的货币金属论思想极力反对王鎏的货币名目论，揭示了封建君王滥发纸币所带来的严重危害性，反对当时的货币通货膨胀政策，认为"钞者，

---

① 林则徐：《会奏议银昂钱贱除弊便民事宜折》。
②③④⑤ 魏源：《军储篇三》，《魏源集》（下册），中华书局1980年版，第473、474、483页。
⑥ 张家骧等：《中国货币思想史》（下册），湖北人民出版社2001年版，第757页。
⑦ 王鎏：《与包慎伯明府论钞币书》，《钱币刍言续刻》。

纸而已矣，以纸取钱，非以纸代钱也。以纸代钱，此宋、金、元沿流之弊，而非钞法之初意也"①。其货币思想意在稳定币值，以利于商品的经济发展，在一定程度上反映了资本主义萌芽发展的要求。

王茂荫的货币思想主要体现在纸币流通和铸币流通思想上。其出发点也是为了解决因太平天国运动而造成的财政困局，认为行钞和铸大钱只是在特定条件下的权宜之计。相较而言，主张行钞，反对铸大钱，"以实运虚"的行钞思想是其纸币流通思想的核心，在其《条议钞法折》（《王侍郎奏议》卷1）中有详细论述，以及试行办法。其反通货膨胀的行钞主张和晚清政府筹集财政资金的政策相左，没能得到晚清政府的认同。"总以不惜工本为不易之常经"是其关于铸币思想的基本观点，认为铸大钱会致"私铸繁兴，物价踊贵"②。关于外国人利用银钱比价的投机行为，其认为"斗之之法，欲禁钱出洋，则银禁早严，徒成故事，欲行大钱，则京钱尚滞，何论外省"。③ 王茂荫已经认识到与资本主义国家进行货币金融投机做斗争，其思想在当时具有先进性，但是，其货币思想也是为了维护封建统治，解决财政困局，仍具有历史局限性。

第二阶段，货币思想近代化转变的发展阶段，即洋务运动时期至甲午战争结束。

19世纪60年代以后，中国的货币金融市场逐步被外国资本主义所控制，由于晚清政府与其他各国所行货币本位制不同，国内银价受国际金银比价变动影响，在贸易、货币等方面蒙受"镑亏"损失，出现金荒、金贵银贱等货币问题，以及由此引起的金融风潮及其带来的恐慌，针对此时财政困局下的货币问题，当时社会的货币思想开始有了新的发展。

财政困局在恶性循环中不断加深，造成晚清政府在财政收支上严重失衡，且单纯地依靠加税、劝捐等传统的财政收入手段已难以筹集到足够的财政资金来解决收支失衡问题。货币收入在外国资本主义的金融控制下，已很难再成为财政收入之一。相反，货币体系的破坏，以及与经济发展的不相适应，币制混乱等相关问题，使得货币成为了财政困局加深的一个原因。针对当时发生的这些金融事件，经世学者早期提出了相适应的货币思想，以期能够解决这一问题。现在看来，其思想出发点，一是便民通商，二是抵制外国金融货币入侵④。其

---

① 许楣：《钞币通论第一》，《皇朝经世之续编》（卷60）。
② 王茂荫：《论行大钱折》，《王侍郎奏议》（卷6），第4页。
③ 王茂荫：《请酌量变通钱法折》，《王侍郎奏议》（卷9），第15页。
④ 张家骧等：《中国货币思想史》（下册），湖北人民出版社2001年版，第806页。

货币思想属于或者说接近于货币金属论，也就此提出了一些具体方案。"欲收利权，欲兴商务"，"自铸金钱"①，以 "即可便民，又不病国"② 达到解决货币问题的同时，减轻国家负担，减缓财政困境。

19 世纪 60 年代，晚清政府为解决财政困局，进行第一次币制改革尝试，实行发行纸币、铸大钱等一系列货币措施，其后果是经济发展陷入通货膨胀的境地。时人认为是扩张货币造成的，是晚清政府为了敛聚财政资金实行的人为政策。改良派的黄遵宪对这一问题的货币思想认识是比较深刻的。他认为 "纸币日贱，物价日昂，贫民之谋生苦，日难于一日，既有岌岌不可复支之势。然以本国之币购本国之物，自相流转，尚可强无用为有用，购他国之货，则非以货易货不可矣"③。不难看出，其对通货膨胀危害性的认识是深刻的，对晚清政府发行纸币、引起通货膨胀是警觉的，并提出了其自己的货币思想主张。"金银铜外，以楮为币，依附而行"④ "楮币可以便民，而不可以罔利者也"⑤ 是其从根本上解决人为利用通货膨胀的货币政策，在解决经济问题的同时，也可缓解财政困局。

面对 "金贵银贱" 及贸易中的镑亏、国内币制混乱的状况，陈炽的币制改革思想在当时是具有代表性的，也是货币思想近代化发展中具有典型意义的。"通商以来，彼专以金镑换我，出其余货，易我黄金，致使中国黄金贵至三倍而金荒矣"⑥，其结果，"今日中国之金何为贵也，曰，以金少故。中国之金何以少也，曰，欧亚各国以银易金运归其本国铸钱也"⑦。这是陈炽对当时 "金贵银贱" 问题产生缘由的分析，提出 "贵能御贱，重能御轻，而轻断不能御重，贱断不能御贵也。此一定之理"，分析镑亏之损失的缘由，认为镑亏和金融被外人控制，以致财政收支、国家经济都将陷于不利的局面，并提出了其币制改革思想，"辟矿产以裕本源，发钞票铸金钱以收利权"，⑧ 开采金矿、自铸金币、发钞票以富国，实现货币独立自主以兴商务。同时，他认识到金铸币成为世界货币的发展趋势，在面对贸易全球化的进程中，要与时俱进，做出改变，以适应

① 陈炽：《通用金镑说》，《续富国策》（卷 1），第 17 页。
② 陈炽：《庸书》外编，卷上，第 21 页。
③⑤ 黄遵宪：《日本国志》（卷 19），第 11、12 页。
④ 黄遵宪：《日本国志》（卷 15），第 1 页。
⑥ 陈炽：《开矿禁铜说》，《续富国策》（卷 2），第 7 页。
⑦ 陈炽：《就银铸钱说》，《续富国策》（卷 2），第 6 页。
⑧ 陈炽：《创开银行说》，《续富国策》（卷 4），第 16 页。

时事，认为"自中国印度外，货币交通，概以黄金为准，因时制变，虽圣王不能禁之矣"。① 提出改"金铸币"的"四弊""四利"之说，发展商务，增加财政收入，摆脱受人操控的不利局面。与之相辅的是铸金、银、铜币，"三品兼权"，规定其法定比价②，来达到"不逐洋盘为涨落，不随市价为转移，三品兼权，我行我法，则邦本固矣"。③ 对于发钞，认为"上下称便而已矣"④ 可以增加货币流通量，满足经济发展对货币的需要，与金银铜相并行，"相为表里，互资挹注，外合内分，相系相维，立于不败"⑤。

第三阶段，货币思想近代化转变的深化阶段，即甲午战争之后至清王朝灭亡。

在围绕光宣时期的币制改革进行的一系列货币思想争论中不断发展，为之后北洋政府、民国政府的币制改革奠定了思想理论基础。这一时期货币思想的发展，一个明显的特征就是对西方货币思想理论和币制政策的学习、借鉴，提出自己的货币思想主张。

面对财政困局对国家体制的影响，货币体系已很难解决国家经济发展的需要，维新派主导的戊戌变法，其目的也是"求富""图强""救国"。康有为在《请铸银币折》中提出，外国银元充斥国内市场，"若不速图，必致我纹银尽竭，而洋钱遍于内地矣"。⑥ 提出由国家统一铸币，来结束当前的中央与地方铸币争权的局面，"富国之资，亦由此起矣"⑦，"常岁亦已患矣，大农却屋，罗掘无术，鬻官税赌亦思耻为之，而所得无几"⑧，对此种财政弊端，提出行钞法，铸银币的思想。行钞法，由户部统一，结束"各省皆有银票而作为伪万种"的币制状况，实现"聚举国之财，收举国之利"。改变财政困境之局面，自铸银币，以收利权，来抵御洋钱在国内之流。这些货币思想作为其维新变法经济思想的一个重要组成部分，为资本主义发展提供了思想理论基础。在维新变法失败后，康有为于 1905 年前后著《金主币救国议》《理财救国论》等，提出金主币救国论和妙用银行论的货币思想，据此，论述其币制改革应行金本位制，铸

---

① 陈炽：《圜法》，《庸书》（卷1），第21页。
② 钱一千等于银一元，银十元等于金币一枚，比价固定不变。
③ 陈炽：《开矿禁铜说》，《续富国策》（卷2），第7页。
④ 陈炽：《交钞》，《庸书》（卷上），第23页。
⑤ 陈炽：《圜法》，《庸书》（卷上），第22页。
⑥⑦ 康有为：《钱币疏》，汤志钧：《康有为政论集》（上册），第37-39页。
⑧ 康有为：《公车上书》，《戊戌变法》（第二册），第140页。

金币为主币、银币为辅币，法定金银比价的币制改革思想。

梁启超的货币思想基石是解决当时的财政困局与国计民生，认为"辄以为中国救亡图强之第一要义，莫先于整理货币，流通金融，谓财政枢机于兹丽焉，国民生计命脉与兹托焉"。[①] 其结合当时中国的实际状况，对西方和日本资产阶级经济学家的理念进行比较研究，提出自己关于解决中国财政困局的币制主张。关于货币职能和货币价值思想的论述，"货币之职务有四：一曰交易之媒介，二曰价值之尺度，三曰支应之标准，四曰价格之储藏"[②]。此为梁启超关于货币职能的思想认识。"所谓货币者，必有其一定之格式，一定之价值，以其单位之个数，为易中之标准，以衡量百货之价者也。"[③] 是其关于货币价值的思想论述。面对银两与银元的混乱状况，提出统一币制，铸造有固定含银量的银币在市场上流通，是其货币思想的反映。

孙中山提出"驱除鞑虏，恢复中华，创立民国，平均地权"的思想，以及同盟会的成立，标志着资产阶级革命民主派开始代替改良派，在中国近代化进程中起到主要推动作用。孙中山提出的废金银、发行纸币的钱币革命，在清末民初币制改革思想中是独树一帜的。之所以提出钱币革命主张，原因诸多，主要有：一是目睹晚清币制改革进程中，币制存在的弊端太多，非但没能解决财政困难，反倒加剧了财政困局，成为财政的一大包袱，对外借债、在华银行的出处掣肘等一系列症结，使其明白只有拥有独立的币制体系才能摆脱资本主义的控制；二是晚清末期几次金融风潮，都是在外国资本主义的操控下，对晚清社会的金融掠夺，严重破坏了中国的经济发展，致使财政困局一步步加深，直至最后晚清政府覆灭。于是，解决财政困局就成为孙中山提出币制改革的主要目标之一，也为后来朱执信、廖仲恺等的"货物本位"思想提供了一定的思想基础。

"钱币为何？不过交换之中准，而货财之代表耳"[④] "钱币者，百货之中准也"[⑤] 是孙中山关于货币本质职能思想的论述，是其废金银、行纸币的思想理论依据，与马克思"价值符号直接地只是价格的符号，因而是金的符号，它间

---

① 《余之币制金融政策》。

② 梁启超：《中国古代币材考》，《饮冰室文集》中华书局1932年版，第26页。

③ 梁启超：《中国货币问题》，《饮冰室文集》（卷24），第35页。

④ 《钱币革命》，《孙中山全集》（卷2），第545页。

⑤ 孙中山：《建国方略·孙文学说》第二章，《孙中山选集》（上卷），第116页。

接地才是商品价值的符号"① 相区别，带有货币名目论的思想色彩。孙中山提出实行财政发行，即以国家赋税作为保证，由发行局通过收兑民间财物，发行纸币，供社会融通。其币制改革主张主要是为了解决财政困局而提出的。

当然，围绕本位制展开讨论的货币思想，是光宣时期币制改革对货币思想近代化转变的重要贡献之一，以及货币的"元""两"之争、成色之争论等。本书将在第六章第二节的币制改革中做出论述，这并不妨碍在此作为货币思想发展梳理的一部分。与此同时，还出现了马相伯的币制论思想、严复的名目主义货币思想等。

二、财政困局下货币思想的评述

清王朝的财政在鸦片战争之前就已经出现收支不平衡的端倪，鸦片战争之后，则直接将这一状况放大，并对其财政体制产生了极大的冲击。晚清政府的财政困局成为影响之后社会、经济、政治走向的一大制约因素。前文提到，战争赔款是鸦片战争的"首创"，其恶劣影响罄竹难书。此外，这一时期，国内"银贵钱贱"的货币问题，加重了农民的负担，商人亏损亦严重，完纳课税已难，中央政府与地方政府之间开始出现"分权"的迹象。再加上 1846～1850 年的自然灾害和官吏贪腐，使得财政困局的窘境开始呈不可逆趋势。为了挽回这一局面，晚清政府也进行了一定的财政整顿，如票盐制度、地丁钱粮清理、漕政等改革，但收效甚微。对货币思想的争论，为之后的币制改革做了思想理论上的准备。此种"就财政困难解决困难"的财政特征，决定了其财政困局成为影响晚清政府之后政治决策的基本出发点，也奠定了其货币思想发展的基本格调。

洋务运动是晚清政府应对"古今未有之变局"、求富求强而进行的一系列变革，其中就包括财政与货币体制。此时，财政规模扩大，结构也发生了重要变动，经太平天国运动之后，晚清以解协饷制度为核心的财政体制基本废弛，地方政府已经开始与中央争夺财权，是这一新形势下的特征之一，如厘金废黜就几经阻挠而终未成行。这一时期的财政状况主要以洋务运动的各项支出，以及中法战争赔款、内债和外债的支出为主。外债本是具有现代意义的新的财政手段之一，但晚清政府囿于不平等条约的制约，外债非但没能发挥其应有的职

---

① 马克思：《政治经济学批判》，人民出版社 1964 年版，第 99 页。

能作用，反而成为帝国主义干预晚清政府政权的工具。

甲午战争之后，巨额的财政亏空，使得户部银库的储银急剧下降，直接原因就是对日赔款，间接原因就是统治集团的腐朽及国内政局不稳，军费支出不断增加，大量举借的外债等成为财政负担，财政困局的影响逐步扩大，直至无法挽回。

货币思想的发展围绕主线，即财政收支状况的变化。两次币制改革时期均是财政收支差距最大的时期，货币思想在两次币制改革前后的争论也多是围绕解决财政问题而进行的。这是因为货币政策是依附于财政政策的，是封建集权制下的主要特征之一。由于经济发展的需要，财政政策与货币政策需要承担不同的经济职责而逐渐成为相互独立的体系，近代西方的财政、货币金融体系即是证明，也在历史发展中证明了其优越性。此时的晚清社会处于转型时期，并未将两者相互独立成不同的政策体系，但这也是财政与货币思想近代化转变的任务之一。故货币思想发展的研究离不开对财政困局的分析，将两者动态地分析，有助于对货币思想近代化转变进行深层次的认识。

纵观晚清货币思想的近代化发展，先后出现了制钱思想、铸大钱思想、停鼓铸议思想、疏通钱法思想、行钞思想、"私销"等货币思想，围绕两次币制改革的货币思想，有早期的改良派、维新派、革命派等货币思想的出现，如关于货币本位制思想的讨论、元两之论等。不难看出，这些货币思想的提出均是以解决社会现实弊端而提出的，围绕财政困局与币制变革而进行，是这段时间货币思想发展的共同点。在复杂的社会环境下，财政与货币成为各方利益集团博弈的场所，有代表顽固守旧的货币思想，有代表改良派、维新派、革命派的货币思想，也有西方货币思想的入侵（如精琪币制改革方案）等，使得这一时期的货币思想呈现多样性，为政府币制改革的理论依据提供了多种可选性，也意味着社会经济发展背后各方势力争斗的激烈性，民族矛盾、阶级矛盾等决定了货币思想近代化发展的艰难性。货币思想近代化发展历程，是货币思想从封建时代向现代转变的一个过程，当时的有识之士在面对内忧外患的境况下，以不屈的精神，不断寻找"求富""求强""图存"的思想及体制制度，结合国情，学习、吸收、借鉴西方近代货币思想及体制，其顽强意志在今天也是值得学习和继承的。货币思想的近代化发展历程映射了当时社会发展的艰辛，我们更应珍惜当下的和平环境，也要居安思危，为实现民族伟大复兴而努力奋斗。

三、财政思想近代化对货币思想的影响

由于晚清货币体系的特殊性，银钱并非真正意义上的主辅币关系，是并行的两种货币单位。在世界近代化过程中其他各国相继实行金本位制、放弃银本位制的情况下，晚清政府依然固守祖制，不寻求创新。但是，由于闭关锁国政策的放弃而被迫对外开放，参与到全球化进程中，半殖民地半封建社会性质的特殊性，决定了主权在受到侵犯的情况下，其货币主权也必然受到影响。财政体制及财政思想的近代化转变，如外债、近代海关关税、对外贸易等思想的发展，以及经济社会的转变，因货币体系的关系，给了西方资本主义国家投机的机会，"镑亏"问题就是这一现象的体现之一。财政分权思想的萌芽是近代财政体制发展的趋势，中央与地方政府的"争权"，使得国家很难做到统一货币，对货币思想的近代化转变也产生了极大的影响。

外债本身是财政政策工具之一，是政府宏观调控经济的手段之一，属现代财政范畴，是伴随世界经济的发展而形成的。在封建社会的中国，虽有名义上的借债，但在"王权"思想下，没有实质性的意义。到晚清社会时期，外债思想成为其干预经济的一种手段，成为世界近代外债史的一部分。由于晚清社会的半殖民地半封建性质，注定了其外债并不具备债权与债务关系上的严格意义，因为其不平等地位，使外债成为西方资本主义掠夺中国财富的一种方式，是晚清政府利用外债对人民加重剥削的理由。不可否认，外债之于晚清政府曾在其政治变革中提供了必要的资金支持，暂时性减缓了财政危机。但是，列强只是想通过外债控制晚清政局，并非真正要帮其实现"救亡图存"。所以，外债最后成了晚清政府的又一财政负担，加速了其统治的灭亡。故对这一时期外债思想的研究，是财政思想在新形势下的表现形式之一，具有重要意义。

外债是晚清政府缓解财政困难的一个重要手段，以便筹措军政费用，以应对国内农民运动和对外战争的军费开支，维护其统治的根基。偿还各项战争赔款，晚清财政通过增税加捐等手段搜刮财富，也难以偿付，直接催生了大量的外债。大兴实业，开展洋务运动及开办近代工业，所需财政之资，也大都通过举借洋款来维系。诚如汤象龙先生将外债与军费和赔款列为晚清财政史上三大宗重要支出，可见外债对当时社会影响之深。

币制改革是清末新政货币金融改革的一部分，同属于财政手段，是晚清政府干预经济的工具，都直接涉及中央财权。币制问题是清末尚未被列强直接控

制的最后领域，所以关于外债思想的研究，不仅是对币制改革认识的深化，而且也能对两者在晚清困局下的关系有清醒的认识。币制改革借款，由于涉及中央财政权力，表现在借款监督以及顾问设置上，最终"财政机关早为外人所持，吾国人无日不在债累中，此生不能逃出矣"。

由于鸦片战争的失败，闭关锁国政策的放弃，就海关关税而言，面对鸦片的大量流入，贸易逆差增大，白银外流，造成货币"钱荒"，对社会经济的冲击很大，传统的闭关锁国思想从现实情况考虑，主张"封关之后，海禁宜严"，且"大小民船，概不准其出海"①，实行军事防御性的海关贸易思想。由于鸦片毒害甚深，实行封关禁烟也成为其一大主张。与之形成鲜明对比的是，放弃闭关锁国思想，开展国际贸易。林则徐和魏源就是最好的代表。由于林则徐的特殊地位，其对鸦片之毒害认识很深刻，"每岁易换纹银出洋，多至数千万两"②，造成银贵钱贱，影响财政收入，致"无可以充饷之银"③，而且，"流毒于天下，则为害甚巨，法当从严，若犹泄泄视之，是使数十年后中原几无可以御敌之兵"④。故其主张发展正常的通商贸易，"以夷制夷"⑤"以通夷之银，量为防夷之用"⑥，不难看出，林则徐的海关关税贸易思想是建立在维护封建王朝统治基础上的，带有强烈的军事思想。魏源提出在平等互利的基础之上开展正常的通商贸易，提出"师夷长技以制夷"，从贸易中获利。太平天国运动作为近代中国史上爆发的最大的农民起义，对社会经济发展产生的影响，也体现在经济发展的方方面面，如洪仁玕在《资政新篇》中主张通商，反对闭关锁国，学习西方的技术，以达到"与番人并雄"的目的。

由于晚清政府对协定关税制度的接受，其海关关税主权也就随之让于列强之手，但也有有识之士认识到了丧失海关关税自主权带来的危害，极力主张"修约改章"，将把持海关的夷人撤换，以"概易华人"。如郑观应、陈炽等就极力呼吁关税自主，摆脱西方的控制，发展本国经济。但晚清政府缺乏远见的考虑，只为解决眼前的财政危机而接受协定关税制度，以此做外债的担保以筹措财政资金。在这时，关税的财政意义日益明显，其可以作为财政收入的来源之一，因此其自主权丧失带来的后果是很严重的。事实证明，主权的丧失，其政权的存在也必危矣。

---

① 郑振铎：《晚清文选》（上卷），中国社会科学出版社 2002 年版，第 6 页。
②③④ 林则徐：《林文忠公政书·乙集·湖广奏稿》（第 5 卷），商务印书馆 1935 年版。
⑤ 林则徐：《林文忠公政书·乙集·湖广奏稿》（第 1 卷），商务印书馆 1935 年版。
⑥ 林则徐：《林文忠公政书·乙集·湖广奏稿》（第 4 卷），商务印书馆 1935 年版。

近代海关关税思想的发展不会因协定关税制度而被阻碍，相反，却促进了有识之士对关税的更进一步认识，推动近代海关关税和对外通商贸易的发展。如严复的自由贸易理论，反对保护关税，认为"名曰保之，实则困之，虽有一时一家之获，而一国长久之利，所失滋多"①。郑观应则力主保护关税，"务将进口之关税大增，出口之税大减"。梁启超的关税思想则是由"自由贸易论"到"保护关税"，以戊戌变法为分水岭，这是其对社会经济发展的认识在思想上的转变，以及对社会现实的深刻反省。之前认为保护关税实乃"实病国之道也"，但面对"洋货之流入"的压力、民族资本主义工商业的困境以及社会的发展的困境，转而对现实进行思考，认为重商主义的保护关税之策和当时的社会经济发展是相适应的。

财政分权思想是近现代财政思想发展的一个主要特征，与传统的财政集权相比较，其优越性已为历史事实所证明。西方资本主义国家自第一次世界工业革命之后开始的资本主义生产方式，其经济思想的发展，也在不断创新，实行分税制的财政管理体制，在西方国家的发展中取得了较好成效，与封建式的财政管理体制相比，是人类历史发展的进步。而晚清社会财政思想的发展未能摆脱传统的束缚，又因现实的残酷，传统财政思想未能提出切实可行的解决之策，财政体制也在现实的冲击下趋于瓦解，新的财政体制尚未建立，但财政分权的趋势已然显现。近代社会的发展造成了中国财政思想的发展不可能是自身的突破，而是在与西方国家经济思想的碰撞中不断发展、演变的，财政思想的近代化转变是国家民族在寻求自身生存与发展中不断实现的。

第一，宪政思想。通过洋务运动，实现"救亡图存"的理想，寻求自上而下的体制变革，发展经济，实现民族独立自强，成为当时有识之士对半封建半殖民地社会的新的认识，此时，西方国家的宪政思想开始在国内传播。以平等、自由、人权、民主的思想理念为自身发展求得政治氛围和制度环境，"君主立宪者，政体之最良也""中国振兴实业之第一要义"②。其财政思想体现在"财政为一国之元气，财政一整理而各政皆具"，③突出财政的地位，认为"列国宪政所难同者，不过枝节耳。至其大本大源经天纬地者，则一言以蔽之曰：国会有监督政府行政及预算、决算财政之权而已"④，受此影响，清政府在 1906 年宣

---

① 严复：《原富·译事例言》，商务印书馆 1931 年版，第 4 页。
② 梁启超：《饮冰室合集·文集》（卷 21），中华书局 1989 年版。
③ 《时报》，1908 年 4 月 29 日。
④ 《国风报》，1910 年第 9 号。

布"预备立宪",但封建统治者是不可能主动放弃其统治地位的,只是因时局所迫所做的权宜之计,最终的立宪运动也是以失败而消失在历史之中。

第二,财政预算思想。西方财政预算制度,在西学东渐的过程中也不断被介绍到中国。郑观应提出"当仿泰西国例,议定一国岁用度支之数"[①]。至 20 世纪初,预算思想在国内有了较大发展,认为"财政之最要者,莫如预算"[②]。清政府在清末新政试办预算的过程中,实行预算的编制,预算与决算开始实行。但由于中央与地方政府财政争权,预算编制的实行也未能实现其真正意义上的财政目的,但是为预算思想在国内的发展奠定了基础。参照西方的预算制度及其思想,以清末预算制度改革为背景,《比较预算制度》是中国历史上关于预算政策的第一部著作,是预算思想在理论上的发展。作为现代化财政制度发展的一个重要环节,预算制度现代化在近代通过各种方式广泛传播,为中国传统预算思想向现代预算理论的转型奠定了基础,也为民国时期的预算制度大发展提供了参照,在中国预算史上有着十分重要的地位。

第三,财政分权思想。财政分为中央和地方财政是现代财政体制的一个重要特征,也是近代西方财政理论与实践发展的结果,在世界近代经济发展中起着重要作用。由于中国是传统的封建集权制国家,财政分权思想在当时被认为是有悖于常理的,认为地方财政是中央政府的派生机构,并未有中央与地方的职权划分,故地方政府的职权与作用受到中央政府的节制。解协饷制度是财政体制发展到较为成熟时期国家关于财政资金的再分配,虽已有财政分权思想的体现,但其原则上仍为中央所掌控。到了近代,清末社会矛盾复杂化,政府对时局的控制力日益减弱,地方政府的行政权力和财政权力都有所增长,与中央呈争夺之势,财政分权思想也就因时而孕育产生,并有所发展。此种局势下,地方政府借机扩权,货币体制也成为地方政府染指并获取财力的一种方式,造成了当时币制混乱的现象,为后来的币制改革埋下了伏笔,成为币制改革的一大诱因。推动财政分权思想发展的是清末的立宪运动和地方自治运动,宪政思想前文已有所述,地方自治却是在资产阶级维新派和立宪派的推动下,希望建立以西方地方自治体制为基础的自治体制。但是由于这一思想尚未实践,晚清政府就被推翻,使得清末新政所划分的中央与地方的财政分权的制度改革仅限于方案而未能实行。但从中可以看出,财政分权思想的发展已经开始向近代财

---

① 郑观应:《盛世危言》,王贻梁评注,中州古籍出版社 1998 年版,第 285—286 页。

② 《东方杂志》,1905 年第 1 期。

政分权转型，中国传统财政思想已经在内忧外患的困境中开始嬗变。

清末是近代财政思想大量涌入的时期，晚清时期的传统财政思想与西方财政思想的碰撞与争论，真正开启了中国财政思想近代化转型的"快车道"。面对内忧外患的社会现实，国人不断学习西方的财政理论，努力创新，与国情相结合，希望走出一条能够实现民族复兴的道路，在中国近代财政思想史上的发展起到一个承前启后的作用。而且，这种思想对当时的社会发展也产生了较大影响，诸如币制改革，就是在此思想发展的背景下进行的。

第三节　晚清货币思想的近代化发展

一、近代金融业的发展

在封建社会的发展中，财政作为社会经济运行的核心，货币金融体系是依附于财政体制的。财政是一国兴衰的指向标，充足的财政才能够应对自然灾害以及因政治腐败而导致的社会动乱，纵观封建王朝的更迭，无不是伴随着财政收入的多寡而发生的。货币金融体系在封建社会中，一直是作为财政干预经济的重要调控手段，直至前清时期都未曾有过大的变化。

以鸦片战争为分界，鸦片战争之后的晚清社会的半殖民地半封建社会性质，以及世界经济贸易全球化的趋势，使货币金融体系有了新的发展，对晚清社会的货币金融观念产生了巨大的冲击。在近代财政体系中，货币金融业的发展是趋于独立出财政体系的，作为社会经济运行的基础，这是现代金融业发展的趋势。但是在晚清社会，近代金融业的发展仍与当时的财政体制有着紧密的关联，既有传统思想的束缚，未能脱离于财政体系，又受到西方近代金融思想的冲击，有独立发展的要求。

从欧美资本主义国家的近现代化发展历程来看，货币金融体系的变革是其近代化经济发展的基础，也是资本主义社会发展的必然要求。中国经济近代化的发展，也是货币金融业的近代化发展，是经济货币化过程中所必经的一个阶段，即使充满了曲折。传统经济中，货币金融业已经有了一定的发展，但是局限于对货币价值规律的认知，不具备现代货币金融的意义。山西票号签发的汇票，钱庄、典当的银钱票、营业票等，具有相当规模，这是封建社会货币金融业发展的结果。以公债和公司股票为标志的现代意义上的货币金融市场，是自19世纪60年代以后逐渐发展起来的。

第一，传统货币金融业的发展。典当、票号、钱庄、印局、账局等是传统的"旧式"金融业，是从传统封建社会中发展而来的，但在晚清社会以后，对中国经济的近代化发展起到了重要作用。

（1）典当。这是我国出现较早的金融机构，以抵押放款为主营业务，可追溯至南北朝时的佛寺，"南朝货币经济发达，寺僧放贷的事一定很多，南朝寺院在中国信用史上有特殊的意义。它是典当的创办者"①。典当在前清社会就开始承担征税之责，开业者必须先要申请，领去当贴之后才能运营，部分承担调剂货币流通、稳定货币金融市场、弥补财政的作用。晚清社会以后，整体呈衰落之势，但其作为金融业的组成部分，也仍然起着很大的作用。如以山西、安徽、北京为代表的早期典当业比较发达，自鸦片战争之后开始衰落，与此同时，以天津、汉口为代表的通商口岸的开设，其典当行业维持了较为稳定的发展。而以上海为代表的新型的通商口岸，其典当行业也得到了一定的发展。

（2）票号。由山西人创办，作为主要经营者，先后经历了100多年，贯穿了晚清社会的经济发展过程，至1912年以后，开始衰败，以经营汇票为主，发行银钱票、兑换"小票"等以及存放款。

（3）钱庄。因地域不同，又称为银号、钱铺等，以钱币兑换为基本业务，后来也做存放款、发行兑换券、票据结算与"汇划"等业务。由传统的经营金银器饰的金店、钱币兑换的钱铺发展而来，与票号、银行共同构成了晚清社会货币金融业的主要组成部分。

（4）印局。主要为山西人所经营，具有民间小额借贷性质，因其主要面向城市贫民、小商贩，一直维持至清末民初，在地区资金融通方面发挥了很大的作用。

（5）账局。其经营方式、业务等，与印局并无太大的区别，主要为私营商业提供资金，是专营交款、放款业务的金融组织。

第二，近代新式货币金融业的初步发展。

（1）外国在华银行。自第一次鸦片战争以后，中国的经济发展参与到世界贸易体系之中，外国银行开始进入中国，与传统的金融行业一起构成了近代中

---

① 彭信威：《中国货币史》，上海人民出版社1965年版，第2088页。

国货币金融业发展的蓝本。由于晚清社会半殖民地半封建的性质，外国银行大都以本国政府作为后盾，干预晚清政局和经济金融的发展。在 19 世纪 70 年代以前，除法国的法兰西银行外，全部为英国的银行，自 19 世纪 70 年代以后，列强相继在中国开设银行，依靠本国政治势力，开始对华借款，渗透到财政、修路、开矿等多个领域，为企业、政府融资的同时，间接地控制中国经济的发展。总体来看，外国银行对近代中国经济的发展虽有促进作用，但其经济掠夺的本性才是驱使其发展的根本动力所在。一方面促进中国近代货币金融业的发展，另一方面也借此实施其掠夺财富的本性。

（2）晚清政府开设的新式银行。从 1896 年到晚清灭亡，先后开设了至少 17 家银行，但只有中国通商银行、四明商业银行、大清银行、交通银行、殖业银行、北洋保墒银行以及浙江兴业银行 7 家发展至 1911 年，这些银行以发展交通、实业为目的，具有很强的官办性质，其业务活动由官款调损。其实力远逊于外国的在华银行，但这些金融机构构成了中国银行业发展的雏形，其意义也是很重要的。《大清银行则例》和《银行通行则例》成为中国对金融业进行统一管理的最早的法律文件。

二、近代货币思想的发展

由丁清王朝货币制度的关系，自其定鼎中原到其灭亡，银钱比价几乎一直处于不断波动之中，以第一次鸦片战争为界，前清社会银钱比价波动较为平稳，与这一时期国内稳定的经济发展环境有着密不可分的关联性。到了晚清社会直至其灭亡，银钱比价就处于极不稳定的波动之中，受困于财政危机，进而影响到整个社会经济生活，故对晚清货币思想发展的研究，本节拟从晚清政府对财政困局的解决入手，分别阐述货币思想在这一时期的发展以及相关论争，与前文就"干预主义""放任主义"的政策偏好分析有所区别，从两个不同的角度对这一问题进行阐释，以期有一个更加全面、深入、系统的认识。

（一）围绕银钱比价波动的货币数量思想

"物多则价贱，物少则价贵"①，这一观点基本在清廷得到共识，一致认为货币数量越少，则价值就越贵；反之，货币数量越多，则价值就越贱。鸦片对

---

① 《闽浙总督郝玉麟奏为浙江钱价过昂请开炉鼓铸钱文事》，乾隆四年三月十八日，朱批奏折，档号：03—01—35—1229—014。

中国的社会、经济、政治影响甚深，在鸦片贸易中，白银大量外流，黄爵滋持货币数量学说的观点，认为"近来银价递增，每银一两易制钱一千六百文有零，非耗银于内地，实漏银于外夷也"①。朱嶟提出"物贱由乎钱少，少则重，重则加铸而散之使轻；物贵由乎钱多，多则轻，轻则作法而敛之使重"②，通过调整铸币数量来限制银钱比价，并且这一论断也成为晚清政府调整银钱比价的基本理论依据。魏源在关于货币数量说上，以"使无鸦片之毒，则外洋之银有入无出，中国之银且日贱"③来解决银贵的问题，从本质上理解货币价值。许楣的《钞币论》，批驳货币名目主义王鎏的观点，其观点依据也是"物多则贱，少则贵"的货币数量论，把白银外流、绝对数量减少作为解释"银贵钱贱"的主要原因。面对太平天国时期"钱贵银贱"的比价波动，王茂荫从货币绝对数量大小推测，是由国内制钱减少所致，盖因"江浙银价向来每两换至制钱二千有零，自英人收买制钱，钱即涌贵。以银易钱之数渐减至半，现在每两仅易制钱一千一百余文。兵民交困，而洋人竟据为利数"④。至清末，财政金融体系空前混乱，各种铸币的发行，财政体制的转变，使得这一时期呈现纷乱之象。将"银价之贵多由铜元充斥"⑤，看作"银贵钱贱"的主要原因。梁启超认为"盖货币价值之腾落与物价之贵贱成反比，而货币流通额之多少又与价格之腾落成反比例"，这也是典型的货币数量论观点。

（二）围绕财政困局的货币名目主义论思想

王鎏是货币名目主义论的代表，主张将传统纸币等同于物质财富，"凡以他物为币皆有尽，惟钞无尽，造百万即百万，造千万即千万，是操不涸之财源"⑥，将货币看作贮藏手段，以行"搜刮民间藏银和财富"之实。他的这一论点受到了当时很多货币思想家的批判。作为解决财政困局的手段之一，就发行纸币而言，有王鎏的货币名目论，也有反对者。魏源作为货币金属论的代表，提出"主于便民，而不在罔利"的纸币发行前提，反对发行不能兑换的纸币，更是不赞成以此为手段来搜刮民财，驳斥其国家规定纸币购买力的行为。包世臣主张发行能够兑现的钞币，提出"损上益下"的观点。许楣依其金属货币论

---

① 《黄少司寇奏疏》，《第二次鸦片战争》（第 1 册），第 464 页。
② 《清史稿》（卷 421），列传 208，第 12157 页。
③ 魏源：《筹海篇四》，《海国图志》（卷 1），道光丁未（1847 年）左微堂刻本。
④ 贾桢：《筹办夷务始末（咸丰朝）》（卷 17），中华书局 1979 年版，第 594 页。
⑤ 朱寿朋：《光绪朝东华录》，光绪三十三年九月，第 5764 页。
⑥ 《钱币刍言·钱钞议一》。

的观点，也极力批判货币名目论，认为滥发钞币是"绝天下之利源而垄断于上"[1]。王茂荫在继承传统钞虚银实的基础上，提出在货币流通中"以实运虚"的原则，实行"虚实兼行"，以便钞顺利流通，进而可以解决财政危机，以资军需。

总之，晚清社会货币思想的发展，仍是依附于财政体制的，其作用不仅是经济领域的货币作用，而且更是作为一种财政手段，成为晚清政府在财政困局下缓解财政资金的一种重要方式。货币思想的发展也正是围绕财政这一主题在争论中不断发展的。同时面临西方近现代货币思想的冲击，在艰难的环境中不断实现自身的突破，学习西方的货币思想，不断融合、创新，推动中国货币思想近代化转变，为晚清社会发展提供了思想基础，努力奋争，实现民族复兴。

（三）近代货币金融思想的发展

近代中国的积贫积弱，不断衰落，其原因是多方面的。从货币金融体系的角度来看，其抱残守缺的制度，缺乏创新。在世界各国都实行金本位制的情况下，闭关锁国已经成为不可能，全球化的贸易不可能使晚清政府的发展独立于世界之外，其银两与制钱的货币体系，已然不能适应这一形势发展的要求，需要对货币制度进行变革以适应生产力的发展。

关于货币思想的争论，上文已有阐述，西方近代的货币思想开始对晚清社会时期的货币金融思想产生影响。由于国际金银比价的变动对中国货币产生的影响，诸如镑亏、进出口商品结算等对货币金融极为不利，国人开始意识到货币体系的重要性，本位币思想开始出现，如金本位、金汇兑本位、金银复本位、银本位等思想，这都是货币体制近代化转变的一个过程，从思想认识上将货币制度创新视作国家"求富""求强"的一个重要条件。仿效西方设立银行，发展股票、保险等金融业务，为中国的金融业近代化发展，在思想上提供了理论基础。不再局限于国内货币发行，在贵金属与纸币、钞币的争论上，思想逐渐开阔，将视野与世界接轨，充分认识货币金融思想的近代化发展，为之后的北洋政府、民国政府时期的币制改革奠定了思想基础。

---

[1]　许楣：《钞币论》。

第六章
晚清财政困局下货币思想及其改革的实践

晚清社会时期，财政困局形成，国内各种社会矛盾激化，农民运动爆发，在政治压力与社会危机的双重压力下，解决财政困境，转嫁社会危机，进行生产关系的调整就显得尤为迫切。在晚清政府的主导下，先后进行了 19 世纪 60 年代的第一次币制改革尝试，以及清末新政时期的币制改革，这是与财政体制动态发展相呼应的，也是货币体系发展的内在要求，同时也是货币思想在实践中的体现，是货币思想近代化转变的必经阶段。

第一节 财政困局与 19 世纪 60 年代第一次币制改革

一、财政困局与第一次币制改革相关性分析

清代财政实行"国家出入有经，用度有制"① 的刚性财政原则，即政府每年的财政收支根据以往《会典》《则例》等相关的法典文献进行了规定，其范围和额度相对固定，这种"量入为出"的财政，在传统封建社会时期是"仁政"的典范，发挥了很大的作用。但是，到了晚清社会时期，由于鸦片战争和农民运动对晚清政府财政体制造成了极大的破坏，尤其是解协饷制度的破坏，使得田赋、盐课、关税和杂赋等收入很难在政府的有力调控下，满足各级政府的财政需求，如皇室经费支出、官员俸禄等，出现了收支失衡，财政困局逐渐形成。这种"出入有经，用度有制"的财政体制的最大缺陷就是弹性不足，财政收支被固定在相应

---

① 程含章：《论理财书》，《清经世文编》（上册），中华书局 1992 年版，第 650 页。

的范围和额度之内，一旦经济发展遭到破坏，财政平衡就很容易失衡，晚清社会的事实证明了这一点。财政困局的出现，使晚清政府寻求解决财政资金的办法：或可经财政变革实现，或可借由财政之外的其他途径来满足财政需求，带有"不完全财政"① 的性质。晚清政府在 19 世纪 60 年代进行的第一次币制改革尝试，其实质就是通过发行货币进行人为通货膨胀的政策敛财，以解决当时的财政困局。

对比清朝前后财政收入结构的变化，从表 6-1 和表 6-2 中可以看出，从以地丁银、盐课、关税为主，转变为以田赋、盐课、厘金、关税为主。其中，关税也从以常关税为主变为了以海关关税为主，一方面是由于对外贸易的增多，另一方面是全球化经济趋势的必然结果。这种变化背后反映的是社会发展阶段对财政体制的制约，即生产力对生产关系作用的结构。但晚清政府所面临的财政状况迥异，是一个不容忽视的重要原因。

表 6-1　清前期财政收入结构比较　　　　　　　单位：万两

时间	地丁银		盐课		关税	
	岁入	比重（%）	岁入	比重（%）	岁入	比重（%）
顺治九年（1652 年）	2126	87	212	9	100	4
康熙二十四年（1685 年）	2727	88	276	9	120	4
雍正三年（1725 年）	3007	86	443	13	135	4
乾隆十八年（1753 年）	2938	72	701	17	430	11
乾隆三十一年（1766 年）	2991	61	574	12	540	11
嘉庆十七年（1812 年）	2953	74	579	14	481	12
道光二十一年（1841 年）	2943	71	747	18	435	11

资料来源：何本方：《清代户部诸关初探》，《南开学报》1984 年第 3 期，第 9 页；申学锋：《转型中的清代财政》，经济科学出版社 2012 年版，第 30 页。

表 6-2　晚清财政收入结构比较　　　　　　　单位：两

年份	田赋		盐课		厘金		关税	
	岁入	占比（%）	岁入	占比（%）	岁入	占比（%）	岁入	占比（%）
1842	29575722	76	4981845	13			4130455	11
1885	32356768	48	7394228	11	12811708	19	14472766	22

---

① 何平：《清代不完全财政制度下的赋税负担与税收失控》，《税收研究》2000 年第 2 期，第 2 页。

续表

年份	田赋		盐课		厘金		关税	
	岁入	占比（%）	岁入	占比（%）	岁入	占比（%）	岁入	占比（%）
1888	33243347	42	7507128	10	13600733	18	23167892	30
1894	32669086	43	6737469	9	13286816	18	22523605	30
1903	37187788	38	13050000	13	16252692	17	30530699	32
1911	48101346	27	46312355	26	43187097	24	43139287	23

资料来源：邓绍辉：《晚清赋税结构的演变》，《四川师范大学学报》1997 年第 4 期，第 9 页；申学锋：《转型中的清代财政》，经济科学出版社 2012 年版，第 32 页。

晚期时期，银贵钱贱危机、对外战争及赔款、军费支出、农民起义运动等对当时财政体制的冲击是极其严重的，有崩坏之势。其中，厘金作为一种商业税，达到"无处不卡，无货不税"的程度，以一种新形式的税收在财政收入中占比迅速增加。但其对经济社会发展的不利影响也是极大的，相当于饮鸩止渴，以搜刮财政来满足财政支出之需，缓解财政困局。

财政收入难以弥补彼时的财政赤字，其收入结构变化的最终目的就是为了满足国家对财政的需求。但其支出结构的严重不平衡决定了这种财政收入结构变化所能起到的作用也是有限的。加之太平天国运动爆发后对晚清政府财政解协饷制度的破坏，使得地方政府开始有了"分权"之势，中央集权的"事权"模式开始发生变化，以致出现如表 6-3 所示的晚清政府的财政状况。

表 6-3　户部银库收支规模及盈亏状况　　　　单位：两

时间	户部银库大进		户部银库大出		盈余	赤字
	银钱总数	指数	银钱总数	指数		
道光元年（1821 年）至十四年（1834 年）平均	13589000	100	12356000	100	1233000	
咸丰二年（1852 年）	9196945	67.7	11103669	89.9		1906724
咸丰三年（1853 年）	5638380	41.5	9840151	79.6		4201771
咸丰四年（1854 年）	10442075	76.8	10468564	84.7		26489
咸丰五年（1855 年）	9956867	73.3	10079189	81.6		122322
咸丰六年（1856 年）	9220056	67.8	9141910	74	78146	
咸丰九年（1859 年）	15580654	114.7	13350297	108	2230357	

时间	户部银库大进		户部银库大出		盈余	赤字
	银钱总数	指数	银钱总数	指数		
咸丰十年（1860 年）	9397441	69.2	12795530	103.6		3398089
咸丰十一年（1861 年）	7108582	52.3	6581645	53.3	526937	

资料来源：彭泽益：《十九世纪后半期的中国财政与经济》，人民出版社 1983 年版，第 73、140 页；申学锋：《转型中的清代财政》，经济科学出版社 2012 年版，第 24 页。

中央与地方政府争夺"财权"，从财政体制的政策层面，决定了此时财政困局深层次的矛盾更加难以得到有效解决，更不要说推行自上而下的币制改革，其政策得到有效贯彻执行都难以保证。结合当时晚清政府的第一次币制改革政策，其根本用意也是为了维护晚清政府的统治，实施的通货膨胀货币政策，在"利己"思想的驱使下，从中央到地方政府，都是极力搜刮百姓财富，以缓解各自的财政之需。面对这样的财政困局，晚清第一次币制改革政策的积极效应是难以实现的。

鸦片战争前后，晚清政府的对外贸易出现逆差，使得白银外流，同时国内白银的供给量也在不断减少，国内经济开始出现紧缩。由于鸦片战争的失败，各种战争赔款以及军费的开支，使贸易逆差下的白银外流严重，经济下滑，同时国内农民运动对经济及财政体制的破坏十分严重，财政困境由此开始成为晚清政府直至灭亡都未能解决的问题。与之相伴的货币体系也难以适应当时的经济、政治需要，晚清政府由此开始进行尝试性的改革，以期稳定经济，增加财政收入，缓解财政困局。传统的货币思想开始受到挑战，向近代化转变已经成为时代发展的必然选择。

由于不平等条约的限制，晚清政府的对外控制能力受到极大的削弱，主权逐渐沦丧，白银外流难以禁止，加之贸易逆差的扩大，国内矛盾的激化，在货币短缺与财政困局的双重压力之下，晚清政府不得不进行货币改革，以寻求从内部解决的办法。财政困局与货币问题是同时产生的，在此种境况下，晚清政府的第一次币制改革尝试开始推行，铸发大钱、铁钱、铅钱与小制钱，还有钞票，来解决货币供给量不足，缓解经济紧缩和财政困局的情况。"大钱和纸币，多按市价折合成制钱，买东西的时候，搭用几成大钱，物价就上涨几成"，"若用铜制钱来买，则物价比起战前来（鸦片战争前），并没有多大涨跌；若用铅制钱来买，则物价就要高百分之二三十；若用当十铜钱，物价就要加倍；纸币和当十铅钱相同；若用当十铁钱，则物价还要高几倍"①。由此可以看出，此种货币改革，并未能从根本上解决币制问题，而是以增加货币供给量为手段，实行人为的通货膨胀，进行敛财、聚财来解决财政困局。这对经济的影响是十分不利的，饮鸩止渴式的敛财，不仅破坏了经济发展的正常秩序，而且由于货币种类的增发，出现了"劣币驱逐良币"的现象，使得市场上流通的货币更加混乱，为以后的币制改革埋下了祸源。

自鸦片战争之后，晚清政府的财政就开始出现收支失衡的状况，西方资本主义国家的侵略，政府对百姓的搜刮敛财，使经济遭到严重破坏，极大地影响了经济的发展。阶级矛盾的激化，农民运动爆发，给晚清政府财政以沉重打击，收支严重失衡，解协饷制度趋于瓦解。在军费开支激增的同时，1851 年的黄河大决口，使得赈灾费用也大为增加，仅咸丰二年到咸丰三年，银库实际库存减少了590 多万两②。此后，各省军费开支骤然大增，解协饷制度难以维系，陷于崩溃的边缘，各省财政状况虽有"就地筹饷"的"圣谕"，仍无法应对，国家财政危机日甚，开始施行捐输捐例、征厘金等战时财政补救措施，晚清政府的货币改革尝试也是在此种境况下开始的，作为增加财政收入的一种手段而进行。所以，第一次币制改革的尝试很难说是根本性的币制变革，只是以增加财政收入为目的，故财政困局是此次币制改革的诱因，这也就从根本上决定了其改革失败的必然性。

经过银贵钱贱危机、国内农民运动、对外赔款等，晚清政府的财政状况急剧恶化，开始实行通货膨胀的货币政策，以缓解财政压力。政府官员开始增加捐输，以解决军费筹措之困，从表 6-4 中不难发现，筹措数额有限。所以，晚清政府捐输收入主要靠各地士绅商民实现"捐输助剿"。财政困局须有行之有效的财政货币政策来解决，所以晚清政府的第一次币制改革就在此种困窘中开始筹划实施。

表 6-4　1853~1854 年各地官员捐输助饷情况

地区	捐输者	捐输数目
福建	巡抚王懿德	银 1 万两、制钱 1 万串
盛京	工部	侍郎善焘倡捐 500 两，所属各员共捐 1080 两
盛京	内外城文武各员	奕兴倡捐 1000 两，其余文武各官 445 员统计报捐 17160 两

① 彭信威：《中国货币史》，上海人民出版社 1965 年版，第 835 页。
② 彭泽益：《咸丰朝银库收支剖析》，《十九世纪后半期的中国财政与经济》，人民出版社 1983 年版。

续表

地区	捐输者	捐输数目
吉林	文武各官	将军景淳倡捐 1000 两，连其余各官共捐 3650 两
伊犁、陕甘	布彦泰	前在伊犁参赞大臣任内捐银 1000 两，嗣捐输陕甘总督任内四年积存养廉 5000 两，计元宝 100 锭
四川	文武各官	总督裕瑞倡捐 1000 两，连各属文武官员共捐输 62708 两
乌什	文武各官	春熙倡捐 1000 两，其余文职各员共捐 640 两，武职各员共捐 600 两
伊犁	满汉各员	将军、参赞大臣、领队大臣及其余各官共捐输银 30000 两
广东	文武各官	咸丰四年（1854 年）二月以前先后两次共捐 10400 两，二月捐 10200 两，三月 10300 两，四月捐 10050 两
陕甘	文武各官	先捐 153000 两，后甘肃文职并陕甘二省武职又捐银 48521 两，制钱 68780 千
山西	巡抚藩司及各府厅州县等官	前后共捐 21607 两
山东	文武大小各官	巡抚张亮基倡捐 800 两，各属报捐共 9180 两，钱 40 余千
江苏	两江总督及苏属各官	总督怡良、署江苏巡抚许乃钊各倡捐 1000 两，其余司道各员陆续捐输 6570 两

资料来源：申学锋：《转型中的清代财政》，经济科学出版社 2012 年版，第 91—92 页。

自第二次鸦片战争和太平天国运动结束以后，国家政局趋于稳定，经济发展开始出现好转迹象，洋务运动等一系列"求富""求强"运动的开展，使财政收支随着经济形势的好转而逐渐缓解。当千和当五百大钱的发行，以及银钱票的发行，终因政府信用不足而停止，其他种类的货币也基本都停用，随着当十大钱沿用至光绪末年，19 世纪 60 年代的第一次币制改革的尝试也随即停止了。但时人对货币思想的探索并未停止，开始对传统货币思想反思的同时，学习吸收西方的货币思想，以期能解决当时社会货币体系存在的弊端，也开启了货币思想近代化转变的征程。

自 1840 年以来，晚清政府所面临的时局相比以往发生了很大的改变，传统的经济发展模式受到了严重挑战。而与此同时，由于鸦片战争的失败，政府主权开始逐渐丧失，大量的战争赔款以及列强对晚清社会经济的掠夺，使得以小农经济为主的封建式经济开始瓦解，商品经济开始在这一特殊时期下艰难地发展。社会矛盾的激化和以太平天国运动为代表的农民运动的发展，对封建统治者产生了很大的打击，大量财政资金被用作赔款和镇压农民运动的军费，财政窘境与日俱增。由此，晚清政府的第一次币制改革尝试开始酝酿。

首先，商品经济的发展需要传统币制体系有所改变，以适应生产力发展的需求。从生产力与生产关系的角度来看，进行币制改革是生产关系的调整，以适应经济基础发展的需要。这一时期，小农经济在外来资本主义经济的冲击与战争的破坏下开始瓦解，商品经济得到进一步发展的机会，这是经济发展模式转变所带来的必然选择。

战争赔款与贸易出超，使得白银大量外流，其结果就是社会上流通的贵金属难以满足货币流通量的需求，这就对铸币、纸币的发行带来了经济发展上的需求，以此满足社会上商业资金的周转，从客观上就要求进行一次有效的币制改革，来适应生产力发展的要求。银两与制钱并行的货币体制，并非现代意义上的主、辅币关系，而是并行的一种货币制度，制度的僵化，需要创新来适应商品经济的发展。从货币本身来看，制钱所体现的价值小，但其体积大；银两则因地各异，成色、标准不一，对于货币流通形成了很大的限制，在商品经济发展过程中，对商业资本周转形成了很大的制约。外国货币的流入，对国内货币市场的冲击，使得人们开始接受外国银币，而出现升水现象①。另外，银钱比价的波动，也使得商品市场因此变得混乱，对于国家财政收支来说也是极不稳定的，对货币价值的稳定性，在社会上就产生了普遍的心理预期，即一次有效的币制改革成为社会发展的普遍需求。

其次，财政困局与政治危机的双重压力，使得币制改革成为转嫁社会危机的手段。经鸦片战争赔款之后，国内经济发展就一直处于低谷期，各种社会矛盾激化，以太平天国运动为代表的农民运动席卷全国的同时，晚清政府的财政终于难以支撑，使财政困局陷入了恶性循环，开始进行战时的搜刮财政，以弥补亏空。如劝捐、厘金等制度的实行，进一步说明了晚清政府财政窘境的恶化，陷入了政治经济危机之中。此时的币制改革，就带有了强烈的政治危机转嫁色彩，成为晚清政府维护统治的一个"幌子"。

此次的币制改革是政府进行敛财的一个手段，偏离了币制改革要适应生产力发展的内在要求，也因此彻底扭曲了此次币制改革的初衷。虽是名义上对币制体系的调整与创新，但却因人为地实行通货膨胀来进行敛财，使得币制改革从主观上就决定了其难以成功，而且将币制改革作为社会危机转嫁的对象，以

---

① 《清实录》（道光朝）（卷288），中华书局1985年版重印本，第3-4页。

维护其统治。这种财政困局解决之法，并未能从根本上改善财政环境，也就注定了其失败的命运。

二、币制改革及其货币思想的体现

此次币制改革的尝试，是财政危机与货币制度危机的双重压力下的产物，是发展商品经济与转嫁社会危机两种改革思想冲突下的产物。道咸时期的币制改革尝试，铸发大钱、银票、宝钞等，以强制流通为主要特征，以对百姓财富进行搜刮与掠夺。鸦片战争之后，晚清政府的财政开始陷入困境，铸发大钱成为朝廷议论的焦点并为进行改革提供了条件。王鎏提出"更铸当百，当十大钱以便民用"①，朝廷官员也认为铸大钱乃"藏富于民者也"，利归朝廷，可以减轻财政困难②。"私铸之难禁，由于各省奉行不善，并非钱法本有不善也""增铸重钱适以开私铸之弊，而无裨财用。"③ 由此可见，对于铸大钱进行币制改革的争议，在当时已成为焦点问题，试图以铸发大钱来摆脱晚清白银外流造成的银价上涨、钱本过重的制钱危机。但由于道光皇帝的因循守旧，其恪守祖制的理念，在其财政未陷入绝境的情况下拒绝铸发大钱的币制改革要求。但这也为咸丰时期的币制改革奠定了舆论与思想基础。咸丰时期以筹措财政资金而行通货膨胀的币制政策，将币制改革变成了转嫁社会危机、弥补财政亏空的手段。

（1）铸发大钱。铸发大钱是晚清政府财政危机的产物，旨在摆脱财政困境，故并未经过翔实的筹划，同时铸发的还有铁大钱、铁制钱以及铅制钱。其结果就是大钱的急剧贬值，并最终破产，引起了严重的社会经济危机，咸丰时期铸发大钱的重量及成色情况如表6-5所示。

表6-5　咸丰时期铸发大钱的重量及成色情况

名称	种类	重量	成色
咸丰重宝	当五	二钱二分	铜六铅四
咸丰重宝	当十	四钱四分	滇铜七成锡铅三成

① 王鎏：《钞币刍言》。
② 梁章钜：《归田琐记》（卷2），中华书局1981年版，第24-29页。
③ 中国人民银行总行参事室金融史料组：《中国近代货币史资料第一辑》（上册），中华书局1964年版，第143-150页。

续表

名称	种类	重量	成色
咸丰重宝	当五十	一两二钱	滇铜七成锡铅三成
咸丰元宝	当百	一两四钱	滇铜七成锡铅三成，黄色
咸丰元宝	当五百	一两六钱	十成净铜，紫色
咸丰元宝	当千	二两	十成净铜，紫色

资料来源：中国人民银行总行参事室金融史料组：《中国近代货币史资料第一辑》（上册），中华书局 1964 年版，第 206-207 页。

（2）印发官票宝钞。从 1853 年发行到 1861 年的八年间，每千"仅值当十钱一百余文"[1]，即仅当票面的 5%[2]，1857~1861 年银票等发行数统计情况如表 6-6 所示。

表 6-6　1857~1861 年银票、宝钞、京钱票发行数统计

种类	发行数量	折合银两
户部银票历年发行总数（1853~1860 年）	9781200 两	9781200
户部宝钞历年发行总数（1853~1861 年）	27113038 串	13556519
乾天九号历年交库京钱票折合制钱数（1853~1861 年）	49447910 串	24723955
宇字五号清查时京钱票发行余额（到 1857 年 8 月）	15707814 吊	3926954

资料来源：彭泽益：《十九世纪后半期的中国财政与经济》，中国人民大学出版社 2010 年版，第 64-90 页。

以上这些滥铸、滥发的铜、铁、铅制钱以及银票宝钞，都是由政府强制流通的，实际上就是人为地实行通货膨胀政策，将其视为"生财经常之至计"，以"操不涸之财源"[3]。此时，铸发的大钱种类、数量均已达到一个高峰，所带来的结果必然是其价值的迅速贬值，对经济产生的灾难性后果是难以估量的。"大钱出而旧钱稀，铁钱出而铜钱隐"[4]，此种"劣币驱逐良币"的现象开始出现。

---

① 清代钞档，咸丰十一年八月二十四日江南道监察御史刘毓楠奏。
②③ 彭泽益：《1853—1868 年的中国通货膨胀》，《中国社会科学院经济研究所集刊》（第 1 集），1979 年。
④ 军录，御史宗稷辰咸丰五年十一月十八日奏。

在铸发大钱之初，"为质尚重，为数无多，数月以来民间通行"①，但是，随着大钱数量、种类的增多，"当千者折算七八百文，当五百者折算三四百文"②，币值开始贬值，迅速走向崩溃。货币的信用，本是靠政府来维持，但此时，晚清政府的规定已然形同虚设，地方政府在征税时开始拒收大钱，"所有铁制钱及铜制大钱，一概不收，以致京外大钱，不能通行"③"官吏书差，勒索挑剔，不肯收纳"④。由此可见，币制改革的初衷已完全扭曲，不仅没能解决商品经济发展的需求，缓解财政困局的窘境。相反，其无限制地利用币制政策敛财，极大地削弱了百姓对政府货币发行的信心，从而为外国银币在国内货币市场的流通提供了有利条件。与此同时，国内货币市场变得更为混乱，货币体系纷繁杂乱，使之后光宣时期政府的币制改革成为历史发展的必然选择，在实践上是第一次尝试，拉开了中国币制近代化转变的序幕。

综观此次币制改革，先后经历了道光时期币制改革的讨论期和咸丰时期的实践期。在道光时期，晚清政府财政已经开始出现困境，但并未陷入绝境，由于道光皇帝恪守祖制，因循守旧，对朝廷铸发大钱的主张并未允许，此时币制改革的重点仍是货币体制本身，试图以铸发大钱来摆脱因白银外流而引起的银价上涨、因银钱比价的不稳定带来的财政收支的不稳定，以及满足商品经济发展的需要。从某种程度上来说，正是由于此时对币制问题的讨论，为之后咸丰时期的币制改革尝试提供了舆论基础和思想基础。

社会发展环境不断变化，此时国内矛盾的激化、农民战争的爆发以及第二次鸦片战争，使得晚清政府的财政捉襟见肘。继而，此次的币制改革重点就落在了扭转财政亏空、缓解政治压力之上，成为转嫁社会危机和搜刮财政的一个手段。此时也是币制改革的第一次尝试，是对货币制度的一次调整，但在其政治目的的影响下，使得这一阶段的币制改革也只能是战时搜刮百姓财富的手段，而不是对僵化的货币制度的创新。

随着币制改革的进行，晚清政府印发的户部官票，即银票，因"无从取银"而出现"收者渐稀"⑤的尴尬状况，之后更是"官票一两，京师市商交易

---

①②　中国人民银行总行参事室金融史料组：《中国近代货币史资料第一辑》（上册），中华书局1964年版，第213、263页。

③　军录，御史萧浚兰咸丰七年正月二十六日奏。

④　《文宗实录》（卷163），第2页。

⑤　清代钞档，咸丰三年九月初给事中英绶奏。

仅值制钱八九百文"①，银票贬值迅速。与此同时宝钞的贬值速度也很迅速，从发行之初到 1861 年，仅当票面的 5%②。铜大钱与铁钱的发行状况更是每况愈下，出现了"竟至以十当一"③ 的状况，可见，民间市井对晚清政府的此种币制改革是抵触的，对其剥削百姓的本质也开始有了一定的认识。从"抗不收用或任意折算"的抵抗，到被逼无奈，而在流通中采用消极的态度对待，重视银票，轻视制钱；重视铜大钱，轻视铁钱，其后果必然是以经济发展的受阻为代价，来换取暂时的财政资金。直至最后，改革尝试的失败，证明了不以适应生产力发展要求、人民利益为目的的转嫁社会危机的币制改革，注定是难以成功的。

从其币制改革的结果来看，对晚清社会发展产生了极大的影响。首先，对劳动人民而言，是被压迫、被剥削的阶级，这使得他们的生活状况更加恶化。这本就是政府为转嫁社会危机而进行的一次币制改革尝试，试图以通货膨胀这种隐蔽的手段进行敛财，而对劳动人民进行普遍的掠夺，使得货币体制紊乱，商品流通受到制约，物价上涨，使经济陷入萧条，严重影响了底层人民的生活状况。其次，对统治阶级而言，将其视为财政的来源，给外国资本主义投机商人也提供了投机机会，利用国内的通货膨胀，实行经济掠夺，进一步恶化了"银荒""钱荒"，对当时经济的发展产生了极为不利的影响。

第二节　光宣时期的财政困局与币制改革

一、财政困局与光宣时期币制改革相关性分析

经洋务运动及晚清政府的一系列恢复经济、增加财政收入的相关措施，自第二次鸦片战争和农民运动结束后，财政收支逐渐缓解。但是甲午战争的失败、

---

① 清代钞档，咸丰六年十二月初七云南道监察御史李鹤年奏。

② 彭泽益：《1853—1868 年的中国通货膨胀》，《中国社会科学院经济研究所集刊》（第 1 集），1979 年。

③ 清代钞档，咸丰九年四月十九日署刑部侍郎袁希祖奏。

巨额的战争赔款以及战争损耗，使财政困局又一次变得严峻。此种情况也反映了晚清政府财政体制的脆弱性，其核心的解协饷制度的破坏，不仅没能找到解决的办法，反倒促进了中央与地方政府的分权，使得集权制财政出现危机，也为后来的晚清覆灭埋下了祸根。

清末时期，晚清政府不仅要支付各种对外赔款及外债本息，而且国内财政资金还要应付各种"新政"，如财政改革、币制改革、编练新军等，财政压力可想而知，财政困局仍然未能得到缓解或者解决。财政收支难以平衡，赤字难以弥补，晚清政府不得不向地方政府进行摊派，如1903年晚清政府就向各省摊派每年960万两的财政支出。地方政府为了弥补赤字，完成摊派任务，只能"开源"，中央"事权"进一步下移，"分权"的财政体制也在潜移默化中发生。

从表6-7中可知，地方政府为了筹措庚子赔款的摊派，满足中央政府的要求，增设税目，增加捐税，减少地方政府的财政支出，如撙节，减少财政仅占13.78%，大多还是要通过税收、捐输来实现，其中田赋附捐、货物税、盐捐占据了财政收入的70.04%，但是相对于中央摊派的财政资金犹如杯水车薪，难以实现。

表6-7　各省筹措庚子赔款经费来源

筹款来源	金额（万两）	所占比例（%）
盐捐	554.2	27.41
货物税	446.9	22.1
田赋附捐	415	20.53
撙节	278.5	13.78
营业税	175.8	8.7
契税	116.2	5.75
其他	35	1.73
合计	2021.6	100

资料来源：王树槐：《庚子赔款》，《中央研究院近代史研究所专刊》1974年第3期，第163页；申学锋：《转型中的清代财政》，经济科学出版社2012年版，第204页。

从表6-8中可以看出，光宣两朝的财政规模处于不断扩张的趋势，越到后期，财政支出规模增长趋势越是加剧。经济基础决定上层建筑，以社会经济为基础的国家财政，其发展状况决定了国家的财政状况。彼时对外赔款、外债本息偿还、帝国主义经济侵略等，加之政治腐败，国家制度腐朽，从根本上决定了晚清政府的财政困局是难以根治的，注定其对清末币制改革的影响是至关重要的。

表6-8　光宣两朝财政支出规模　　　　　　　　单位：两

年份	财政支出	年份	财政支出
1885	72735585	1892	75545398
1886	78551768	1893	75513218
1887	81280890	1894	81281093
1888	81967727	1899	101000000
1889	73079618	1903	134920000
1890	78410635	1908	237000000
1891	89355234	1911	338652272

资料来源：《清朝续文献通考》（卷67）；《国用考五·用额》（卷68）；吴廷燮：《清财政考略》1914年版，第22页；申学锋：《转型中的清代财政》，经济科学出版社2012年版，第20页。

　　面对如此财政困局，财政分权趋势日渐强烈，地方政府各自为政，中央集权难以做到统一协调与管理，原有的财政体制崩坏，财政陷入混乱的局面，严重阻碍了彼时经济、社会的发展，对币制改革的顺利推进，也产生了极大的阻碍。

　　为了防范财政危机和社会危机的大爆发，晚清政府进行财政体制改革，恢复中央集权，从财政行政机构、预算制定等方面着手，维护中央集权及统治者的利益，但通过造册的省预算可以看出地方政府的敷衍之态，充分体现了地方政府对此改革的抵制心理。此种政局下，币制改革的有序推进也就难以实现，其政策效果也就可想而知了。

　　晚清政府在面对中外局势之变时的短视，仅就财政困难解决财政困难成为晚清财政的一大特征，没有依形势作通判考量。在面对财政困境时，货币体系成为了其敛财的一种工具，而没能注意到近代世界货币体制的发展，从而束缚了货币体系的近代化转变，对货币思想的近代化也产生了巨大影响。康有为在《上清帝第二书》中建议，"今奇穷之余，急筹巨款，而可以聚举国之财，收举国之利，莫如钞法"，主张铸银元、铜元①。货币体系已开始成为解决财政危机的一个重要手段，胡橘芬是提出以货币解财政危机的代表人物。从中可以看出，财政困局开始与币制体系紧密相连，在清末新政时期，币制改革的进行就是以此为背景的。

通过币制改革解决财政困局成为这一时期货币思想发展的主要特征，如翰林院检讨宋育仁提出的"钱币本无用，原为交易而设""各国钱币金银铜三等，中国惟用银铜二等"② 等货币思想，其并没有认清主、辅币的关系，是其货币思想局限性的体现。不过，"金银铜三品是中国之古制，当前只须模仿西洋改造其形制即可"③ 为同时期对货币认识的一个共有特征。由于铜价上涨，制钱被私销或外国资本家进行投机而外运，出现空前的"钱荒"问题。陈其璋提出"铜元者，制钱之母；制钱者，铜元之子"④，奏请添铸铜元，至光绪二十六年，张之洞在广东铸当十铜元⑤，致使铜元成为晚清政府新辟之财源，虽暂缓了"钱荒"问题，增加了财政收入，但其后果的严重性也很快显露，使得财政困局不仅没能从根本上解决，反而加重了其财政负担。

币制状况的混乱，对财政收支的稳定也产生了极为不利的影响，故光宣时期的币制改革不仅要解决混乱的币制状况，而且还要解决财政困局，以期缓解财政压力。货币问题对经济的影响，在当时社会逐渐被认识到，在这一时期，货币金融的作用开始显现，其实践对货币思想的发展也是至关重要的。

从 19 世纪 70 年代开始，世界银价开始出现持续性下跌，而晚清社会被迫加入到全球化贸易之中，却没能采取相应的有效措施来应对，货币问题对经济发展的影响开始放大。如 1873 年德国淘汰银币造成世界银价的第一次暴跌，1893 年印度以金汇兑本位替代银本位，加之美国的休门条例⑥，出现第二次银价暴跌⑦，金银比价也出现很大变动。从 1873 年的 1：15.93 到 1894 年的

---

① 中国史学会：《戊戌变法》资料丛刊（二），神州国光出版社 1953 年版，第 140-143 页。
② 中国人民银行总行参事室金融史料组：《中国近代货币史资料》（下册），中华书局 1964 年版，第 647-648 页。
③ 周育民：《晚清财政与社会变迁》，上海人民出版社 2000 年版，第 361 页。
④ 耿爱德：《中国货币论》，蔡受百译，山西人民出版社 2015 年版，第 651 页。
⑤ 耿爱德：《中国货币论》，蔡受百译，山西人民出版社 2015 年版，第 416 页。
⑥ 美国政府规定财政部必须每月收购 450 万盎司现银。
⑦ 耿爱德：《中国货币论》，蔡受百译，山西人民出版社 2015 年版，第 215-216 页。

1：32.56，至 1896 年的 1：35.03①，比价将近下降 50%。由于晚清政府仍以白银作为还债的本位货币，但其借债却是以金镑计算，故此出现"镑亏"，而海关收入以白银结算，对财政税收的影响也是十分不利的。如江苏在 1873 年，银元与制钱的比价是 1：1775，1894 年为 1：1599，至 1898 年下降为 1：1341②，照此比价计算财政收入，若要保持财政收入总额不变，以制钱为准计算，则 1895 年比 1894 年实际收入下降 16.13%，比 1873 年下降 24.46%③。

不难看出，币制对财政收支的影响不仅体现在稳定性上，而且币制状况也成为制约财政收支的一大问题。财政困局与币制状况之间存在本质上的关联，互为表里，解决财政困局，币制改革是其手段之一，而进行币制改革成功与否，又涉及财政体制状况的好坏，两者关系紧密。将货币思想的发展与其社会实践相联系，能更好地把握和认识货币思想近代化转变的过程。

表 6-9 显示了 1908 年晚清政府部分省份的财政状况，可以看出，这些省份都属于财政赤字状态，窥一斑可见全貌，其他没有统计的省份财政状况也每况愈下，中央财政困境及压力是可想而知的，财政困局仍未能有效解决。财政亏空的财政困局及带来的相关财政货币问题，使得晚清"财政不能承受之重"。"在实业未兴、灾荒频繁之际，增加租税势难收到实效，切实可行的办法是，裁汰不急之务和浮滥之需，然后以节省腾挪之款筹备紧要之事，择要而行之，则重轻得序，渐有成效。如不计财力盈亏而盲目开支，收支差距会越来越大，最终将一事无成。"④

表 6-9　1908 年部分省份财政入不敷出的情况　　　　单位：万两

省份	常年岁入	常年岁出	入不敷出数额
黑龙江	93.3	229	135.7
直隶	2165.8	2357.4	191.6
甘肃	312.1	329	16.9
新疆	317.2	334.6	17.4

---

① 杨端六、侯厚培等：《六十五年来中国国际贸易统计》，中央研究院社会科学研究所专刊第四号（复印件），1931 年，第 75 页。

② 罗玉东：《中国厘金史》（下册），商务印书馆 2010 年版，第 508 页。

③ 周育民：《晚清财政与社会变迁》，上海人民出版社 2000 年版，第 360 页。

④ 申学锋：《转型中的清代财政》，经济科学出版社 2012 年版，第 196 页。

续表

省份	常年岁入	常年岁出	入不敷出数额
江西	756.9	789.5	32.6
安徽	600.6	674.1	73.5
湖北	1654.5	1852.1	197.6
湖南	602.8	642.4	39.6
广西	489	499.2	10.2
云南	601.1	698.3	97.2

资料来源：申学锋：《转型中的清代财政》，经济科学出版社 2012 年版，第 195-196 页。

　　清末光宣时期，西方资本主义国家开始发展到帝国主义阶段，空前的对外掠夺是其主要特征。晚清政府的腐败，半殖民地半封建的社会性质决定了其悲惨的现实命运，先后有甲午战争、八国联军侵华战争、日俄在东北的战争，都使得晚清财政遭到空前浩劫。庚子赔款分 39 年还清，高达 4.5 亿两，年息 4 厘，共支付 982238150 两①，还有各地方的赔款，高达 16886708 两②。"要求中国赔款务达最高限度"③ "这是历史上少有的最够本的战争"④，赤裸裸地昭示其掠夺本性。面对此种财政状况，晚清政府财政收支规模急剧扩大，失衡严重，地方财政也开始全面亏空，解协饷制度趋于崩溃。与此同时，财政摊派⑤成为经常性的筹措资金手段（见附表 4），如摊偿庚子赔款、练兵经费、新政经费等，使得中央与地方政府的矛盾尖锐化，财政体制受到冲击，晚清政府的币制改革想要实行自上而下的彻底变革就成为不可能，也注定了其失败的必然性。

二、光宣时期币制改革及其货币思想的体现

　　自鸦片战争以后，中国社会的近代化转型、社会经济发展在封建势力与帝国主义的双重压力下艰难前行，各种社会问题错综复杂，传统经济思想与近现代经济思想的碰撞，对中国社会发展产生了较大影响。传统财政体制日益瓦解，

---

①　王铁崖：《中外旧约章汇编》（第 1 册），第 1015-1016 页。
②　王树槐：《庚子赔款》，《中央研究院近代史研究所专刊》1974 年第 3 期，第 163 页。
③　瓦德西：《瓦德西拳乱笔记》，王光祈译，上海书店出版社 2000 年版，第 5 页。
④　罗蒙诺夫：《帝俄侵略满洲史》，台湾学生书局 1985 年版，第 18 页。
⑤　摊派就是掌握财政中枢的户部，即后来的度支部在无法指挥拨款的情况下，通过中央政府的命令强迫地方督抚筹解中央政府所需要的款项。

新的财政体制发展尚不成熟，对社会财政金融业的发展造成了极为不利的影响，致"所有完纳钱粮、关税、厘捐一切公款，均专用此项银钱。使补平薪水等弊，扫除净尽，部库、省库收发统归一律"①成为财政体制改革的目标。由此可见，清末"各省所用银钱，式样各殊，平色不一，商民之累"，币制状况混乱，各地私铸泛滥，再加上金贵银贱，使得银钱比价波动厉害，外国银元此时也不断地流入国内市场，更是使币制问题变得复杂。如当时货币市场上，一圆银币达15种之多，半元银币有3种，二角银币有7种，以及一角银币7种，又因外国银元与国内银元存在价格上的差异，使得货币种类繁多，严重阻碍了货币统一与社会经济的发展。此种状况下，进行币制改革也就成为必然，否则经济社会发展会有崩溃之势。

关于币制改革的进行，如前文所述，在19世纪60年代就曾有过尝试，但实施的效果不甚理想，在光绪二十九年（1903年）开始的清末币制改革，试图通过此次币制变革以挽回其统治颓势，维护其统治。自1903年至1911年，其币制改革大约进行了十年左右，以清王朝的覆灭而结束。

第一阶段是币制改革的筹备阶段。以1903年财政处的成立到1905年户部银行的设立为标志，其核心围绕铸造权的统一和纸币的发行权问题而展开。在光绪二十四年（1898年），傅云龙曾上奏疏以建议统一货币铸造，设立铸造银元总局②。晚清政府虽已认识到该问题的严重性，但此时行政权与财权的下移，分权式财政的孕育，政府虽几次禁止地方私铸银元，但均无济于事。在光绪二十九年（1903年）成立财政处，"部库、省库收发各归一律，不准巧立名目，稍涉分歧"③成为财政处成立之后财政职责的依据。在天津设立的铸造总局厂，就是为了统一铸造权，大有集中财权之意，与地方政府争利。"制币与银行相辅而行，非银行则不能畅行各币，此一定之势理"，以此为据，以期"铸造银币，宗旨在于整齐币制，广为推行"，制定"试办银行章程"④，设立银行。光绪三十一年（1905年），户部银行成立，为晚清政府进行币制改革，在政府机构上做出筹备，拉开了持续十年左右的币制改革。

第二阶段是币制改革的实施阶段。从1905年到1908年开始了对本位币的确定，以统一币制。本位币当时确认为一两重银币，其间户部改组为度支部，

---

① 朱寿朋：《光绪朝东华录》，中华书局1958年版，第5013页。
② 耿爱德：《中国货币论》，山西人民出版社2015年版，第796页。
③ 耿爱德：《中国货币论》，山西人民出版社2015年版，第814页。
④ 耿爱德：《中国货币论》，山西人民出版社2015年版，第1037-1042页。

以配合财政与币制改革的进行。度支部拟铸九成七钱二分之银元并银辅币三种，同时，制定了铜元统一铸造章程，试图统一银铜铸币。从实际结果来看，不甚理想。其推行备受阻碍，较为不顺，各省的私铸银元、铜元现象不仅没有减少，反而有增多之势。度支部拟定的章程，备受争议，由此可见，地方政府的权势已经开始有了与中央争利的实力，财政分权代替财政集权已成为历史发展的大势。为此，晚清政府与地方政府就银元重量、成色等问题进行交流之后，再次规定一两重银元为本位币。此时，已是光绪三十四年（1908年），距离开始币制改革已过去五年之久，同年，改户部银行为大清银行，颁"大清银行则例"，规定其"代国家发行纸币之权""有代国家发行银币之责"①。至此，晚清政府关于币制改革终于有了一个关于银铜铸币和纸币发行的初步方案。

第三阶段即币制改革的失败。从1909年至清王朝覆灭，及至币制改革完结，本位币单位就一直处于争论之中，从未中断，致使晚清政府的币制规定也不断变更，结果不仅使紊乱的币制状况未得到改善，反而增加了货币市场秩序的不稳定。同时关于如何处理新币与旧币的问题，以及纸币、本位币、辅币等的兑换问题，虽有币制则例二十四条之规定，但未及实施，清王朝就覆灭了，其币制改革也就此而止。

清末，传统的货币体系银两与制钱制度已不能很好地适应经济社会发展的需要，政府陷于财政困局，因借款而负债累累，货币种类繁多，币制混乱，物价不稳，银钱比价依赖国际汇率而不断波动。为此，清政府实行的币制改革就是其为缓解社会矛盾、维持其统治而进行的一项制度变革，是我国货币史上货币近代化发展的一件大事。

两次鸦片战争之后，闭关锁国之策已不复存在，而大开门户之禁，外国商品与资本大量输入国内，列强纷纷在华设立银行，外国银元也大量充斥中国市场。资本主义国家出于对中国经济财富掠夺的需要，施压清政府，希望其建立一个统一的货币体系。及至清末时期，新兴资产阶级改良派通过对西方经济理论的学习，也迫切希望建立中国近代货币制度，以实现"救亡图存"、民族复兴之大业。货币本是一国主权之象征，但在当时却不得不向列强应允"设法立定国家'律之国币'"②，足见清政府的腐败与丧权辱国。货币制度是一国用法律形式规定的货币流通体系，而晚清政府在进行币制改革时，面临传统货币思

---

① 王方中：《中国近代经济史稿》，北京出版社1982年版，第1045~1046页。

② 杨端六：《清代货币金融史稿》，武汉大学出版社2001年版，第295页。

想与近代货币金融思想的抉择问题，是因循守旧，还是破体创新，成为清政府面临的两难处境。在币制改革中出现的相关争论，也恰恰推动了中国近代货币思想的发展，也是货币思想近代化转型的必经之路。

（一）本位币思想

本位币即应以什么样的金属来充当货币的本位币，有以下几种主张：

第一，实行金本位制。当时西方国家已从银本位制过渡到了金本位制，国际以黄金为通用货币，而晚清政府仍是以银为主要货币，这就造成货币体系与国际不一致，又加上半殖民地半封建社会的性质，晚清政府处于劣势，西方资本主义国家利用政治优势和汇率手段操控国际货币价格，使得国内银钱比价波动不断，列强不断凭此优势对中国进行经济财富掠夺。实行金本位制就可以避免镑亏损耗和因国际汇率变动而造成的损失，以胡橘棻、胡维德、杨宜治、陈炽等为代表。胡橘棻在光绪二十一年（1895 年）上奏疏中提出"设局，自铸金银铜三品钱"[①]、陈炽也提出"定圜法为三品，金钱为上品……银钱为中品……铜钱为下品"[②]的主张。对于当时的实际国情，实行金本位制尚有不妥，对于实行金本位制，就主辅币问题似无定论，对于筹备金币的储备金等问题也无切实可行的应对之策，当时世界主要采用金本位制国家的情况如表 6-10 所示。

表 6-10　当时世界主要国家采用金本位制简表

国家	采用金本位制的时间
美国	1873 年开始采用金本位制
英国	1816 年开始采用金本位制
法国	1874 年限制银币铸造，于 1876 年开始采用金本位制
德国	1871 年开始采用金本位制
俄国	1897 年开始采用金本位制
日本	1897 年采用金本位制
意大利	1874 年开始限制铸造银币，于 1875 年停止自由铸币并开始采用金本位制
印度	1899 年开始采用金汇兑本位制
荷兰	1875 年开始停止自由铸造银币

---

① 中国人民银行总行参事室金融史料组：《中国近代货币史资料第一辑》（下册），中华书局 1964 年版，第 637 页。

② 杨端六：《清代货币金融史稿》，武汉大学出版社 2001 年版，第 718 页。

续表

国家	采用金本位制的时间
芬兰	1876 年开始采用金本位制
瑞士	1874 年开始限制自由铸造银币
瑞典	1873 年开始采用金本位制
挪威	1873 年开始采用金本位制
丹麦	1873 年开始采用金本位制
比利时	1874 年开始限制自由铸造银币

资料来源：孔敏：《南开经济指数资料汇编》，中国社会科学出版社 1988 年版；蒙代尔：《蒙代尔经济学文集（第四卷）》，向松祚译，中国金融出版社 2003 年版。

第二，实行虚金本位制，即金汇兑本位制。这一主张主要是西方资本主义在中国的代表的主张，如赫德、精琪等。他们的动机是从本国利益角度出发，欲控制中国的财政、货币主权，扩大其在华势力，而这也符合外国一贯的对华政策，即建立统一货币之政策。从精琪的《中国新圜法案诠解》中可以看出其用心，让洋人全权处理一切金融相关事宜①。他们的主张遭到了强烈反对，张之洞认为"若定虚金为本位，则危险可虑"②，最后，清政府也否定了此项虚金本位制的提议。

第三，实行金银复本位制。此种主张属折中之法，中国用银的现实国情不容忽视，但实行金本位制带来的利益也不能无视，因此提出行金银并行的复本位制。一种看法是由银本位向金本位逐渐过渡，即先行银本位制，且同时制定金银比价，而后再过渡到金本位制，以赫德、精琪为代表，支持此种观点；另一种看法即金银本位制同时并用，暂时定一金单位货币的重量，但不铸金币，用来吸收市场上的金，随后再定金银比价，逐渐实行金汇兑本位制。此法虽意在解决货币发行、金属货币的储备问题，但其忽视了货币的价值规律。当时还有一种主张，即实行铸造一定重量的金币，依市价波动而涨跌，与银币可以兑换，但不定比价，由市场价格决定，随后逐渐收回一圆银币，再以纸票取而代之，就实现了辅币的直接过渡，即用现在的辅币作为金本位币的辅币③。

① 杨端六：《清代货币金融史稿》，武汉大学出版社 2001 年版，第 328—329 页。
② 中国人民银行总行参事室金融史料组：《中国近代货币史资料第一辑》（下册），中华书局 1964 年版，第 763 页。
③ 张家骧：《中国币制史（第三辑）》，河南人民出版社 2017 年版，第 32 页。

第四，实行银本位制。这一主张最终成为币制改革的实行之法，以张之洞及度支部为代表极力推崇。其依据是中国为传统用银之国，一向以银铜为主要货币，不应立即放弃，而且国家的金储备也不足，行金本位制的条件不成熟，再加上国人生活水平较低，用金仍有不妥。在就本位币问题的争论中，最终以地主阶级为代表的保守派的"银本位制"主张成为清末币制改革的本位币之法，开始了近代货币制度的转型。

（二）货币单位思想

银本位制的确立，使得币制改革进入到一个新的阶段，而货币单位之争也随之而来。

第一，"元""两"之争。传统货币计量单位名称为"两"，且赋税也以"两"为单位计算，也可区别于外国银元，是保守派的主张。而改良派则认为"一两银币，终难行用"①，应用"元"作为货币单位，由于争论难以最终确定致使清廷币制法令反复更改，最终于宣统二年（1910年）确定以"元"作为货币单位的名称。

第二，"一两重"与"七钱二分重"的重量争论。由于清末各省私铸币泛滥，重量不一，大都各自为规，中央政府难以统一，币制改革的一项重要措施即统一重量。盛宣怀主张一两重银币，而刘坤一、张之洞等则主张七钱二分重银币，最终于宣统二年（1910年）规定"中国国币单位，著即定名曰圆，暂就银为本位，以一圆为主币，重库平七钱二分"②。

第三，货币单位成色之争论。货币要在全国流通，就必须统一成色，但因之前各省私铸，成色不一，"以致民间显分畛域，此省所铸，往往不能行于彼省"③，最终于宣统二年（1910年）规定"一元银币重库平七钱二分，含纯银九成，计六钱四分八厘"④。

关于本位币、货币单位的争论，是币制改革不可回避的问题，是新旧币制间的斗争，也是资产阶级改良派与以地主阶级为代表的保守派之间的斗争，也是中国货币近代化转型的必然过程，是传统货币思想与近代货币思想发展的外在表现形式，为以后的币制改革奠定了理论基础。

---

① 魏建猷：《中国近代货币史》，黄山出版社1986年版，第129页。
② 魏建猷：《中国近代货币史》，黄山出版社1986年版，第340页。
③ 魏建猷：《中国近代货币史》，黄山出版社1986年版，第334页。
④ 魏建猷：《中国近代货币史》，黄山出版社1986年版，第336页。

三、晚清币制改革的实践

（一）载泽的货币思想与其币制改革

载泽作为清末时期新政的主要支持者与推动者，且担任度支部尚书，全面参与了晚清政府的币制改革，其币制思想对清末进行的币制改革的影响是很大的。

（1）载泽与银元改革。其一，载泽力主七钱二分，定为银元重量。由于清末各地银元重量不一，且外国银元与各省所铸银元多为库平七钱二分，到了1905年，"拟铸造重库平一两银币，定位本位"①，足见其在本位币制定问题上的摇摆不定。载泽持七钱二分银元之见，以"欲顺商民之习惯，求货币之流通，用一两似不如七钱二分为便"②。载泽认为新铸银元应采用国际通行的以枚为单位的新法，而非以两为单位的旧法。

其二，载泽力主裁撤地方之铸造权，由国家统一铸造银元。面对混乱的币制，地方政府私铸日盛，"所致银元规模绝异，成色分量又不免各有参差，以致民间显分畛域，此省所铸，往往不能行于彼省，仍不如墨西哥银元之南北通行"③。载泽力主将铸造权收归中央，统一铸造银元，主张裁撤各省设立的银元局，由天津造币总厂统一铸造。

其三，载泽力主实行新旧银元的稳定过渡，妥善处理旧银元。旧银元即外来银元以及各省自铸银元，在货币市场上，"内地之银元有限，外来之银元无穷，故收换之功尤以防浸灌为先务"④。载泽力主完善银元制度，而非禁止洋银元的流入，通过市场手段来抵御外来银元，以稳定经济，保护商民的利益。对各省所铸银元，载泽认为应一面照市价逐渐回收，然后改铸；一面约定时限，到期后只准照所铸银元的实值兑换，之后不再流通，以减少市面上货币价值的

---

① 中国人民银行总行参事室金融史料组：《中国近代货币史资料第一辑》（下册），中华书局1964年版，第733页。

② 中国人民银行总行参事室金融史料组：《中国近代货币史资料第一辑》（下册），中华书局1964年版，第753页。

③ 中国人民银行总行参事室金融史料组：《中国近代货币史资料第一辑》（下册），中华书局1964年版，第805页。

④ 中国人民银行总行参事室金融史料组：《中国近代货币史资料第一辑》（下册），中华书局1964年版，第291页。

波动，减少百姓的亏损。

（2）载泽与铜元改革。铜元为弥补制钱的不足而铸，由于其面值大于其实际价值，政府从中获利颇丰，各省纷纷私铸，导致铜元数量泛滥，成色各异，由铜元热变成了铜元之灾。

其一，载泽力主将铜元的铸造权收归中央，治理滥铸之风。各地私铸铜元，致使铜元的样式及成分各异，载泽主张各省停铸的建议也被清廷采纳，但由于各省督抚的反对，"于是停铸之旨几等无效"①，最后直至宣统二年，各省铜元铸造权归天津造币总厂管理，这一状况才得以遏制。

其二，载泽反对地方保护主义，以促进官民行用，以保障铜元的顺利流通。各地私铸铜元的后果就是催生出地方保护，严重阻碍经济社会的发展，其认为"通饬各省督抚，晓谕民间行用铜元，钱粮一律收纳，如有不收铜元之州县，准民控告以便惩办"②，意通过行政手段强制实行，但囿于铜元贬值日盛，这一主张并未能实现。

（3）载泽与纸币发行。在清末币制改革之前，国内金融业的发展也取得了一定成效，但因货币金融体系的缘故，各省银钱号、私商钱庄、典当、票号发行的银票等在市面流通，"信用之良否，市价之高下，亦复互异"③。对此，载泽力主"无论何官商行号，概不准擅自发行，必使纸票于纷纭杂出之时，而立收集权中央之效"④。载泽从纸币发行权入手，限制并禁止官商行号发行，同时确立大清银行纸币发行权，使得纸币发行在清末币制改革中也成为其一项重要举措，但因清王朝的覆灭而未能得以实行。

（二）张之洞的货币思想与晚清币制改革

晚清社会，币制混乱的状况是在传统货币体系近代化转型的过程中出现的，是新旧货币体系在碰撞中必经的过程，但其对百姓造成了严重的影响。传统的银两与制钱货币体制的衰落，同时新的货币体制开始在社会经济中流通，作为封疆大吏的张之洞，对晚清政府的币制改革的作用与贡献是相对较大的一位，是研究晚清币制改革无可回避的关键人物之一，本节就张之洞的币制改革思想与实践做一探讨，以期能够对晚清政府财政体制变革中的币制改革以及中国货

---

① 章宗元：《中国泉币沿革》，《经济学会》1915年，第12页。

② 《泽公条陈疏通铜币》，《申报》，1907年8月30日。

③ 陈度：《中国近代币制问题汇编》，瑞华印务局1932年版，第740页。

④ 沈云龙：《近代中国史料丛刊》（第65辑），文海出版社1971年版，第12页。

币体系近代化转型有一个更为深刻的认识。

（1）银元。银元最初是作为抵御外来银元、维护本国货币的民族主义色彩的货币而在市场上流通的，不同于银两。与之相较，银元不像银两那样，形式、成色、大小各异，银元则是一种稳固的铸币，取代银两是币制改革的一大创新。面对"广东华洋交错，通省皆用外洋银钱，波及广西至闽台、浙江、皖、鄂、烟台、天津所有通商口岸……且粤省所用洋银，皆系旧洋烂货板，破碎霉黑，尤为隐受其方"①，张之洞认为应铸造银元，在各种饷需、税收和商品交易之中，与洋银"一同行用"。他的这一主张得到朝廷认可，随即张之洞在广东试铸银元，希望可以同外国银元相竞争。"洞乃创造银元之人""铸银元自公创之"② 可以肯定张之洞的创银元之功。如果说以上是张之洞办银元与外国银元相竞争以维护国家的货币权益的话，那么其在湖广总督任上的铸造银元就带有币制改革的意义了。他认为制钱短缺，使得经济陷入通货紧缩，希望通过用银元以补制钱之不足，从而解决"钱荒"的问题。于是他开始自铸银元，辅之制钱③，随后此举得到清廷认可，并规定了银元铸造权的统一，更具意义的是银元取得了与银两、制钱一样流通的货币地位，成为通用货币，"使中国币制进入现代化的第一步。"④

（2）铜元。张之洞停铸制钱⑤，决定仿铸铜元，认为"鄂省制钱缺少，亟应仿照试办，以维圜法而便民用。"由于铜元作为名目货币，其币面价值在实际价值之上，若铸造不加限制，就会造成其价值下跌，终致通货膨胀。但由于其发行之初，获利颇丰，成为地方财政收入的一大来源，其结果可见，铜元发行成灾，最终难以维系，于光绪三十四年政府下令停铸铜元。

（3）纸钞票。张之洞对于发行纸钞的币制改革，认为"况古时行钞，银钱聚散，不出中华；今则海禁大开，市舶麇集，我若行钞，钞积于内，银溢于外，是自匮也"⑥，持谨慎之态度。但在面对"钱荒"的问题上，制钱短缺，银元、铜元因材质而受限，张之洞于光绪二十二年开始试办银元官票与官钱票。张之

---

① 《试铸银元台》，《张之洞全集》（第1册），河北人民出版社1998年版，第528-529页。

② 苑书义等：《盛京堂来电》，《张之洞全集》（第10册），河北人民出版社1998年版，第7864页。

③ 《清铸银元折》，《张之洞全集》（第21册），河北人民出版社1998年版，第890-891页。

④ 魏建猷：《中国近代货币史》，黄山出版社1986年版，第127-128页。

⑤ 苑书义等：《机铸钱局暂停铸造》，《张之洞全集》（第5册），河北人民出版社1998年版，第3828页。

⑥ 张之洞：《遵旨议复各臣工条陈时务事宜折》，《张之洞紧要折稿》（第9函），中国社会科学院、近代史研究所图书馆藏档案甲，第182-211页。

洞把纸钞票看作解决制钱短缺的办法，从某种程度上来说，张之洞的币制改革在当时是处于国内币制改革的先行者行列之中的，成为各省效仿的对象。

（4）反对精琪的币制改革方案。近代西方国家都采用金本位制，而晚清政府依然采用的是银本位制，由于国人对汇率问题认识的局限性，常因此而备受亏损，在借款、赔款、商品交易中等因此而多支付白银，如镑亏，晚清政府意识到此种弊端，开始实行币制改革。精琪作为晚清政府邀请的美国金融专家，其在《关于中国新货币体系备忘录》中提出，建议行金本位制。而在光绪二十九年，赫德也曾提出建立虚金本位制，"定准银钱之金价"，建立国家银行，统一经营"国内银钱事件"①。由于当时中国半殖民地半封建的社会性质，赫德与精琪提出的币制改革主张，是站在为帝国主义获取更多在华利益的角度，带有民族主义色彩，张之洞对此持反对意见。

"在中国推行币制改革，事实上是向巨大的既得权益和腐败势力进行全面攻击"② 是外国势力为此而提出的辩护。精琪经过在中国的调研之后，提出《中国新圜法条议》，认为应聘一洋人为司泉官，"总理圜法事务"，然后行"设立圜法，该圜法以能有一定金价之银币为主"③，提出了他的币制改革方案。而张之洞认为"至外国人代掌银币之权，更是万万不可"。④ 更是从国内实际情况全面阐述行金本位制之弊端，以驳斥精琪的币制改革方案，认为"至于行用金币之说，浮慕西法者皆持此议，汲汲劝办。臣愚窃以为不然。……若欲行用金币，不但无金可铸，即有金可铸，亦非所宜。"⑤ 同时提出了"为今之计，画一币制，已与各国商约订有明文，自不可迅速举办"⑥。他的这一主张也得到时人的支持。

至此，精琪的金本位制币制改革在朝廷内遭到拒绝，而之后清廷的币制改革也在人民反对其统治的运动中走向了覆灭。

（三）陈璧的货币思想及其实践

陈璧作为清政府委以重任的官员，在清末的动荡之中，面对金融秩序的混

---

① 中国人民银行总行参事室金融史料组：《中国近代货币史资料第一辑》（下册），中华书局 1964 年版，第 1103 页。

② 《中国货币改革》，《北华捷报》，1905 年 3 月 31 日。

③ 中国人民银行总行参事室金融史料组：《中国近代货币史资料第一辑》（下册），中华书局 1964 年版，第 1128 页。

④ 《致上海吕大臣、盛大臣、江宁魏制台》，《张之洞全集》（第 11 册），河北人民出版社 1998 年版，第 9134 页。

⑤⑥ 苑书义等：《虚定金价改用金币不合情势折》，《张之洞全集》（第 3 册），河北人民出版社 1998 年版，第 1631-1633 页。

乱，对币制改革提出了其货币思想并付诸实践。

其一，整顿铜币。自 1901 年铜元在广东试铸开始，至 1905 年，全国各省私铸铜元成风，且铜元材质减重现象严重，从铜元热到铜元成灾。陈璧作为邮传部尚书，于 1907 年开始巡察全国造币厂，并做了详细精确的统计，其中，各地所铸铜元达 123.8 亿枚，1904 年为 16.9 亿枚，1905 年更是达到了 75 亿枚。他提出若所铸铜元市价跌落严重，就应当立即减铸、停铸，以维持货币价值。同时，要统一铸造，限制铜元所铸数量，将铸币权收归中央，并允许商人对铜元的贩运，以增加铜元在全国货币市场的流通。

其二，创建交通银行，整顿金融业。陈璧在《拟设交通银行摺》中呈述了设立交通银行的理由，认为由交通银行负责轮船、铁路、电报、邮政四个单位的存款、放款、汇兑各项业务，以免受"各银行取利而镑亏之折耗"。同时，可以利用银行来筹措资金，避免举借外债发展交通事业，以期免受制于外国资本。于光绪三十四年（1908 年）在北京成立交通银行。陈璧还主张对国内票号、钱庄等金融业进行整顿，以稳定国内的金融秩序，如当铺，陈璧提出让其恢复营业，以 30 个月为满当，限制其利率，不得随意增减。

第三节 两次币制改革思想的承继与比较

一、两次币制改革思想的承继

自 1840 年鸦片战争以后，闭关锁国之策宣告失败，退出历史舞台，晚清政府被迫开放国门。世界资本主义的发展，其生产力水平的提高明显优于落后的封建式生产力水平，晚清政府对中国社会的统治，以及向半殖民地化的过渡，对中国社会造成了极大的危害。西方列强在国内取得了一系列不平等的条约，对晚清社会经济的入侵，不仅带有资本主义方式的剥削，更是对百姓进行了掠夺式的压榨，使中国社会的各种矛盾日趋复杂化，中国的社会、经济、政治都处于动荡不安之中。

为了缓解财政压力与社会矛盾，维护其统治，在晚清社会历史发展中，先后出现了两次货币改革思潮，引起了关于货币体系变革的两次改革运动。清末的币制改革是在第一次币制改革尝试的基础上的深化，是对晚清社会发展中，清末币制改革的必然性从其社会背景、政治背景、国际社会环境等进行的全面分析研究，故对晚清政府的两次币制改革的承继与比较也就有其必要性。

道光咸丰时期，是晚清社会矛盾激化的重要时期，社会危机、财政危机等对其统治构成了严重威胁，但这一时期的商品经济也有了较大发展。由于参与到全球化贸易之中，因鸦片贸易以及其他不平等贸易致使国内白银大量外流，导致贵金属货币流通极度缺乏，银钱比价波动剧烈，社会发展需要更多的贵金属以满足经济发展、商业资本的周转，从而需要一定量的具有价值符号作用的货币，作为流通中金属货币的补充，以适应经济发展，缓解社会危机。

这个时期货币名目论与金属论的论争，是 19 世纪 60 年代晚清政府对货币改革的尝试，是不彻底的。到了光绪宣统时期，晚清政府面临财政金融危机与政治危机的双重压力，政局处于动荡之中，经过经济近代化发展的几十年，国际环境对国内局势的影响与日俱增。清末金融风潮的打击，使货币体系与世界各国货币本位制不同，在外债及赔款等方面，因汇率问题等因素造成的财政压力也是沉重的，晚清政府为了摆脱此种困境，期望借币制改革的政策措施，来转嫁社会危机，维护其统治。

第一，清末币制改革是第一次币制改革的承接。以银两与制钱为主的货币体系，使得国内对白银的需求量较大，国内的产银量本就不多，致使对国际白银贸易的依赖，使国内银钱比价始终处于波动之中。至清王朝覆灭，银钱比价就未曾稳定过，一直处于波动之中，而且愈演愈烈。与晚清参与到全球化贸易的程度相关联，故两次币制改革是相承接的，是晚清社会近代化进程中，货币体系近代化转变的必然性改革。

19 世纪 60 年代晚清政府对币制改革的初次尝试，揭开了货币体系近代化的序幕。在当时社会上流通的除传统货币外，政府还先后滥铸铜、铁大钱，滥发银票以及宝钞，并强制流通造成了货币混乱，使得金融货币秩序被打破，造成了 1853~1868 年的通货膨胀，使中国的经济发展受到严重阻碍。清末时期，铜元、外国货币、制钱等货币在市场和金融市场流通。这一时期，货币混乱状况与上次相比有过之而无不及，一个显著特征就是国外货币在国内的流通。就币制混乱状况而言，两次币制改革的目标是相承接的，都是为了稳定货币金融体系，使得货币体系能够有序进行。就两次币制改革，从生产力发展的角度来看，都是与生产力水平的发展需要相适应的生产关系而产生的变革，是生产力发展的要求，就此而言，是相承接的。就晚清政府进行币制改革的动机而言，都是为了维护和延续其统治的，对百姓的财富掠夺本性是一贯相承的。

第二，清末币制改革是第一次货币改革的继续。两次币制改革时间上虽有先后，但其对社会造成的影响却是一次胜过一次。前一次币制改革是晚清政府为筹措财政资金、镇压农民运动和应付战争赔款而实行的通货膨胀政策，是一种财政搜刮式的增收手段，进行币制改革只是对其政策的矫枉过正，从其结果来看，并不彻底，至清末的币制改革，这一任务仍未完成。故从一定程度上来看，清末币制改革是第一次改革的继续，以转嫁社会危机、维护其统治为目的。

晚清社会是中国近代化的开始，是近代社会转型的开始，半殖民地半封建社会的性质决定了这个转变是艰难曲折的，两次币制改革的进行，都是生产力水平发展的要求，是社会发展中生产方式的变革，两次币制改革是相承接的，是继续与深化的。但清末局势的不稳定，致使清末币制改革以失败告终，也是历史发展的必然结果，但不能否认其在社会发展中的作用，为以后民国时期的货币改革也奠定了基础。

就货币思想发展而言，是传统货币思想与近代西方经济思想碰撞中，不断融合与发展的继续，如果说前一次币制改革是货币名目论与货币金属论的争论，那么清末的币制改革则是在此基础上，又受到了国际货币金融思想的影响，这是晚清社会不断开放，不断参与到全球贸易化中的结果。

二、两次币制改革思想的比较

晚清社会进行的两次币制改革在中国近代化转变中的作用是很重要的，在两个不同时期都发挥着各自的作用，本节从比较的角度来分析研究两次币制改革对当时社会经济发展的影响。

第一，就两次币制改革时期"银钱比价"的比较分析。"银钱比价"问题是贯穿晚清社会时期的主要货币问题之一，其变化及影响都对当时的社会经济发展产生着重要影响。19 世纪 60 年代的币制改革，其背景是政府为筹措财政资金、镇压农民运动而实行的滥发货币的通货膨胀的政策，搜刮民财，引起币制混乱。政府"以纸代钱""以票代银""以铁代铜"滥发通货，使得新发通货贬值日盛。如"官票一两，京师市商交易仅值制钱八九百文"[①]，如此一来，银

---

① 清代钞档，咸丰六年十二月初七日云南道监察御史李鹤年奏。

价、物价就大幅上涨，通货贬值，使日用物"无不增昂十倍"①，使得"贫民困苦已极"②。

由于通货膨胀的原因，物价上涨，反映在白银和制钱上，就是"银钱比价"变动幅度加大，出现"官能定钱之值，而不能限物之值"③，出现了"银荒"与"钱荒"，使得银价上涨幅度超过了商品价格的上涨幅度。其结果就是使劳动人民的生活状况更加恶化，而使财富集中到了统治者及地主阶级手中，大商人也因此而获利，外国资本主义商人也趁此投机，使得社会矛盾急剧激化，币制改革也就势在必行，否则其统治就会受到威胁，全国各地的农民运动就是很好的证明。

清末时期的"银钱比价"也是处于不断变化之中的，1901～1904年"银贱钱贵"，而1905～1911年则是"银贵钱贱"。从1901年的1：1336到1904年之后的1：1089，最后至"一千八九百文"④。在这一时期，对外贸易增长，白银进口增加，鸦片贸易减少，白银外流得以遏制，国际金融市场金银比价促使白银价格下跌，使得白银大量流入中国，而与此同时，"银价日落，物价日昂，皆由钱少之故"⑤。此时政府征税仍固守"银贵钱贱"时的征收比价，"不随市价升降"，使得百姓受累最甚，"从前银价甚昂，折钱较多，而民不为累。今则银价日贱，折钱照旧，而民已不堪"⑥。

自1905年以后，制钱制度开始走向衰亡，国际上白银价格上涨，国内借款筑路等民族资本主义的发展，对白银的需求日益增多，但经清末金融风潮的打击，此时外国银行紧缩银根，使得这一时期"银贵钱贱"，出现"近代银价陡昂，物值增高……京城市面拮据，商民困苦"。

两相比较可以看出，晚清的货币体系受国际银价影响日甚，而"银钱比价"也作为晚清政府敛财的手段，在不计后果的搜刮之后，激化了社会矛盾，再行改革之策，以转嫁社会危机，历史事实证明，这样的欺压手段最终会以失败告终。

---

① 清代钞档，咸丰八年二月十三日御史陈睿奏。
② 清代钞档，咸丰八年三月十五日钦差大臣黄宗汉片。
③ 清代钞档，咸丰三年十一月二十一日户部侍郎王茂荫奏。
④ 王宏斌：《晚清银钱比价波动与官吏贪污手段》，《中州学刊》1989年第4期，第111～115页。
⑤ 中国人民银行总行参事室金融史料组：《中国近代货币史资料第一辑》（下册），中华书局1964年版，第511页。
⑥ 中国人民银行总行参事室金融史料组：《中国近代货币史资料第一辑》（下册），中华书局1964年版，第586页。

第二，就财政体制角度的分析。第一次币制改革时期，传统的财政体制已开始遭受严重破坏，解协饷制度瓦解，奏销制度松弛，正在向半殖民地半封建社会过渡，国内农民运动对政局产生的冲击是极大的。但是，中央集权制的封建体制仍在维系，虽已出现地方政府分权迹象，但并非严重不可控。"就地筹饷"就是地方政府财权扩张的开始，国家尚保有统一的体制，但财政分权的思想也已开始产生。至清末币制改革，中央政府与地方政府的矛盾已经开始日趋深化，财政分权与争权也愈演愈烈。

以清末铜元为例，中央政府为从中争利，而地方政府希望借机扩权，币制改革就在这样一种局面下孕育，为改善币制混乱，中央政府开始对地方政府铸币进行干预，由此引起了中央政府与地方各省之间矛盾的加深。从中可以看出，随着社会近代化的转型，传统财政体制的破坏，生产关系只有发生变革才能适应生产力的发展，两次币制改革只是体制在社会发展中的两次变革，中央政府与地方各省之间矛盾的一步步加深，以及清王朝的腐朽统治，从其体制内部就已经开始腐烂，其灭亡也就成为必然。

第三，就外国势力干预角度的分析。虽然鸦片战争失败之后，晚清政府的战争赔款成为其财政支出的一大项，而外国资本主义借此签订的一系列不平等条约，取得的"超国民待遇"，对其在国内的经济掠夺大开方便之门。但此时，外国资本主义对于晚清政府货币主权的干预还未能取得，只能借国内币制混乱、经济凋敝进行投机，无法对币制改革进行直接干预。而清末的币制改革，此种界限已然被打破，说明清政府的腐败也成无可挽回之势，败亡的命运也由此注定。这一时期的币制改革，晚期政府已无充足的财力来支撑改革的进行。因此，向帝国主义借款成为此次币制改革的一个重要特征。外国势力开始干涉晚清政府的财政货币主权，币制改革成了国内及外国利益集团博弈的场所。

综上所述，两次币制改革，晚清政府都是从维护其自身的统治出发，面对复杂的社会矛盾，虽有励精图治的决心，但无法摆脱其剥削、压迫人民的本性，从根本上决定了其改革的目的只能是摆脱眼前危机，转嫁社会危机，而无长远的战略考量。第一次币制改革之后，虽出现了洋务运动、戊戌变法等"救亡图存"的运动，但历史经验告诉我们，不从根本上推翻反动统治，中国的近代化转型就无法彻底实现，更无法摆脱帝国主义对中国人民的压迫。各方矛盾的积累再次爆发，颠覆清王朝的统治就成了中国走向现代化的必然选择，是实现民族振兴的必经之路。

第七章
晚清财政困局下货币思想近代化
发展的制约与启示

晚清社会时期，作为中国向近代化转变的过渡时期，其承载的历史是令人深思的，半殖民地半封建社会的性质决定了其特殊性。封建统治者为了维护其统治地位，列强为争夺在华利益而进行的博弈，以及国内各阶层人民间的矛盾，使得这一时期的社会性极其复杂，各种矛盾尖锐化，是中国从封建王权制社会向现代化社会转变过程中所呈现的特殊性。民族利益高于一切，国人也在不断"求富""求强"，以实现民族的复兴。财政体制的变革与币制改革的推进，其作用是不可忽视的，是中国近代化进程中不可或缺的，虽然最后都以失败告终，这其中既有主观因素的作用，又有客观因素的作用，是在外部环境与内部环境的共同作用下，在复杂的社会环境下造成的这一历史事实。

第一节　晚清财政与货币思想发展的主观因素分析

一、制度层面的分析

作为一个社会时期统治者的晚清政府，对当时社会问题负有不可推卸的直接责任。在面对此种"前所未有之变局"时，未能做到高瞻远瞩的战略决策，在面对内忧外患的财政困境与社会矛盾时，选择了消极的应对之策，以"战时财政"为例，不仅未能解决财政困境，反而使清政府的财政陷入了一个恶性循环，为其最终的灭亡埋下了祸根。

晚清社会时期，自给自足的小农经济开始瓦解，商品经济的发展又受到各方势力的打压，如资本主义国家的经济入侵，国内严苛赋税的重压，使得经济的发展变得举步维艰。晚清政府面对这一事实，并未能采取有效的措施来振兴经济，相反，为了维护其统治地位，采取竭泽而渔式的财政政策，如1860年前后的经济通货膨胀，就是政府一手造成的，是为了筹措财政资金而实行的人为的通货膨胀政策。

首先，在货币发行上，没有统一的货币制度，各地方政府间货币发行各异，中央政府没有统一的货币发行权，造成了货币在流通过程中极为不便利，其直接结果就是导致商品流通的阻塞。各地方政府间的关税也成为商品贸易的壁垒，对商品经济的发展，不仅未能起到推动作用，反而因地方政府的"私心"，即财政资金的筹措，而备受阻碍。

其次，银钱比价的波动也是晚清政府进行币制改革要解决的一大问题。没有本位币，主、辅币更无从谈起，使得国内经济发展受银钱比价波动影响极大。而且当时社会被迫开放，国际银价的变化也为资本主义国家所控制，为资本主义国家干预国内经济发展提供了便利。晚清政府由于主权的逐渐沦丧变得极为被动。

最后，晚清政府虽有振兴经济和民族工业的举措，如洋务运动等官办、官民合资等，但仍未能摆脱其为利己而压迫剥削的本性，一切皆以其统治阶级利益为先，民族工业的发展也就在政府剥削和外来经济入侵的侵蚀下，发展极其困难。但从另一方面来看，这些民族工业的发展也对推动中国当时经济发展起到了重要作用。

对于晚清政府的腐朽性，本节从以下几个方面进行分析：

首先，财政运转体制的破坏。解协饷制度作为清代财政体制的核心环节，在晚清社会时期，随着各种财政压力而瓦解，使得晚清政府亟须解决财政体制问题。但是，墨守成规的晚清政府不仅未能寻求到合适的解决之策，而且对地方政府放任"就地筹饷"，终致财政分权逐渐成形，中央和地方政府就财权开始产生矛盾，为后来币制改革的失败埋下了祸根。不过，这也从侧面反映了财政体制在近代化进程中所必经的一个阶段，近现代财政思想开始孕育，如转移支付、财政分权思想等。也正是这些思想的发展，逐渐摒弃了晚清政府的陈旧观念。

其次，封建集权制在清代已发展到顶峰，高度的集权制对经济发展的严重束缚使得资本主义性质的商品经济的发展受到影响。虽然明朝时期中国的资本主义萌芽已有所发展，但到了清代，此种趋势依然未能取代自给自足的小农经济，闭关锁国的政策使清政府失去了世界第一次工业革命带来的经济发展的契机。到鸦片战争以后，被迫参与到全球化的贸易之中，主权逐步丧失，使清政府失去了对经济发展的掌控力。其各项财政体制变革及币制改革失去了应有的王权支持，而变成个利益集团的博弈目标，此种情境下，其失败也就成为必然了。

最后，现代财政分权式体制的萌发。面对地方政府财权的不断扩大，晚清政府从自身利益出发，试图重新调整财政体制，实行制度变革，集中财权，恢复中央的财政权力，以增加财政收入，维护其统治。清末财政清理与变革，就成为了其挽救此颓势的一大手段。首先，就其财政管理体制进行改革。专门设立财政处，对财政管理体制进行整顿，加强对全国财政的控制。就其结果来看，财政处并未能实现其设立之目的，建立一套行之有效的对财政清理与整顿的方案。其次，为立宪做准备，将户部改为度支部，在《度支部清理财政章程》中明确规定了其职责，如度支部下设清理财政处，各省分设清理财政局，以专办财政清理事宜。并试办预算改革，即编制财政预算，整理盐政，并集中铸币权。

为厘清中央与地方的财权，度支部在 1905 年试图划分国家税与地方税，而地方政府在争取财权与利益的驱使下，对中央的财政改革虽然在名义上支持，实则继续争取并强化其权利，并试图使之合法化、固定化。如张之洞"暂予变通，准本省自行限制，随时体察情形，按实在需用之数铸造"①，就是对中央集中铸币权表面支持实则不予奉行的例证。

二、人文理念层面的分析

作为一个有着悠久历史文明的大国，其历史传承对人们思想的影响是极其深刻的。在晚清社会这一特殊时期，其作用也十分明显。

首先，就人文理念而言，"天朝上国"的心态，并未让当时的人们有足够的动机去了解世界，对世界工业革命的了解甚少，对工业经济的发展也没有足够的认识。在世界近代化的发展过程中，逐渐被西方资本主义国家拉开距离，对近代中国的落后，未能有一个及时清醒的预判，致使经济发展落后，使国家处于"被动挨打"的地位。从另一方面来看，也恰恰是此种心态，在民族危机时刻，又激发出人们的民族自信心，以不屈的精神不断努力奋斗。如洋务运动、

① 苑书义等：《张之洞全集》（第 3 册），河北人民出版社 1998 年版。

戊戌变法等一系列"自强"运动表现出的民族自信。

其次，就财政与货币思想而言，这一时期处在传统思想与近代化的财政货币思想相斗争的阶段。传统的财政货币思想已深入人心，但其对现实经济发展的指导作用有限，在很大程度上束缚了近代工业经济的发展。此时，伴随西学东渐的深入，西方国家的近现代财政货币思想开始传入中国，对当时的传统思想造成了很大的冲击，使得这一时期处在两种思想的相互交织与斗争之中，很难在社会上形成思想上的统一，表现在社会层面上就是保守派、洋务派、改良派以及主张推翻清政府统治的革命党等多种主张并存，其结果就是社会矛盾变得复杂化、尖锐化。

思想源于实践，又指导实践，缺乏统一的思想指导，晚清政府进行的财政体制的变革以及币制改革就一直处于争论之中，贯彻执行政府政策也就成为空谈，结果就是只能成为各利益集团进行博弈的场所。此种情况下，这一系列的变革就注定要以失败而告终。

最后，就当时晚清社会对近现代经济发展所需的知识架构而言，仍然有很多不足之处，难以支撑具有近代化转变性质的财政币制改革，如缺乏法律对金融业、商业发展的保护，而且人们的思维意识仍然处于封建时期的法律认识。近现代化的财政货币金融的发展，是在一个极其复杂的社会环境中进行的，社会制度、经济体制等各方面都是一个全方位的考验。所以，这些变革虽以失败告终，但却为中国近代化的发展提供了借鉴意义，为中国的近代化转变奠定了基础。

第二节　晚清财政与货币思想发展的客观因素分析

一、外部环境的分析

随着鸦片战争的开始，晚清政府被迫参与到全球化的贸易之中，成为世界经济发展的一部分，因此，晚清社会发展离不开世界环境的影响，而晚清政府进行的财政体制变革以及币制改革等一系列的生产关系变革也就会受到各方面的影响，包括国内因素和国外因素。

世界第一次工业革命给西方资本主义国家的经济发展带来了高速的原始资本积累，这是以剥削和压迫得来的，又通过贸易进行经济上的再剥削，其工业化水平的提高远超以往。全球化的贸易使得世界各国成为商品贸易的一部分，晚清政府也不例外。

随着鸦片战争的开始，闭关锁国的清政府开始被迫参与到世界贸易之中，其自给自足的小农经济开始瓦解，带有资本主义性质的商品经济发展仍未成熟，在晚清政府严苛的赋税与外国资本主义经济的入侵下，其发展变得举步维艰，而且异常脆弱。列强在华取得的一系列"超国民待遇"，加上晚清政府主权的逐渐丧失，使得其财政体制及币制改革等一系列的体制变革进程备受西方资本主义国家掣肘。它们一方面要维护晚清政府的统治，以维护其在华利益，另一方面又横加阻挠，害怕晚清政府的体制变革取得成功，而损害它们的利益。

在金货币业的发展中，由于当时银两与制钱并行，银钱比价受到国际银价的影响，这就为资本主义国家找到了一个插手中国货币金融行业的手段，以此来控制或者干预中国经济的发展。这就注定了晚清政府的币制改革不能够独立进行，资本主义国家侵略和剥削的本性是不允许晚清政府体制变革取得成功的。

二、内部环境的分析

生产力与生产关系的发展在社会经济发展中起到了重要的作用。晚清社会时期，生产力的发展与当时的生产关系是不相适应的，从而引发的社会变革对当时的社会经济也产生了巨大影响，对中国近代化进程也产生了很大的影响。如太平天国运动等农民战争的爆发，以及与国外侵略者的民族战争等都是对当时生产关系的冲击，更表明当时的统治集团所代表的上层建筑与经济基础之间的矛盾已变得异常复杂和尖锐。

晚清政府所进行的一系列财政体制的变革与币制改革，都是对当时生产关系的一种调整，以期缓和矛盾，促进经济发展，适应生产力发展水平的需要，以维护其统治地位。但是，由于生产力的发展而引发的社会生产关系的变革是一种彻底的社会变革，所经历的时间长短可能不一，但事实证明，晚清政府的生产关系的调整是失败的。在人民群众的推动下，是中国共产党带领人民完成了此次社会生产关系的变革，带领中国人民走上了民族复兴的道路。

清王朝自定鼎中原以来，虽励精图治，有"康乾盛世"之繁华，但自乾隆末年以后，其财政、经济等诸多问题开始显露，加之闭关锁国政策，以自我为中心的"天朝心态"，对世界第一次工业革命的无视，错失了生产力水平大幅提高的机会，而西方资本主义国家却借此机会完成了早期的资本原始积累，生产力与生产方式都有了较大的进步，完成了对封建式生产的清王朝的超越。鸦片战争以后，西方开始了对中国的侵略，对社会经济造成了严重的破坏，加重了清政府的财政危机。社会矛盾的激发，空前规模的农民运动，对晚清政府的财政体制形成了巨大的冲击，使得财政和经济发展一度处于崩溃的边缘。晚清政府为了筹措军费，缓解财政危机，镇压农民起义，赋予了地方政府"就地筹饷"的权力，使得地方督抚的财权不断扩大，而中央集权的财政管理体制开始逐步趋于瓦解，对之后晚清社会的政治、经济等均产生了重大的影响。及至清末，为缓解财政危机与政治运动，进行了"财政改革"，以期挽回其统治的核心地位。就其改革的结果而言，并未产生太大的实际作用，却为中国财政近代化转型及"救亡图存"开辟了新的道路。

（1）财政体制变化的原因。沉重的财政负担是由于巨额的战争赔款以及经济破坏带来的经济水平的下降造成的赋税收入的减少，进而激发了社会矛盾，使得农民起义几乎遍布全国，传统的财政体制在社会动荡之中受到严重冲击，亟须重新调整解决。

首先，就赋税做出调整，对传统的田赋、盐课等主要税种做出调整，以减少农民起义运动所带来的损失。"永不加赋"的祖制，也在咸丰年间开征"田赋酌加"，海运开始取代河运，货币财政的发展有了进一步的需求。

其次，开征厘金，以充财政之需。对商家征交易税，即坐厘；对转运的商品征通过税，即活厘。由此，厘金制度迅速在全国实行，而抽取办法各地不一，混乱不堪，且税率也在不断提高。及至后来，裁撤厘金成为财政体制改革的一个重要组成部分，可见其危害。地方政府的财政收入有很大一部分来自厘金，在裁撤厘金之时，就成了财政体制变革中的既得利益者，也就成了阻碍制度变革的主要阻力之一。

再次，发行纸币，行大钱，劝捐纳，实行通货膨胀的政策，转嫁财政危机。这种方法虽然对缓解眼前的财政危机起到了一定的作用，但实则是将政府一步步推向灭亡的深渊，而且财政体制也因此在不断被侵蚀破坏，逐渐丧失其作用。

最后，清政府举借外债，以应财政之需。西方列强提供借款并不是真正帮助清政府解决财政困局，而是为了获取丰厚的借款利息。一方面助其维护统治秩序，以确保列强的在华利益；另一方面借机干预政局，操控清政府，使得半殖民地半封建的社会性质逐渐形成，给国人带来了严重的灾难性后果。而随着时间的推移，晚清财政体制受其影响也就日益突出。

（2）中央集权制的财政体制的瓦解。清政府为了应对财政困局，同时还要维护其统治，"就地筹饷"之例一开，地方督抚自此也就开始拥有了相对独立的实质性的财权，地方政府与中央财政开始出现分权之势。原有的财政体制受到冲击，解协饷制度瓦解，奏销制度名存实亡。作为全国财政管理体制核心环节的解协饷制度，也由原来的税收入库后再行拨付，变成了在征税之前就由户部先行指拨，以前的留支留储也改为由户部定额指拨①，自此欠解、欠饷成为常例，如左宗棠的西征，因协饷银不足而拖欠官兵饷银②。可见，奏销制度也处于无法正常运行的状况。处于其财政管理体制的中心环节，该种体制制度的破坏，使传统的财政管理体制受到严重破坏，中央与地方开始就财权而产生矛盾，集权制的财政体制开始趋于瓦解，中央与地方政府财权已成分立之势。

（3）货币制度僵化，缺乏创新。晚清社会时期的落后，从外部上看是由于西方列强的入侵与对晚清政府的财富掠夺，使货币制度发展迟滞。在世界工业革命带来的经济发展形势下，已成为一大政策缺陷，为西方列强在金融领域的入侵提供了便利。如镑亏问题、进出口商品结算问题等。西方投机者利用中国的银两与制钱的货币制度进行投机，对中国的货币制度形成了极大的冲击，与世界上大多数国家实行金本位制不同，此时的晚清货币体系缺乏创新，制度僵化，抱残守缺，最终在货币金融领域受到严重冲击时，财政困局进一步恶化，币制改革才因此被提上日程。但此时的晚清政府已经穷途末路，其币制改革也在各方利益集团的博弈下备受阻碍，最终伴随其灭亡而不了了之了。

晚清财政体制的变革是随着社会发展而不断调整的，以满足其统治秩序的需要，两千多年的封建集权式财政体制在近代走向没落，行政权力的下移伴随着财政权力的下移，使得中央政府与地方政府为争夺财权而出现矛盾，由此也开始了近代中国财政分权的近代化转变。也正是由于两者之间的矛盾，使得清末财政改革在没有得到地方政府支持的情况下而宣告失败，与之相应的币制改革也注定了其失败的命运。

---

① 魏兴奇：《清代后期中央集权财政管理体制的瓦解》，《近代史研究》1986年第1期。
② 董蔡时：《左宗棠评传》，中国社会科学出版社1984年版，第108—109页。

第三节　晚清货币思想近代化的思考

一、货币思想近代化发展的经验教训

近代中国货币思想，是在半殖民地半封建的社会性质背景下孕育发展的。民族危亡、国家危亡，开始了"救亡""图存"的运动。在这个过程中，货币思想的发展经历了传统与西方近代货币思想的冲突，传统与要求变革发展之间的思想争论，逐步走向近代化、国际化，道路是曲折的，并非一帆风顺。这个过程充满了各利益集团的博弈，思想争论以及延伸到战争的民族斗争和国内的阶级斗争，而货币思想的近代化转变与发展，为现在人民币的国际化发展提供了历史借鉴和启示。

现代货币政策包括物价稳定、汇率稳定、国际收支平衡，实现经济稳定增长，抑制通货膨胀等多个经济发展目标，是政府为了实现货币管理而实行的货币政策。货币思想是其理论指导，货币政策是货币思想在实践中的表现。适当的货币政策应该具有相对独立性、可靠性，是现代政府货币政策理念所具有的一些基本原则，与晚清社会时期的国情具有明显的不同，故体现的货币思想也不一样。但这并不是说晚清社会时期的货币思想对现在的货币思想发展不具有借鉴意义，相反，作为一个发展阶段，当时货币思想的发展及其指导下的两次币制改革，可以给我们以深思，以史为鉴，避免重蹈覆辙，在深化经济体制改革的同时，推进金融货币体制的发展，为中华民族的伟大复兴助力。

首先，晚清政府货币政策与货币思想的不一致性，导致政府政策凌驾于货币制度之上，任意变更的货币政策极大地扰乱了货币金融市场的稳定性。现代货币体制要求一个相对独立于政府的中央银行体制对全国货币实施管理，依靠货币及市场规律来制定科学、合理的货币政策，以适应经济的发展，这既是西方国家货币体制发展的经验，也是当代货币政策的主流措施。与之相较，晚清社会时期，在财政困局的压力下，政府为了追求利益而无视货币发行规律，制造人为的通货膨胀，进行敛财，任意变更货币政策，体制稳定性难以保证，货币金融秩序就难以正常维持。此种情况下，对这一问题的思想认识应该一分为二地看待，积极的一面是促进了货币思想的争论与发展，对其近代化转变起到了促进作用；消极的一面是这样付出的代价是沉重的，也严重阻碍了社会经济的发展。盲目任意的货币政策是晚清社会时期货币体制的主要特征之一，过于依附政府财政、政治目标，并没有以维护货币稳定为首要任务，其结果就是货币发行的随意性，找不到一套合适的操作依据，最终随着政府覆灭而失败。及至后来的北洋政府、民国政府时期的币制，也是在此基础上不断发展的。史实证明，北洋政府、民国政府都未能解决这一问题。这应该是我们今天货币金融改革进程中引以为鉴的。

其次，在晚清货币体制变革及货币思想的发展中，政府起到了主导与推动的作用。由于封建集权制思想的影响，政府凌驾于货币体系之上，也是导致政府腐败衰亡的重要原因之一，我们也应该从中反思得出教训：

（1）独立的货币体制的重要性。这是现代货币体制的主要特征之一，从货币发行和流通都有严格的秩序性，具有货币法律法规作为保障。将货币体制用法律的规划给予固定化，保证货币政策能够在既定的框架中稳定实施而不破坏货币金融秩序的稳定性。晚清政府的封建集权制特征，决定了其政府政策的权威性，将货币政策视为财政政策的一个组成部分，没能意识到货币的独立性，后来的北洋政府、民国政府也是如此。这就说明，即使有了币制变革的创新，没有法律的规定，或者说政府的权利至上，使得政策朝令夕改，其失败的结果也就注定了。所以说独立的货币制度的重要性是不言而喻的，法律化的道路是在血与泪的历史经验教训中发展总结而来的。

（2）政策协调性的重要性。现代货币制度以独立的央行制度为基础，从制度上保证中央银行的独立性，有利于实现货币币值的稳定性，进而控制货币的通货膨胀。但是由于经济发展的复杂性，单纯地依赖一种政策是难以稳定经济的，这是普遍认可的。在保持其独立的基础之上，与其他政策协调配合，才能最终实现经济发展目标。晚清政府的货币政策完全依附于财政，其币制改革也是以解决财政困局为目标，从属于财政，而非与财政政策协调配合，把货币政策作为解决困境的急救工具，其失败的结果也是必然的。晚清政府币制改革的失败，也从侧面说明了货币政策与其他政策应该协调配合，才能在经济运行中发挥积极意义。

晚清货币思想的近代化发展，综合前文所述，基本上以近代化转变为主要形式，以追求民族独立、富强为目标，在社会转型的大背景下，货币思想也在争论与发展中实现着近代化转变。货币体制是任何社会经济形式都无法回避的，随着中国传统的自然经济的破产，西方近代商品经济的发展对晚清社会的冲击，晚清社会转型就成为了这一时期的大背景，兼具经济、商品经济以及部分市场经济的特征，而货币作为交换的媒介，在如此复杂的环境下，没有一个稳定、有效的货币政策是难以支撑社会经济的发展的。

事实证明，晚清政府的币制改革是失败的，但是其在货币思想近代化转变中的作用是值得思考的。在传统的货币思想影响日渐减少、西方货币思想不断传入的背景下，商品经济的发展对币制革新的要求也就呼之欲出了。突破传统的以"天朝上国"自居的思想，开始以国际化的视野，审视自身的发展问题，学习借鉴西方经验，来实现民族独立的目标。如清末关于本位制思想的讨论与当时的币制改革，说明晚清政府开始在国际政治舞台上寻找解决自身需要的"政策借鉴"。

二、货币思想近代化的意义与启示

自鸦片战争之后，中国开始了艰难的社会转型，从封建集权制的传统经济，开始被迫参与到全球化贸易中，社会体制发生改变的同时，货币思想的变迁也开始逐渐向近代化发展，以适应新经济形势发展的需要。而当今世界经济一体化已成为必然趋势，中国的改革开放政策使得中国的货币金融政策也变得比以往更加开放，以自信、积极的姿态走向世界。

回顾百年中国近代货币思想的发展，从货币主权、货币本位制、金银货币贸易到币制改革等方面对货币思想的发展进行研究和思考，从中探求其发展变化的经过、原因，以期从中得到经验教训，借古鉴今，对当下货币金融发展提供历史借鉴。

从货币制度发展的过程中不难发现，推动晚清政府货币变革的动力来源于主权沦丧下，政权与财权双重压力下的政治危机，以及民族自救的危机感。货币体制的近代化转变具有不同于传统货币体制变革的特色，本位制度作为货币体制的基础，其本位制思想的争论也始终伴随晚清币制变革的始末，故对货币本位制的选择也就成为货币思想近代化探索的一个主要课题与任务。史实证明，晚清货币变革虽然以失败结束，却为后来北洋政府、民国政府的币制改革奠定了社会实践和思想理论基础。如何客观评价晚清货币思想近代化，本书主要从其历史意义以及对现在人民币走向国际化的启示进行一些思考。

（一）对时代发展的借鉴意义

晚清社会时期货币思想的近代化发展，即使是对现在进行的经济体制改革，对中国社会主义建设的借鉴意义也是极大的。

首先，就货币本性而言，其作为商品交易的媒介，关系到国家经济发展的方方面面，进行币制变革是对整个社会经济的重大考验。实践是检验真理的唯一标准，货币思想的近代化转变，在理论层面反映了当时的货币状况。对货币进行变革，必然会影响到原有的货币流通秩序，影响到经济和民生问题，从上文对晚清政府两次币制改革和财政困局的论述即可窥见一斑。由于中国地区发展的不平衡性，货币在各地均有不同，其结果就币制变革所带来的影响就各不相同。对东南地区的外贸与经济发展起到了一定的促进作用，反观内陆，传统的货币金融体制，如银钱、制钱等仍占据主导地位，这就导致了货币在全国不能形成一个统一有效的金融市场秩序，货币稳定性也就此打破，为经济发展的不平衡性、社会阶级矛盾的爆发等埋下了隐患。

当下，货币金融体制变革的深化应当以此为鉴，改革开放取得的成就是有目共睹的，虽然历史环境不同，造就的结局也不一样，我们也应该在历史的教训中吸取经验，我们有充分的信心相信党和国家政策的前瞻性和有效性。从历史发展的角度审视和思考，对现下的货币金融改革具有历史警醒和借鉴意义。

其次，晚清货币思想的近代化发展，是伴随西方近代货币思想的传入、传统货币思想的阻挠、商品经济发展的需求等多方博弈不断突破、发展的。近代中国半封建半殖民地的社会特征决定了在这一特殊国情下，货币思想近代化转变的过程是不可能独立而不受外来势力干扰的。货币的产生和国家政治密不可分，货币就是国家权力直接或间接的体现，其所形成的货币金融秩序本身也受到政治活动的强烈影响。从某种程度上说明货币思想的近代化发展，也是国家政策的体现，是与国家发展休戚相关的。

时下，国际化的开放政策已远超晚清社会时期，虽然与当时的国际地位相较已今非昔比，但货币思想和货币政策的发展也仍有必要从历史中吸取经验。从自身国情出发，选择适合自己的政策，以对社会主义建设能起到积极作用为目标，警惕晚清时期"精琪式"的外籍专家的币制改革意见，发展独立自主的、能够为社会主义经济建设服务的货币思想，借鉴历史经验，为中华民族的伟大复兴助力。

（二）对当代货币金融发展的启示

尽管当代中国的国情与晚清时期已经有了极大的不同，国际开放的环境却在进一步深化，全球一体化的经济对以人民币为中心的中国货币金融也是极大的挑战。如何建立价值取向、完整体制建设、合理安排与实施货币政策，都远超当时的晚清政府。人民币参与到全球国际化贸易中已成为必然趋势，服务于中国的国际化贸易和投融资在全球的开展和进行，作为中国的法定货币，其国际化发展引人关注，同时也应该借鉴历史经验。

首先，健全的法律法规对人民币的意义。从社会体制角度考虑，晚清政府属于封建集权制，其政策制定缺乏必要的约束，尤其是其所处的历史时代，半封建半殖民地的社会性质，各方利益集团的博弈，各种矛盾的复杂化，都决定了其币制改革失败的必然性。但从中我们应该看到，晚清政府自身的问题，即政策制定的随意变更性，使得其币制改革难以贯彻实施，不仅无法重塑货币金融秩序，反而进一步打破了货币金融市场的稳定性，货币法律法规的重要性此时也就显现了。健全货币相关法律可以保障货币金融市场的稳定，近代西方国家也是以此来保障其金融市场稳定的。但是对于集权制的晚清政府来说，却是难以做到的，皇帝的威严是难以放弃的。这就从中给我们以启示，货币法律之于货币变革的重要性给人民币国际化、货币金融体制深化改革提供了历史借鉴。

其次，主权独立对货币金融发展的意义。在中国共产党的领导下，实现了民族解放与独立，这是值得我们每一个中国人骄傲与自豪的，主权的意义与作用，不仅使我们国家能够以平等自主的形态参与到国际贸易的合作与发展中，也能够不受外来势力干预，独立自主地发展。晚清货币思想近代化的一个重要历史教训就是货币是一个国家经济发展、社会稳定的重大问题，从某种程度上来说，失去了货币的自主权利，其稳定货币金融秩序的作用也就令人堪忧了。即使在当今的中国也依然是适用的，如自 2006 年以来，美国及欧洲等国以人民币对外汇率估值过低为由，希望借此干预人民币汇率机制，对之前中国单一管理的浮动汇率制度提出质疑，中国的人民币汇率改革与升值也就此开始。货币自主权，就是说汇率决定制度应该由我们自己决定，是升值还是贬值，不应该受迫于外国压力，这是在血与泪的历史中得出的经验教训。只有保证了独立自主的权利，人民币国际化才会顺利进行，才能够实现中华民族的伟大复兴。

参考文献

［1］清实录［M］. 北京：中华书局，1986.

［2］乾隆敕. 清朝文献通考［M］. 杭州：浙江古籍出版社，2000.

［3］清会典［M］. 台北：文海出版社，1994.

［4］刘锦藻. 清朝续文献通考［M］. 北京：北京古籍出版社，1985.

［5］何良栋. 皇朝经世文四编［M］. 台北：文海出版社，1966.

［6］徐珂. 清稗类钞［M］. 北京：中华书局，1981.

［7］朱寿朋. 光绪朝东华录［M］. 北京：中华书局，1958.

［8］麦仲华. 皇朝经世文新编［M］. 上海：上海炼石书局，1902.

［9］赵尔巽. 清史稿［M］. 北京：中华书局，1977.

［10］中国人民银行总行参事室金融史料组. 中国近代货币史资料［M］. 北京：中国金融出版社，1964.

［11］中国人民银行参事室. 中国清代外债史资料［M］. 北京：中国金融出版社，1991.

［12］北京图书馆出版社影印室. 清末民国财政史料辑刊［M］. 北京：国家图书馆出版社，2007.

［13］萧清. 中国近代货币金融史简编［M］. 太原：山西人民出版社，1987.

［14］严中平. 中国近代经济史统计资料选辑［M］. 北京：科学出版社，1955.

［15］故宫博物院. 清代外交史料［M］. 台北：成文出版社，1968.

［16］王先谦，朱寿鹏. 东华录［M］. 上海：上海古籍出版社，2008.

［17］陈度. 中国近代币制问题汇编［M］. 上海：上海瑞华印务局，1932.

［18］姚贤镐. 中国近代对外贸易史资料（1840-1895）［M］. 北京：中华书局，1962.

［19］中国经济研究所. 新币制——金圆券［M］. 北京：华夏图书出版公

司，1948.

[20] 清内府．钦定大清会典事例［M］．台北：新文丰出版公司，1985.

[21] 诸家．道咸同光四朝奏议［M］．台北：商务印书馆，1970.

[22] 朱寿朋．光绪朝东华录［M］．北京：中华书局，1958.

[23] 罗玉东．中国厘金史［M］．北京：商务印书馆，1936.

[24] 何烈．厘金制度新探［M］．台北：商务印书馆，1972.

[25] 贾士毅．民国财政史［M］．北京：商务印书馆，1917.

[26] 贾士毅．民国续财政史［M］．北京：商务印书馆，1934.

[27] 吴兆莘．中国税制史［M］．北京：商务印书馆，1937.

[28] 周伯棣．中国财政史［M］．上海：上海人民出版社，1981.

[29] 彭泽益．十九世纪后半期的中国财政与经济［M］．北京：人民出版社，1983.

[30] 吴承明．市场·近代化·经济史论［M］．昆明：云南大学出版社，1996.

[31] 李龙潜．明清经济史［M］．广州：广东高等教育出版社，1988.

[32] 杨荫溥．民国财政史［M］．北京：中国财政经济出版社，1954.

[33] 李泽厚．中国近代思想史论［M］．北京：人民出版社，1979.

[34] 杜拘诚．民族资本主义与旧中国政府（1840—1937）［M］．上海：上海社会科学院出版社，1991.

[35] 傅衣凌．明清社会经济史论文集［M］．北京：人民出版社，1982.

[36] 北京经济学院财政教研室．中国近代税制概述［M］．北京：北京经济学院出版社，1988.

[37] 郑学檬．中国赋役制度史［M］．上海：上海人民出版社，2000.

[38] 孙栩刚，董庆铮．中国赋税史［M］．北京：中国财政经济出版社，1987.

[39] 中国财政史编写组．中国财政史［M］．北京：中国财政经济出版社，1987.

[40] 许涤新，吴承明．中国资本主义发展史［M］．北京：人民出版社，1990.

[41] 何平．清代赋税政策研究［M］．北京：中国社会科学出版社，1998.

[42] 张连红．整合与互动：民国时期中央与地方财政关系研究［M］．南京：南京师范大学出版社，1999.

[43] 卢现祥. 西方新制度经济学 [M]. 北京：中国发展出版社，1996.

[44] 林红玲. 制度、经济效率、收入分配 [M]. 北京：经济科学出版社，2002.

[45] 林满红. 银线：19 世纪的世界与中国 [M]. 南京：江苏人民出版社，2016.

[46] 朱为群. 消费课税的经济分析 [M]. 上海：上海财经大学出版社，2001.

[47] 周志初. 晚清财政经济研究 [M]. 济南：齐鲁书社，2002.

[48] 张维迎. 博弈论与信息经济学 [M]. 上海：三联书店，2002.

[49] 朱柏铭. 公共经济学 [M]. 杭州：浙江大学出版社，2002.

[50] 袁振宇，朱青，何乘才，等. 税收经济学 [M]. 北京：中国人民大学出版社，1995.

[51] 张仲礼. 中国近代经济史论著选译 [M]. 上海：上海社会科学院出版社，1987.

[52] 赵丰田. 晚清五十年经济思想史 [M]. 北京：哈佛燕京学社，1939.

[53] 胡寄窗. 中国近代经济思想史大纲 [M]. 北京：中国社会科学出版社，1984.

[54] 赵靖. 赵靖文集 [M]. 北京：北京大学出版社，2002.

[55] 赵靖. 中国近代经济思想史讲话 [M]. 北京：人民出版社，1983.

[56] 赵靖. 中国经济思想通史 [M]. 北京：北京大学出版社，2002.

[57] 赵靖. 中国经济思想通史续集 [M]. 北京：北京大学出版社，2004.

[58] 蒋自强，张旭昆. 经济思想通史（第3卷）[M]. 杭州：浙江大学出版社，2003.

[59] 侯厚吉，吴其敬. 中国近代经济思想史稿（第二册）[M]. 哈尔滨：黑龙江人民出版社，1983.

[60] 马涛. 经济思想史教程 [M]. 上海：复旦大学出版社，2002.

[61] 马伯煌. 中国近代经济思想史 [M]. 上海：上海社会科学院出版社，1988.

[62] 叶世昌. 近代中国经济思想史 [M]. 上海：上海人民出版社，1998.

[63] 张汝伦. 现代中国思想研究 [M]. 上海：上海人民出版社，2001.

[64] 张岂之，谢阳举. 中国思想史论集 [M]. 桂林：广西师范大学出版社，2008.

［65］麻天祥．中国近代学术史［M］．长沙：湖南师范大学出版社，2001．

［66］吴雁南．中国近代社会思潮（第一卷）［M］．长沙：湖南教育出版社，1998．

［67］汪荣祖．从传统中求变——晚清思想史研究［M］．南昌：百花洲文艺出版社，2002．

［68］喻大华．晚清文化保守思潮研究［M］．北京：人民出版社，2001．

［69］马敏，朱英．中国经济通史第八卷（下册）［M］．长沙：湖南人民出版社，2002．

［70］梁方仲．中国历代户口、田地、田赋统计［M］．上海：上海人民出版社，1980．

［71］赵闪，陈钟毅．中国土地制度史［M］．北京：新星出版社，2006．

［72］许漆新，吴承明．中国资本主义发展史（第一卷）［M］．北京：人民出版社，2003．

［73］汪敬虞．中国近代经济史（上册）［M］．北京：经济管理出版社，2007．

［74］汪敬虞．中国资本主义的发展与不发展［M］．北京：经济管理出版社，2007．

［75］阮小莉．货币金融学［M］．成都：西南财经大学出版社，2009．

［76］戴一峰．近代中国海关与中国财政［M］．厦门：厦门大学出版社，1993．

［77］汤象龙．中国近代海关税收和分配统计［M］．北京：中华书局，1992．

［78］徐义生．中国近代外债史统计资料［M］．北京：中华书局，1962．

［79］汤象龙．中国近代财政经济史论文选［M］．成都：西南财经大学出版社，1987．

［80］陈光炎，熊良春．《中国财政思想史》教学参考资料［M］．武汉：中南财经大学财金系财税史教研室、资料室，1987．

［81］张素秋．当代经济新术语［M］．北京：中国财政经济出版社，1990．

［82］萧清．中国近代货币金融史简编［M］．太原：山西人民出版社，1987．

［83］叶世昌．中国货币理论史［M］．厦门：厦门大学出版社，2003．

［84］张家骧．中国货币思想史［M］．武汉：湖北人民出版社，2001．

[85] 赵兰坪. 货币学（第三版）[M]. 南京：正中书局，1939.

[86] 千家驹，郭彦岗. 中国货币演变史 [M]. 上海：上海人民出版社，2014.

[87] 王宏斌. 清代价值尺度：货币比价研究 [M]. 北京：生活·读书·新知三联书店，2015.

[88] 燕红忠. 中国的货币金融体系（1600～1949）[M]. 北京：中国人民大学出版社，2012.

[89] 彭信威. 中国货币史 [M]. 上海：上海人民出版社，1965.

[90] 叶世昌. 鸦片战争前后我国的货币学说 [M]. 上海：上海人民出版社，1963.

[91] 杨端六. 清代货币金融史稿 [M]. 北京：生活·读书·新知三联书店，1962.

[92] 魏建猷. 中国近代货币史 [M]. 黄山：黄山出版社，1986.

[93] 萧清. 中国古代货币思想史 [M]. 北京：人民出版社，1986.

[94] 董蔡时. 左宗棠评传 [M]. 北京：中国社会科学出版社，1984.

[95] 吴庆坻. 蕉廊脞录 [M]. 北京：中华书局，1990.

[96] 苑书义. 张之洞全集 [M]. 石家庄：河北人民出版社，1998.

[97] 梁启超. 饮冰室合集·文集 [M]. 北京：中华书局，1989.

[98] 郑振铎. 晚清文选 [M]. 北京：中国社会科学出版社，2002.

[99] 献可. 近百年来帝国主义在华银行发行纸币概况 [M]. 上海：上海人民出版社，1958.

[100] 陆贽. 陆宣公奏议全集 [M]. 北京：商务印书馆，1935.

[101] 徐鼐. 未灰斋文集 [M]. 台北：文海出版社，1970.

[102] 陈炽. 续富国策 [M]. 北京：朝华出版社，2018.

[103] 林则徐. 林文忠公政书·乙集·湖广奏稿 [M]. 北京：商务印书馆，1935.

[104] 魏源. 魏源集 [M]. 北京：中华书局，1980.

[105] 严复. 原富 [M]. 北京：商务印书馆，1931.

[106] 岩井茂树. 中国近代财政史研究 [M]. 北京：社会科学文献出版社，2011.

[107] 黄天华. 中国财政制度史 [M]. 上海：格致出版社，2017.

[108] 贾康，申学锋，柳文，等. 中国财政制度史 [M]. 上海：立信会计

出版社，2019.

［109］刘秉麟．近代中国外债史稿：中国财政小史［M］．武汉：武汉大学出版社，2007.

［110］彭立峰．晚清财政思想史［M］．北京：社会科学文献出版社，2010.

［111］何平．传统中国的货币与财政［M］．北京：人民出版社，2019.

［112］曹天生．王茂荫集［M］．北京：中国档案出版社，2005.

［113］程霖．中国近代银行制度建设思想研究（1859-1949）［M］．上海：上海财经大学出版社，1999.

［114］兰日旭．中国近代银行制度变迁及其绩效研究［M］．北京：中国人民大学出版社，2013.

［115］沈垚．落帆楼文集［M］．北京：文物出版社，1987.

［116］王尔敏．中国近代思想史论［M］．台北：华世出版社，1977.

［117］全汉昇．中国经济史研究［M］．北京：中华书局，1976.

［118］梁章巨．退俺随笔［M］．新北：广文书局，1967.

［119］魏源．海国图志［M］．台北：成文出版社，1967.

［120］左宗棠．左文襄公全集［M］．台北：文海出版社，1964.

［121］包世臣．安吴四种［M］．台北：文海出版社，1968.

［122］冯桂芬．显志堂稿［M］．台北：文海出版社，1981.

［123］何木方．清代商税制度刍议［J］．社会科学研究，1987（1）：55-64.

［124］赵有芳．中国近代厘金制度之管见［J］．沈阳师范学院学报，1989（2）：6.

［125］黄文模，赵云旗，刘翠微．晚清厘金制产生的年代及其社会危害研究［J］．现代财经，2002，20（3）：62-64.

［126］杨华山．论中国近代早期改良派的"裁厘加税"思想［J］．辽宁大学学报，2002，30（1）：4.

［127］范继忠．郭嵩焘与厘金制略议［J］．清史研究，2000（2）：72-78.

［128］刘梅英．厘金制度和子口税制度比较浅议［J］．学术论坛，1998（4）：99-102.

［129］俞志生．晚清"厘金"起源新探［J］．学术研究，1992（6）：99-101.

［130］陆景琪．试论清代厘金制度［J］．文史哲，1957（2）：49-57.

［131］黎浩．试论南京国民政府的裁厘改税［J］．历史教学，1998（8）：29-31.

[132] 陈锋. 清代中央财政与地方财政的调整 [J]. 历史研究, 1997 (5): 99-113.

[133] 陈锋. 清代财政支出政策与支出结构的变动 [J]. 江汉论坛, 2000 (5): 60-70.

[134] 朱英. 晚清政治改良中的地方与中央 [J]. 战略与管理, 1995 (2): 6.

[135] 陈勇勤. 晚清的经济变革与难题 [J]. 学术界, 1997 (4): 36-41.

[136] 周育民. 19世纪60—90年代清朝财政结构的变动 [J]. 上海师范大学学报, 2000, 29 (4): 9.

[137] 周育民. 甲午战后清朝财政研究 (1894—1899) [J]. 中国经济史研究, 1989 (4): 88-103.

[138] 周育民. 清王朝覆灭前财政体制的改革 [J]. 历史档案, 2001 (1): 90-97.

[139] 李永春. 郭嵩焘与晚清厘金 [J]. 史学月刊, 2001 (3): 6.

[140] 北洋财税制度研究课题组. 北洋时期中央与地方财政关系研究 [J]. 财政研究, 1996 (8): 59-63.

[141] 魏光奇. 清代州县财政探析 [J]. 首都师范大学学报, 2000 (6): 13-17.

[142] 彭泽益. 清代财政管理体制与收支结构 [J]. 中国社会科学院研究生学报, 1990 (2): 48-59.

[143] 许檀, 经君健. 清代前期商税问题新探 [J]. 中国经济史研究, 1990 (2): 87-100.

[144] 何平. 论清代赋役制度的定额化特点 [J]. 北京社会科学, 1997 (2): 130-137.

[145] 邓绍辉. 晚清赋税结构的演变 [J]. 四川师范大学学报 (社会科学版), 1997 (4): 105-113.

[146] 彭雨新. 清代田赋起运存留制度的演进 [J]. 中国经济史研究, 1992 (4): 126-135.

[147] 申义植. 试论张睿关于厘金税的思想 [J]. 江海学刊, 1996 (6): 126-131.

[148] 张神根. 清末国家财政、地方财政划分评析 [J]. 史学月刊, 1996 (1): 52-55.

[149] 周武，张雪蓉．晚清经济政策的演变及其社会效应 [J]．江汉论坛，1991（3）：64-68.

[150] 申学锋，张小莉．近十年晚清财政史研究综述 [J]．史学月刊，2002（9）：125-131.

[151] 王海龙，杨建飞．清朝解协饷制度中的现代财政思想研究 [J]．广西社会科学，2016（7）：5.

[152] 孙圣民，徐晓曼．经济史中制度变迁研究三种范式的比较分析 [J]．文史哲，2008（5）：8.

[153] 关晓红．清季外官改制的"地方"困扰 [J]．近代史研究，2010（5）：4-30.

[154] 关晓红．种瓜得豆：清季外官改制的舆论及方案选择 [J]．近代史研究，2007（6）：21-40.

[155] 刘增合．鸦片税收与清末兴学新政 [J]．社会科学研究，2004（1）：118-124.

[156] 刘增合．清季中央对外省的财政清查 [J]．近代史研究，2011（6）：22.

[157] 戴一峰．晚清中央与地方财政关系：以近代海关为中心 [J]．中国经济史研究，2000（4）：57-71.

[158] 黄广廓．了口税述论 [J]．郑州大学学报（哲学社会科学版），1988（3）：103-110.

[159] 张旭昆．论制度的均衡与演化 [J]．经济研究，1993（9）：65-68.

[160] 张旭昆．制度变迁的成本—收益分析 [J]．经济理论与经济管理，2002（5）：13-17.

[161] 杨灿明，邱彬．浅析地方财政的制度创新 [J]．湖北财税，1997（5）：5-6.

[162] 黄少安，刘海英．制度变迁的强制性与诱致性 [J]．经济学动态，1996（4）：60-63.

[163] 苏明吾．制度变迁中地方政府经济行为分析 [J]．经济经纬，2000（2）：28-31.

[164] 徐到稳．《钞币刍言》作者王鎏交游考 [J]．清史论丛，2019（1）：27.

[165] 叶世昌．王鎏的名目主义货币学说 [J]．学术月刊，1962（7）：53-56.

[166] 汤象龙. 鸦片战争前夕中国的财政制度 [J]. 财经科学, 1957 (1)：35.

[167] 彭泽益. 清代财政管理体制与收支结构 [J]. 中国社会科学院研究生院学报, 1990 (2)：48-59.

[168] 刘增合. 西方预算制度与清季财政改制 [J]. 历史研究, 2009 (2)：82-105.

[169] 贾熟村. 震动晚清政局的云南报销案 [J]. 史学月刊, 2005 (11)：22-25.

[170] 刘伟. 晚清"就地筹款"的演变和影响 [J]. 华中师范大学学报 (人文社会科学版), 2000 (2)：79-85.

[171] 汪林茂. 清咸同年间筹饷制度的变化与财权下移 [J]. 杭州大学学报 (哲学社会科学版), 1991 (2)：118-126.

[172] 何瑜. 晚清中央集权体制变化原因再析 [J]. 清史研究, 1992 (1)：68-77.

[173] 贾允河. 清朝钱粮亏空的财政制度根源 [J]. 西北师范大学学报 (社会科学版), 1998 (1)：11-15.

[174] 何平. 清代不完全财政制度下的赋税负担与税收失控 [J]. 税务研究, 2002 (2)：77.

[175] 魏光奇. 清代州县财政探析 (上) [J]. 首都师范大学学报 (社会科学版), 2000 (6)：13-17.

[176] 张振鹍. 晚清十年间的币制问题 [J]. 近代史研究, 1979 (1)：249-287.

[177] 郑友揆. 19 世纪后期银价、钱价的波动与我国物价及对外贸易的关系 [J]. 中国经济史研究, 1986 (2)：27.

[178] 汪敬虞. 关于鸦片战后十年间银贵钱贱影响下中国对外贸易问题的商榷 [J]. 中国经济史研究, 2006 (1)：10.

[179] 邓绍辉. 论甲午战后清政府币制改革及失败原因 [J]. 四川师范大学学报 (哲学社会科学版), 1999 (2)：9.

[180] 叶世昌. 晚清关于本位制度的讨论 [J]. 中国钱币, 1992 (4)：23-28.

[181] 彭泽益. 鸦片战后十年间银贵钱贱波动下的中国经济与阶级关系 [J]. 历史研究, 1961 (6)：43-71.

[182] 杨胜勇. 清道光末年"银贵钱贱"加剧原因探析 [J]. 学术探索,

2001（4）：88-90.

［183］郝延平．晚清沿海的新货币及其影响［J］．近代史研究所集刊，1978（7）：225-240.

［184］李跃．清朝纸币的发行与流通［J］．东方博物，2006（4）：100-105.

［185］石书平．清代银钱比价关系探微［J］．辽宁师范大学学报（社会科学版），1999（6）：73-75.

［186］张九洲．论清末财政制度的改革及其作用［J］．河南大学学报（社会科学版），2002，42（4）：7.

［187］冯郁．近代中国货币的统一进程［J］．史学月刊，2002（8）：126-128.

［188］丘凡真．精琪的币制改革方案与晚清币制问题［J］．近代史研究，2005（3）：27.

［189］王德泰．关于鸦片战争前银贵钱贱变化的探索［J］．西北师范大学学报（社会科学版），1995（4）：3.

［190］郑起东．晚清私铸及其社会经济影响［J］．近代史研究，1995（4）：17.

［191］王宏斌．晚清银钱比价波动与官吏贪污手段［J］．中州学刊，1989（4）：111-115.

［192］王宏斌．林则徐关于"银贵钱贱"的认识与困惑［J］．史学月刊，2006（9）：35-41.

［193］张玉．从束鹿县张氏家族契约文书看清代直隶农村的银钱流通［J］．中国农史，2005，24（1）：7.

［194］姚会元．中外钱币交流及西方银元流入对中国货币近代化的影响［J］．福建论坛（人文社会科学版），2006（6）：39-43.

［195］许檀．明清时期农村集市的发展［J］．中国经济史研究，1997（2）：21-41.

［196］陈艳红．从晚清经济立法分析近代中国经济制度结构［J］．兰台世界，2014（6）：2.

［197］薄婧方，薄善祥．王鎏货币主张理论的经济学分析［J］．商业时代，2012（11）：81-82.

［198］邢志宇．道咸年间币制争议——兼谈王茂荫的货币观［J］．理论观察，2019（10）：84-87.

[199] 楼一飞. 王茂荫纸币思想新论 [J]. 清华大学学报（哲学社会科学版），2008（6）：52-59.

[200] 王涛. 也谈王茂荫《再议钞法折》——兼论对文献的辨析 [J]. 兰州学刊，2007（5）：185-186.

[201] 曹天生. 本世纪以来国内王茂荫研究述评 [J]. 古籍研究，1998（4）：118-125.

[202] 段西宁. 从王茂荫的币制改革方案来看其对西方经济的影响 [J]. 经济研究导刊，2012（34）：2.

[203] 陈玉光，王煜. 王鎏、王茂荫的货币主张评述及思考 [J]. 金融与经济，1991（4）：31-34.

[204] 姚家华. 论魏源的经济思想 [J]. 财经研究，1983（3）：57-64.

[205] 史全生. 论林则徐的货币思想 [J]. 福建论坛（人文社会科学版），2007（9）：5.

[206] 熊昌锟. 试论张之洞与晚清自铸银元 [J]. 复旦学报（社会科学版），2016，58（1）：104-112.

[207] 邹进文. 中国近代货币思想大发展：以留学生英文博士论文为中心的考察 [J]. 求索，2017（9）：8.

[208] 熊昌锟. 政府与市场作用视角下的近代外国银元在华竞争研究 [J]. 中国经济史研究，2020（6）：135-149.

[209] 戴建兵. 中国近代货币思想评论 [J]. 历史档案，2008（2）：101-106.

[210] 韩祥. 庚子之后制钱铸造体系的规复与解体 [J]. 近代史研究，2020（3）：53-69.

[211] 段艳. 晚清时期币制改革思想述评 [J]. 河北经贸大学学报（综合版），2019，19（2）：41-46.

[212] 段艳，陆吉康. 清末货币本位之争 [J]. 广西社会科学，2019（6）：149-156.

[213] 邹进文，陈亚奇. 清末货币本位之争——以张之洞、精琪币制思想为中心的考察 [J]. 贵州社会科学，2018（3）：7.

[214] 崔志海. 精琪访华与清末币制改革 [J]. 历史研究，2017（6）：93-109，192.

[215] 孙毅. 张之洞的铸币收入与币制改革 [J]. 贵州社会科学，2017（11）：156-163.

［216］张亚光，钱尧．大众舆论与清末货币制度改革——基于经济思想史的视角［J］．财经研究，2015（7）：110-120.

［217］张华宁，燕红忠．论晚清时期的货币与币制改革［J］．山西大学学报（哲学社会科学版），2009（4）：6.

［218］池桢．海外中国近代经济史研究范式的转变——王路曼《中国内陆资本主义与山西票号：1720—1910 年间的银行、国家与家庭》述评［J］．史林，2020（5）：215-222，226.

［219］宋佩玉，公磊．近代上海外商银行公会的行业自律与风险防范［J］．上海师范大学学报（哲学社会科学版），2020（5）：144-152.

［220］颜冬梅．中国传统金融机构向近代银行演化的制度分析——基于山西票号衰亡的考察［J］．中国经济史研究，2019，146（6）：195.

［221］陈碧舟，张忠民．近代中国银行会计制度变迁影响因素分析［J］．上海经济研究，2017（11）：121-129.

［222］蒋立场．外商银行在近代中国活动的区域格局（1845—1937 年）［J］．金融理论与实践，2013（3）：7.

［223］燕红忠．从山西票号看传统金融的近代化变迁——基于英格兰银行发展路径的比较视角［J］．财经研究，2014，40（8）：94-105.

［224］陈度．中国近代币制问题汇编（币制编）［M］．上海：瑞华印务局，1932.

［225］曾小萍．州县官的银两——18 世纪中国的合理化财政改革［M］．董建中，译．北京：中国人民大学出版社，2005.

［226］莱特．中国关税沿革史［M］．北京：商务印书馆，1963.

［227］马士．中华帝国对外关系史［M］．北京：生活·读书·新知三联书店，1958.

［228］费正清．剑桥晚清史（1800—1911）［M］．北京：中国社会科学出版社，1985.

［229］井手文雄．日本现代财政学［M］．北京：中国财政经济出版社，1990.

［230］康芒斯．制度经济学［M］．北京：商务印书馆，1962.

［231］科斯，阿尔钦，诺斯，等．财产权利与制度变迁［M］．上海：三联书店，上海人民出版社，1994.

［232］费雪．州与地方财政学［M］．北京：中国人民大学出版社，2000.

［233］莱特．中国关税沿革史［M］.北京：商务印书馆，1963.

［234］郑备军．中国近代厘金制度研究［D］.浙江大学博士学位论文，2003.

［235］虞瑾．论我国银行法体系的演进［D］.华东政法大学博士学位论文，2009.

［236］梁辰．铜元问题研究（1900—1935）［D］.南开大学博士学位论文，2010.

［237］王乔．近代中国货币法研究［D］.中国政法大学博士学位论文，2011.

［238］谢丹．近代中国货币法制变迁问题研究［D］.华东政法大学博士学位论文，2013.

［239］杜军强．近代中国对外商银行的法律控制研究［D］.华东政法大学博士学位论文，2013.

［240］刘杰．中国近代银行业的公债经营与制度变迁（1897—1937）［D］.华中师范大学博士学位论文，2015.

［241］郭明．中国近代银行监管思想研究（1897—1949）［D］.中央财经大学博士学位论文，2016.

［242］Wang Luman. Chinese Hinterland Capitalism and Shanxi Piaohao：Banking, State, and Family, 1720-1910［M］. London：Routledge, 2020.

［243］King, Frank H. H. Money and Monetary Policy in China, 1845-1895［M］. Massachusetts：East Asian Research Center, Harvard University, 1965.

［244］Feuerwerker A. History in Communist China［M］. Massachusetts：The Massachusetts Institute of Technology Press, 1968.

［245］Commons G. British Parliamentary Papers：Embassy and Consular Commercial Reports［M］. Shannon：Irish University Press, 1971.

［246］Keynes, John Maynard. The Collected Writings of John Maynard Keynes［M］. New York：St. Martin's Press, 1972.

［247］Huang, Ray. Taxation and Government Finance in Sixteenth-Century Ming China［M］. Cambridge：Cambridge University Press, 1974.

［248］Twitchett D. , Mote F. W. The Cambridge History of China［M］. Cambridge and New York：Cambridge University Press, 1978.

［249］Chen, Jerome. State Economic Policies of the Ch'ing Government 1840-

1895 [M]. New York : Garland, 1980.

[250] Berridge, Virginia, Griffith Edwards. Opium and the People [M]. New York: St. Martin's Press, 1981.

[251] Elman, Benjamin A. Classicism, Politics, and Kinship [M]. Berkeley and Los Angeles: University of California Press, 1990.

[252] Bernhardt, Kathryn. Rents, Taxes, and Peasant Resistance: The Lower Yangzi Region, 1840-1950 [M]. California: Stanford University Press, 1992.

[253] Hymes Robert P. , Conrad Schirokauer. Ordering the World: Approaches to State and Society in Sung Dynasty China [M]. Berkeley: University of California Press, 1993.

[254] Alston L. J. , Eggertsson T. , North D. C. Empirical Studies in Institutional Change [M]. Cambridge: Cambridge University Press, 1996.

[255] Frank, Andre Gunder. ReORIENT: Global Economy in the Asian Age [M]. Berkeley: University of California Press, 1998.

[256] Denzau A. D. , North D. C. Shared Mental Models: Ideologies and Institution [M]. Cambridge: Cambridge University Press, 2000.

[257] Pomeranz, Kenneth. The Great Divergence: Europe and China, and the Making of the Modern World Economy [M]. Princeton: Princeton University Press, 2000.

[258] Lipsey, Richard G. , Chrystal K. A. Economics [M]. Oxford: Oxford University Press, 2004.

附　录

附表 1　晚清社会时期银钱比价简表　　　　　单位：文/两

年份	银/钱比价	年份	银/钱比价
1840	1644	1863	1130
1841	1547	1864	1190
1842	1572	1865	1250
1843	1656	1866	1420
1844	1724	1867	1690
1845	2025	1868	1690
1846	2208	1869	1750
1847	2167	1870	1780
1848	2299	1871	1850
1849	2355	1872	1880
1850	2230	1873	1720
1851		1874	1610
1852		1875	1660
1853	2220	1876	1630
1854	2270	1877	1510
1855	2100	1878	1420
1856	1810	1879	1420
1857	1720	1880	1440
1858	1420	1881	1420
1859	1610	1882	1470
1860	1530	1883	1630
1861	1420	1884	1720
1862	1210	1885	1720

年份	银/钱比价	年份	银/钱比价
1886	1720	1899	1200
1887	1720	1900	1220
1888	1690	1901	1240
1889	1460	1902	1250
1890	1530	1903	1280
1891	1530	1904	1300
1892	1530	1905	1340
1893	1470	1906	1350
1894	1360	1907	1370
1895	1250	1908	1400
1896	1200	1909	1520
1897	1200	1910	1660
1898	1200	1911	1730

资料来源：燕红忠：《中国的货币金融体系（1600—1949）》，中国人民大学出版社 2012 年版，第 240-241 页。

附表 2　晚清社会时期世界白银产量简表　　　　单位：盎司

年份	产银总量	年份	产银总量
1841~1850	25090342（年均）	1879	74383495
1851~1855	28488597（年均）	1880	74795273
1856~1860	29095428（年均）	1881	79020872
1861~1865	35401972（年均）	1882	86472901
1866~1870	43051583（年均）	1883	89175023
1871	63317014	1884	81567801
1872	63317014	1885	91609859
1873	63267187	1886	93297290
1874	55300781	1887	96123586
1875	62261719	1888	108827606
1876	67753125	1889	120213611
1877	60679916	1890	126095062
1878	73385451	1891	137170000

续表

年份	产银总量	年份	产银总量
1892	153151762	1902	162763483
1893	165472621	1903	167689322
1894	164510394	1904	164195266
1895	167600860	1905	172317688
1896	157061370	1906	165054497
1897	160421082	1907	184206984
1898	16955253	1908	203131404
1899	168337452	1909	212149023
1900	173591364	1910	221715763
1901	173011283	1911	226192923

资料来源：资耀华：《金贵银贱之根本的研究》，华通书局1930年版，第181-188页。

附表3　晚清社会时期海关两与世界各国货币汇率及金银比价简表

年份	金银比价	美国（美元）	英国（便士）	法国（法郎）	德国（马克）	日本（金元）	墨西哥（银元）
1868	15.59	1.55	77.00	8.00	—	—	—
1869	15.60	1.60	79.75	8.43	—	—	—
1870	15.57	—	—	—	—	—	—
1871	15.57	1.58	78.00	8.14	—	—	—
1872	15.63	1.60	79.75	8.43	—	—	—
1873	15.93	1.56	77.00	8.09	—	—	—
1874	16.16	1.54	76.125	8.01	—	—	—
1875	16.64	1.50	74.20	7.82	—	—	—
1876	17.75	1.45	71.40	7.51	—	—	—
1877	17.20	1.47	72.00	7.60	—	—	—
1878	17.92	1.45	71.50	7.52	—	—	—
1879	18.39	1.35	67.33	7.10	—	—	—
1880	18.05	1.38	69.625	7.24	—	—	—
1881	18.25	1.36	66.50	7.15	—	—	1.53
1882	18.20	1.38	68.50	7.13	—	—	1.53
1883	18.64	1.35	67.25	7.05	—	—	1.53

年份	金银比价	美国（美元）	英国（便士）	法国（法郎）	德国（马克）	日本（金元）	墨西哥（银元）
1884	18.61	1.35	67.00	7.06	—	—	1.25
1885	19.41	1.28	63.50	6.64	—	—	1.53
1886	20.78	1.22	60.125	6.34	5.11	—	1.45
1887	21.10	1.20	58.25	6.18	4.95	—	1.54
1888	22.00	1.15	56.375	5.93	4.75	—	1.54
1889	22.10	1.15	56.75	5.95	4.85	—	1.54
1890	19.25	1.27	62.25	6.47	5.29	—	1.54
1891	20.92	1.20	59.00	6.20	5.00	—	1.53
1892	23.72	1.07	52.25	5.49	4.44	—	1.54
1893	26.49	0.96	47.25	4.97	4.02	—	1.54
1894	32.56	0.77	38.375	4.02	4.26	—	1.51
1895	31.60	0.80	39.25	4.11	3.34	—	1.53
1896	30.59	0.81	40.00	4.20	3.39	—	1.53
1897	34.20	0.72	35.75	3.73	3.03	—	1.50
1898	35.03	0.70	34.625	3.76	2.94	—	1.51
1899	34.36	0.73	36.125	3.79	3.06	—	1.53
1900	33.33	0.75	37.25	3.90	3.16	—	1.55
1901	34.68	0.72	35.5625	3.73	3.02	—	1.52
1902	39.15	0.63	31.20	3.28	2.65	—	1.51
1903	38.10	0.64	31.667	3.34	2.68	1.28	1.54
1904	35.70	0.66	30.40	3.60	2.92	1.40	1.55
1905	33.87	0.73	36.20	3.78	3.07	1.47	1.55
1906	30.54	0.80	36.50	4.12	3.36	1.60	1.54
1907	31.24	0.79	39.00	4.09	3.33	1.58	1.51
1908	38.64	0.65	32.00	3.37	2.74	1.31	1.48
1909	39.74	0.63	31.1875	3.28	3.68	1.27	1.48
1910	38.22	0.66	32.3125	3.40	2.76	1.31	1.48
1911	38.33	0.65	32.25	3.40	2.75	1.32	1.49

注："—"表示数据暂缺。

资料来源：王宏斌：《清代价值尺度：货币比价研究》，生活·读书·新知三联书店 2015 年版，第 546—547 页。

附表 4　各省摊筹庚子赔款数额　　　　　　　单位：万两

省份	认筹数额	户部奏令摊派数	清廷确定摊派数	各省实际筹款数
直隶	未认	80	85.8	127.5
山东	50	90	99.3	132.5
山西	30	90	116.3	53.8
河南	60	90	126.8	78
江苏	50	250	297.25	239.6
安徽	未认	100	125.7	127.3
江西	60	140	216.6	151
福建	10	80	99	81.7
浙江	未认	140	156.4	135.6
湖北	不敢先认	120	160.4	203
湖南	20	70	100.4	69.6
陕西	未认	60	70.4	54
甘肃	12	30	30	34.3
新疆	40	40	40	44.1
四川	70	220	161.8	186
广东	100	200	231.9	196.4
广西	未定	30	30	47.4
云南	未认	30	30	34.8
贵州	43	20	20	25
总计	545	1880	2298.05	2021.6

资料来源：申学锋：《转型中的清代财政》，经济科学出版社 2012 年版，第 186-187 页。

后　记

　　本书是对晚清财政困局下货币思想发展的分析研究，将财政困局与货币思想置于历史的动态发展中，认为两者是相辅相成的，具有很强的关联性、不可分割性，这也正是以往对该问题进行研究时，要么以财政为背景研究货币政策及货币思想的变迁，要么在财政体制或财政政策的专题性研究中，将货币体制作为其调控手段之一进行研究的体现。故对晚清财政困局与其货币思想的研究，不应将其相互割裂，而应把两者还原到历史发展的动态中，从中探讨其相互关系，厘清中国财政与货币思想在近代化转变过程中的变化。清承明制是中国封建社会发展的巅峰，是对古代中国货币思想的继承与发展，对其进行分析，可以做到对晚清货币思想研究"有源可循""有理可依"。在晚清社会时期的特殊背景下，财政困局不仅对社会经济产生了极为不利的影响，对政局的压力也迫使晚清政府寻求解决的办法，具有危机转嫁性质的两次币制改革就是很好的证明。货币思想的发展离不开货币金融市场的现实基础，晚清社会货币金融市场之嬗变是在传统货币金融市场的基础上，与西方资本主义的货币金融入侵相互交织在一起的，也是传统货币思想与近代西方货币思想相互碰撞的结果，不断寻求突破与创新，以求货币独立。复杂的文化因素与环境因素成为财政困局下货币思想发展的社会主要动因。思想源于实践，又指导实践。比较两次币制改革实践中体现的货币思想，从史实发展的角度对财政困局下货币思想的社会实践进行分析，以期能更好地说明货币思想近代化发展的轨迹与脉络。

　　从整体来看，晚清财政困局下货币思想的近代化转变不仅受到制度层面、人文理念层面的主观因素制约，也受到来自外部环境与内部环境共同作用的客观因素影响。财政及货币体制近代化转变朝着规范化、法制化的道路发展，现代财政与货币思想开始酝酿，为之后的财政、币制改革奠定了思想理论基础。晚清社会是近代中国转型的开始，其特殊的时代背景与国情，对今天中国的改革开放和经济体制改革的深入发展都具有很强的借鉴意义。